데
미
안

일러두기

• 이 책은 Hermann Hesse의 『*Demian*』(Project Gutenberg, 2013)과 Ms. Keeler′s Haunt의 영역본
을 참고했습니다.

• 이 책은 원작을 완역했습니다.

데미안

헤르만 헤세 지음

살림

헤르만 헤세 초상화

에른스트 뷔르텐베르거(Ernst Würtenberger, 1868~1934)가 1905년경에 그린 헤르만 헤세의 초상화
이다. 독일 가이엔호펜에 위치한 헤르만 헤세 박물관에 소장되어 있다.

『데미안』초판본

헤세는 1899년 첫 시집 『낭만적인 노래』를 자비 출판하고 이어서 두 번째 시집 『자정 이후의 한 시간』을 출간했지만 반응은 별로 좋지 않았다. 이후 소설 창작으로 방향을 전환한 그는 1906년 『수레바퀴 아래서』, 1910년 『게르트루트』를 발표하여 소설가로서의 명성을 얻었다. 제1차 세계대전이 일어나기까지 시와 소설들을 계속 발표했으며 1919년 그에게 불후의 명성을 안겨준 『데미안』을 발표했다.

헤르만 헤세의 타자기

헤르만 헤세가 쓰던 타자기로 독일 가이엔호펜에 위치한 헤르만 헤세 박물관에 전시되어 있다. 이 박물관은 헤르만 헤세가 실제 살았던 집을 박물관으로 만든 곳이다.

데미안 **차례**

나는 오로지 진정한 자아로부터 솟아나는 것,

그것에 맞추어 살기를 원했나.

그런데 그것이 왜 그토록 어려웠던가?

이야기에 앞서

내 이야기를 하자면 훨씬 전으로 돌아가야 한다. 그럴 수만 있었다면 나는 더 머나먼 나의 최초의 유년기로, 또한 그것을 넘어 저 아득한 과거의 조상에게까지 거슬러 올라가고 싶었다. 작가들은 소설을 쓸 때 그들이 다루는 주제에 대하여 마치 하느님이라도 된 것 같은 태도를 취한다. 그는 자기가 쓰고 있는 이야기와 인간의 삶에 대해 자신이 완벽하게 파악하고 있으며, 따라서 자신과 적나라한 진실 사이에는 아무런 장애도 없다는 듯, 마치 하느님처럼 모든 세부 사항들의 핵심을 자세히 이야기할 수 있다는 듯 글을 쓴다. 하지만 소설가는 절대로 그럴 수 없으며 나도 마찬가지이다. 내가 하려는 이야기가 바로 나의 이야기이기에, 그 어느 작가에게 자신의 이야기가 중요한 것

이상으로 그것이 내게 중요하더라도 사정은 같다.

이 이야기는 한 사내의 이야기이다. 그는 가공의 인물도 아니며 있음직한 인물도 아니고 이상화된 인물도 아니며, 그런 식으로가 아니면 존재할 수 없는 인물도 아니다. 그는 살과 피를 가진 어느 특정인이다. 하지만 한 명의 살아 있는 인간이 무엇으로 이루어져 있는지에 대해 요즘은 그 어느 때보다 사람들의 이해가 부족한 것 같다. 각각의 개인들은 그 자체 단 하나뿐이고 기치 있는 자연의 산물임에도 불구하고 오늘날은 그저 무더기로 사람들을 쏘아 죽여버린다. 우리들 각자가 오로지 난 하나뿐인 존재가 아니라면, 각각의 사람들을 단 한 발의 총알로 완전히 이 세상에서 없애버릴 수 있다면, 이야기를 써야 할 목적 같은 것은 존재하지도 않을 것이다.

각각의 인간은 그가 바로 그라는 것 이상의 의미를 지닌 존재이다. 그는 단 하나뿐이고 특별하며 주목해야 하는 하나의 점(點)으로서, 이 세계 현상들은 그 점과 오직 단 한 번 유일한 방법으로 교차할 뿐 더 이상 그 만남은 반복되지 않는다. 바로 그 때문에 각각의 사람들의 이야기는 그 어떤 것이건 중요하며 영원하고 신성하다. 바로 그 때문에 각각의 사람들은, 그들이 살아가면서 자연의 뜻을 실현하고 있는 한, 하나의 불가사의한 존재이며 주목을 받을 만한 존재이다. 각 개인 속에서 영(靈)이 육화(肉化)되고 각 개인 속에서 창조의 고통이 일고 있으며 각 개인 속에서 그리스도가 십자가에 매달려 있다.

인간이 어떤 존재인지 아는 사람이 오늘날에는 별로 없다. 많은 사람들이 이 무지에 대해 느끼고 그 때문에 더 쉽게 죽는다. 내가 이 이야기를 마치게 되면 나도 마찬가지로 좀 더 쉽게 죽게 될지 모른다.

나는 내가 대부분의 사람들보다 덜 무지하다고는 생각하지 않는다. 나는 지금껏 무언가를 추구해 왔고 지금도 그렇다. 하지만 나는 별과 책을 보고 답을 구하는 짓은 그만두었다. 나는 이제 내 피가 내게 속삭여주는 가르침에 귀를 기울인다. 내 이야기는 유쾌한 이야기가 아니다. 그리고 지어낸 이야기들처럼 달콤하지도 않고 조화롭지도 않다. 나의 이야기는 자기기만을 멈춘 모든 사람들의 삶처럼 난센스와 혼돈, 착란과 꿈의 맛을 내게 될 것이다.

각 개인의 삶은 모두 그 자신에 이르는 길 자체이다. 그 삶은 그 길에 이르려는 시도이며 그 길에 대한 암시이다. 그 누구도 전적으로, 그리고 완전하게 자기 자신인 적은 없었다. 그럼에도 불구하고 누구든 자기 자신이 되려고 노력한다. 그것이 서투른 방법이건 보다 현명한 방법이건 누구나 최선을 다한다. 누구든 탄생의 흔적, 원초적 과거의 점액질과 알껍데기를 죽을 때까지 지니고 간다. 어떤 이는 인간에 이르지 못하고 개구리, 도마뱀, 개미 상태에 머물고 만다. 어떤 이는 허리 위는 사람, 그 아래는 물고기로 되기도 한다. 그 모두 자연이 인간을 창조하면서 도박을 했음을 보여준다. 우리는 모두 같은 기원을 지니고 있으니 모두 한배에서 나왔다. 우리는 모두 같은 문을 통하여 들어왔다. 하시민 우리들은 각자 저 심연에서 행해지는 실험처럼 각자 자신의 운명을 향하여 분투한다. 우리는 서로를 이해할 수 있다. 하지만 자신을 해명할 수 있는 것은 오로지 자기 자신뿐이다.

제1장 두 왕국

나는 나의 이야기를 내가 내 고향의 라틴어 학교에 다니던 열 살 때 겪은 경험으로부터 시작하겠다. 그 시절로부터 수많은 것들의 향기가 풍겨 나와 나를 뒤흔들고 우수에 젖게 한다. 어두운 가운데 가로등이 밝혀진 골목길들, 집들과 탑들, 차임벨 소리와 얼굴들, 화려하고 안락하며 따뜻하고 쾌적한 방들, 비밀에 둘러싸인 으스스한 방들. 하녀들, 가정용 비상 약품들, 말린 과일들 등 모든 것에 따뜻하고 친근한 향기가 배어 있다.

그 시절에는 밤과 낮의 두 왕국, 각기 대립되는 극에서 나온 상이한 두 세계가 서로 뒤섞여 있었다. 그중 한 왕국은 부모님의 집이 이룩하고 있는 왕국이었다. 아주 좁은 왕국으로서 실제로는 나의 부모님만 그 왕국 안에 속해 있었다. 그 왕국은 모든 면에서 내게 친숙한 왕국이었다. 그곳은 어머니와 아버지, 사랑과 엄격함, 모범적 행동과 학교의 왕국이었다. 그곳은 빛나고 맑고 깨끗한 곳이었으며 부드러운 대화, 깨끗이 씻은 손, 청결한 옷, 올바른 매너의 왕국이었다. 그곳에서는 아침마다 찬송가가 울렸으며 크리스마스 축제가 열렸다. 그곳에는 미래로 향하는 바른길이 있었다. 그곳에는 의무와 죄의식, 양심의 가책과 고해, 용서와 선한 다짐, 사랑과 존경, 성경의 지혜와 말씀들이 있었다. 더럽혀지지 않고 올바른 삶을 살기를 원한다면 그 세계와 손을 잡아야 했다.

하지만 그와는 완전히 다른 왕국이 우리 집을 반쯤 위에서 뒤덮고 있었다. 그곳은 냄새도 달랐고 쓰이는 말도 달랐으며 약속하고 요구하는 것도 달랐다. 이 두 번째 세계 속에는 하녀들, 노동자들, 유령 이야기가 있었고 스캔들에 관한 소문들이 있었다. 그곳에는 도살장과 감옥, 주정뱅이와 악에 받친 여자들, 새끼를 낳는 암소들과 죽어가는 말들, 강도와 살인자와 자살한 자들에 대한 수군거림 등, 무시무시하고 은밀하고 놀랍고 수수께끼 같은 일들이 뒤섞여 지배하고 있었다. 거칠고도 잔인한, 매혹적이면서도 무시무시한 것들이 우리를 둘러싸고 있어 옆 골목과 옆집에서 쉽게 눈에 띄었다. 경찰과 부랑자들, 아내를 구타하는 주정꾼들, 저녁이면 무리 지어 공장에서 꾸역꾸역 나오는 젊은 여자들, 사람들에게 마법을 걸어 병에 걸리게 만드는 늙은 여자들, 숲에 숨어 지내는 도둑 떼들, 경찰에 뒷덜미를 잡힌 방화범들 등, 기승을 부리는 이 두 번째 세계가 어디에서나, 어머니 아버지가 계신 우리 집 안만 빼고는 어디에서나 폭발하고 그 냄새를 뿜어댔다.

그리고 그것은 좋은 일이었다. 여기 한쪽에 평화와 질서, 평온과 양식이, 용서와 사랑이 지배하는 왕국이 있다는 것이 경이로웠고 그와는 다른 것들, 귀에 거슬리는 수많은 소음들과 음침하고 폭력적인 것들 역시 존재한다는 것도 경이로웠으며 그 세계로부터 한 걸음이면 어머니의 품속으로 피신할 수 있다는 것도 경이로웠다.

그 두 왕국이 그토록 가까이 서로 맞닿아 있다는 것은 그 얼마나 놀라운 일이었는지! 예를 들어 우리 집 하녀인 리나가 저녁 예배 때 거실 문 앞에 앉아 깨끗하게 씻은 두 손을 매끄럽게 펼쳐진 앞치마 위에 올려놓고 맑은 목소리로 찬송가를 함께 부를 때면 그녀는 아버지와 어머니, 우리들, 밝음과 올바름 속에 속했다. 하지만 곧바로 부엌이나 헛간에서 머리 없는 난쟁이 이야기를 내게 들려주거나 이웃 푸줏간 여인과 말싸움을 벌일 때면 그녀는 전혀 다른 사람, 비밀에 둘러싸인 다른 왕국의 사람이 되었다. 그녀뿐 아니라 모든 것이 그랬으며 특히 내가 그러했다.

물론 나는 밝음과 올바름의 왕국에 속해 있었다. 나는 부모님의 자식이었다. 하지만 그로부터 어느 방향으로 눈길을 돌리건 다른 왕국이 내게 모습을 드러냈고, 비록 그 왕국이 내게 낯설고 나를 두려움과 양심의 가책에 시달리게 했어도 나는 그 왕국 안에서도 살고 있었다. 나는 실제로 그 금지된 왕국에서 살고 싶어 할 때가 많았으며 그럴 때면 밝음의 세계로 되돌아오는 것이—비록 그것이 불가피하고 옳은 것이라 할지라도—마치 덜 아름답고 보다 재미없고 지루한 곳으로 되돌아오는 것처럼 여겨졌다. 나는 가끔 나의 운명은 어머니와 아버지처럼 되는 것, 그분들처럼 명민하고 올바르게 되는 것, 그분들처럼 절도 있는 훌륭한 사람이 되는 것으로 정해져 있음을 분명히 느꼈다. 하지만 그 목표는 너무 아득해 보였다. 거기에 도달한다는 것은 지겨울 정도로 학교에 다녀야 한다는 것을 뜻했고 공부를 열심히 해야 한다는 것, 온갖 시험들을 통과해야 한다는 것을 뜻했다. 또한 그 길은 다른 어두운 왕국을 뚫고 지나는 것을 뜻했다. 게다가 그 어둠의 왕국에 머물거나 잠겨버리지 말라는 법이 없었다. 그렇게 길을 잃고 헤맨 탕아들의 이야기들이 있었으며 나는 그 이야기들에 자주 푹 빠져들었다. 그 이야기들은 언제나 아들이 뭔가 비범한 힘에 의해 구원을 받아 집으로 돌아오는 것으로 끝을 맺었으며 나는 그것이 올바르고 최선이며 바람직한 결말이라고 느끼곤 했다. 하지만 나는 탕아가 악당들과 어울리는 대목에 훨씬 더 매력을 느꼈다. 솔직히 말해도 된다면, 탕아가 참회를 하고 다시 돌아가게 되지 않았으면 하고 바라기도 했다. 하지만 감히 그런 생각을 품어서도 안 되고 더욱이 그런 말을 입 밖에 내서는 안 되는 법이다. 그런 것들은 일종의 예감이나 가능성으로 사람의 의식의 뿌리에 은밀하게 숨어 있는 법이다.

내가 악마의 모습을 속으로 그려 보이려면 나는 변장을 하거나 아예 변장을 하지도 않은 채 저 아래 길거리에 나타난 모습, 시골 장터나 술집에 나타나 있는 모습을 쉽게 상상할 수 있다. 하지만 우리 집에 가족들과 함께 있는 모습은 결코 떠올릴 수 없다. 내 누이들 역시 빛의 왕국에 속했다. 내게는 누이들이 천성적으로 어머니, 아버지와 가까운 것처럼 보였다. 그녀들은 나보다 착했으며, 품행도 바르고 결점도 적었다. 물론 그녀들에게도 결점이 있었다. 그리고 잘못하는 때도 있었다. 하지만 악의 세계에 너무 가까이 있는 것 같은 나, 그런 만큼 악과 접촉하면서 괴로워하는 나에 비해 누이들의 결점은 전혀 심각해 보이지 않았다. 누이들은 부모들과 마찬가지로 위안과 존경을 받아야 했다. 누이들과 다투고 나면 나는 늘 자책했으며 내가 싸움을 먼저 걸었고 내가 잘못을 빌어야 한다고 느꼈다. 누이들을 모욕하는 것은 선량하고 우월한 부모님을 모욕하는 짓이었다.

내게도 비밀이 있었지만 그 비밀들은 누이와 나눌 수 있는 비밀들이 아니라 오히려 거리의 부랑아들과 나누고 싶은 비밀들이었다. 양심에 별로 거리낄 것 없이 기분 좋은 날, 누이들과 어울려 놀며 그녀들처럼 착하고 얌전한 아이가 되어 나 자신 밝은 빛에 휩싸여 있는 듯 느끼는 것은 기분 좋은 일이었다. 천사처럼 되려면 마땅히 그래야 하는 것이리라! 천사가 된다는 것, 그것은 우리가 생각해 낼 수 있는 최상의 상태였다. 하지만 그런 날은 그 얼마나 드물었던가! 누이들과 천진하게 놀다가 나는 공연히 열을 내며 고집을 부리고 누이들에게 심하게 굴곤 했다. 이윽고 다툼이 벌어지고 화가 치민 나는 닥치는 대로 마구 말을 내뱉었다. 나는 그 말을 내뱉는 중에도 너무 끔찍한 말들임을 알고 가슴이 뜨끔했다. 이어서 침울하게 후회에 잠기는 힘든 시간이 찾아왔으며 용서를 빌어야만 하는 고통스러운 시간이 이어졌다. 그런 뒤라야 다시 한 줄기 빛, 고요한 가운데 온전한 기쁨을 느끼는 감사의 시간이 다시 찾아올 수 있었다.

나는 라틴어 학교에 다녔다. 시장의 아들과 수석 산림관의 아들이 같은 반이었다. 그들은 가끔 우리 집에 놀러 왔다. 그 애들은 버릇이 없긴 했어도 기본적으로 선한 세계, 적법한 세계에 속한 아이들이었다. 그렇다고 우리가 평상시 깔보고 있는 공립학교 아이들과 전혀 친분이 없었다는 뜻은 아니다. 나는 그들 중의 한 명에 대한 이야기로 내 이야기를 시작하겠다.

어느 수업이 없는 날 오후에―당시 나는 갓 열 살이었다―나는 두 친구와 함께 이곳저곳을 어슬렁거리고 있었다. 그때 공립학교에 다니는 덩치가 크고 힘이 센 아이가 우리와 합류했다. 그 아이는 재단사의 아들이었다. 그의 아버지는 술주정뱅이였고 가족 모두 악명이 높았다. 나는 프란츠 크로머에 대한 이야기를 많이 들었기에 그 애가 무서웠으며 그 애가 우리 틈에 끼자 기분이 좋지 않았다. 그 애는 벌써 어른티를 내고 있었고 젊은 공장 직원들의 걸음걸이와 말투를 흉내 내고 있었다.

그가 이끄는 대로 우리는 다리 옆 강가로 내려갔고 교각 밑에 몸을 숨겼다. 아치형 교각과 천천히 흘러가는 강물 사이 좁은 강가에는 온통 사금파리, 엉킨 철삿줄 등 온갖 쓰레기들이 어지럽게 널려 있었다. 그 쓰레기 더미에서 이따금 쓸모 있는 것이 발견되기도 했다. 프란츠 크로머는 우리에게 쓰레기 더미를 뒤져서 우리가 찾은 것을 자기에게 보여달라고 명령했다. 그러면 그 애는 그것들을 호주머니에 집어넣든지 강물에 던져버리든지 했다. 그 애는 우리에게 혹시 납, 구리, 혹은 주석으로 된 물건은 없는지 조심해서 살펴보라고 한 후 그런 것들은 모두 챙겨 넣었다. 그 애는 뿔로 된 낡은 빗도 챙겼다. 그 애와 함께 있자니 영 마음이 편치 않았다. 아버지가 그 애와 어울리는 걸 용납하지 않으시리라는 것을 알고 있었기 때문만이 아니었다. 그 애 자체가 무서웠던 것이다. 하지만 그 애가 나를 받아들여 나를 다른 아이들과 똑같이 대해주는 것은 기뻤다. 그 애는 지시했고 우리는 복종했다. 그 애와 함께 어울리는 것이 처음이었지만 마치 오래전부터 익숙하던 일처럼 여겨졌다.

잠시 후 우리는 땅바닥에 앉았다. 프란츠 크로머는 강물에 침을 뱉었고 마치 어른처럼 보였다. 그 애는 잇새로 침을 찍 뱉었으며 노리던 곳을 정확히 맞추었다. 이어서 이야기가 시작되었다. 아이들은 자기네들이 저지른 온갖 용감한 행동과 비행(非行)에 대해 신나게 떠벌리기 시작했다. 나는 아무 말도 하지 않았다. 내심으로는 내가 아무 말도 하지 않는 데 대해 크로머가 화를 낼까 봐 두려웠다. 크로머가 우리와 함께 한 순간부터 두 친구는 나와 거리를 멀리했다. 나는 그들과 이방인이었고 내 옷차림과 태도가 그들에 대한 일종의 도전처럼 여겨지리라고 느꼈다. 라틴어 학교에 다니는 좋은 집안의 아들인 내가 크로머 눈에 곱게 보일 리 없었다. 게다가 여차하면 두 친구가 나와 의절하고 나를 내팽개칠 수도 있음을 나는 쓰리게 느끼고 있었다.

마침내 나는 잔뜩 긴장한 상태에서 이야기를 늘어놓기 시작했다. 나는 내가 주인공 역을 맡은 도둑질 이야기를 길게 꾸며 댔다.

"있잖아, 어느 날 밤, 방앗간 근처 과수원에서 친구 한 명과 자루 가득 사과를 훔쳤어. 보통 사과가 아니라 전부 최고 품종들이었어."

순간의 두려움을 피하기 위해 나는 이야기 속에서 숨을 곳을 찾은 것이었고 그러자 이야기가 술술 풀려 나왔다. 다시 침묵에 빠져서 무슨 고약한 일이 벌어지지 않도록 나는 내 이야기 솜씨를 한껏 펼쳐 놓았다. 나는 이야기를 계속했다.

"둘 중 한 명이 나무에 올라가 사과나무를 흔드는 동안 한 명은 망을 봐야 했어. 자루가 어찌나 무거운지 결국 다시 묶은 걸

풀어서 반은 놔두고 가야 했어. 하지만 나중에 다시 가서 나머지도 가져왔어."

이야기를 끝낸 후 나는 어떤 식으로건 긍정적인 반응을 기대했다. 이야기를 끝낼 무렵 나는 열이 올라 있었고 내 말솜씨에 스스로 도취해 있었다. 두 친구는 아무 말이 없었다. 그런데 프란츠 크로머가 실눈을 뜨고 나를 날카롭게 쏘아보며 말했다.

"그 얘기 진짜야?"

"그럼." 내가 말했다.

"정말로 있었던 일이란 말이지?"

"그래, 진짜로 있었던 일이야." 나는 겁이 덜컥 났지만 다시 한번 단언했다.

"그러면 '하느님과 목숨을 걸고 맹세한다'고 말해봐."

"하느님과 목숨을 걸고 맹세해."

"오호, 그래? 알았어." 그 말과 함께 그 애는 눈길을 돌렸다.

나는 모든 게 다 잘되었다고 생각했다. 그리고 그 애가 일어나서 집으로 돌아가는 쪽으로 방향을 잡자 기뻤다. 다리 위에 이르렀을 때 나는 주저주저하면서 이제 집으로 가봐야 한다고 말했다.

"뭘 그렇게 서두르셔?" 크로머가 웃으며 말했다. "우리, 같은 방향 아닌가?"

그 애는 어슬렁거리며 걸었고 나는 감히 혼자 달려갈 엄두를 내지 못했다. 그런데 그 애는 우리 집 쪽을 향해 발걸음을 옮기고 있었다. 집 앞에 이르자 현관문과 묵직한 구리 손잡이가 보였고 햇빛을 받고 있는 어머니 방의 커튼이 보였다. 나는 안도의 숨을 내쉬었다. 오, 집으로 돌아왔구나! 축복받은 선한 곳으로 돌아왔구나! 집으로, 밝음 속으로, 평화 속으로!

그런데 내가 문을 열고 안으로 미끄러져 들어가 문을 닫으려는 순간 프란츠 크로머가 바짝 뒤따라 들어왔다. 서늘하고 침침한 복도에 들어서자 그는 내 곁에 서서 내 팔을 잡고 나지막이 말했다.

"너무 서두르지 마."

나는 겁에 질린 눈으로 그 애를 바라보았다. 그 애는 마치 바이스로 조인 것처럼 내 팔을 꽉 잡고 있었다. 도대체 무슨 속셈인지, 내게 무슨 위해를 가하려는 것인지 알 수 없었다. 순간 나는 소리를 지를지 말지 망설였다. 소리를 지른다면 누군가 재빨리 내려와 나를 구해주리라. 하지만 나는 그 생각을 접고 그에게 물었다.

"왜 그러는 거야?"

"별거 아냐. 너한테 좀 물어볼 게 있어서. 다른 사람은 들을 필요 없어."

"정말? 난 더 이상 해줄 말이 없는데. 얼른 올라가 봐야 해."

그러자 그 애가 나직이 물었다.

"너 방앗간 옆 과수원이 누구네 건지 알지? 그렇지?"

"몰라. 방앗간 주인 건가 보지."

프란츠가 팔로 내 목을 두르더니 자기에게로 바싹 끌어당겼다. 나는 그의 얼굴을 코앞에서 똑바로 쳐다볼 수밖에 없었다. 사악한 눈에는 음흉한 미소가 떠올라 있었다. 그의 얼굴에는 온통 잔인함과 힘이 넘치고 있었다.

"좋아, 그 과수원이 누구네 건지 말해주지. 나는 누군가 그 과수원 과일을 훔쳐 갔다는 걸 이미 알고 있었어. 그리고 그 주인이 도둑놈이 누군지 알려주는 사람에게 2마르크를 주겠다고 말했다는 것도 알고 있어."

"오, 맙소사!" 나는 소리쳤다. "이르지 않을 거지? 그렇지?"

그의 명예감에 호소해봤자 소용없다는 것을 나는 느꼈다. 그는 다른 세계에서 온 사람이었다. 배반 따위는 그에게 범죄가 아니었다. 나는 뼈저리게 그것을 느꼈다. 이런 일에 있어서 다른 세계에서 온 사람은 우리들과는 다른 사람들이었다.

"아무 말도 말라고?" 크로머가 웃었다. "야, 인마, 나를 뭐로 생각하는 거냐? 내가 뭐, 돈을 막 찍어내는 사람 같아? 인마, 나는 가난해. 너처럼 부자 아버지가 없다고. 그러니 어떤 식으로건 2마르크를 벌 수 있을 때면 벌어야 해. 어쩌면 더 줄지도 모르지."

그는 갑자기 나를 놓아주었다. 우리 집 복도에서는 더 이상 평화와 안전의 냄새가 나지 않았다. 내 주변 세계가 무너지기 시작했다. 내가 죄를 지었다고 온통 떠들고 다니겠지. 아버지도 알게 될 거야. 어쩌면 경찰이 올지도 몰라. 모든 게 뒤죽박죽이 되어 나를 위협하고 있었으며 온갖 흉측하고 위험한 것들이 일제히 나를 향해 몰려왔다. 내가 실제로 아무것도 훔치지 않았다는 사실은 더 이상 아무 의미도 없었다. 내가 훔쳤다고 맹세까지 하지 않았는가!

눈물이 마구 솟구쳤다. 나는 이 애와 협상을 해야 한다고 느꼈다. 나는 필사적으로 주머니를 뒤졌다. 사과 한 알도, 주머니칼도 없었다. 아무것도 없었다. 그때 갑자기 낡은 내 시계가 생각났다. 할머니가 물려주신 망가진 낡은 은시계였다. 그냥 재미로 갖고 다니는 시계였다. 나는 그 시계를 얼른 꺼내며 크로머에게 말했다.

"프란츠, 들어봐! 제발 이르지 마. 그건 나쁜 짓이야. 대신 이 시계를 줄게. 자, 봐. 내가 가진 건 이것뿐이야. 너 가져. 은으로 된 거야. 조금 고장 나긴 했지만 고치면 될 거야."

그 애는 웃으며 시계를 손바닥 위에 올려놓고 마치 무게를 재 듯 아래위로 천천히 손을 움직였다. 나는 그의 손을 바라보며 그 손이 정말 잔인하며 나를 향한 적개심에 차 있다고 느꼈고, 그것이 내 삶과 평화를 움켜잡으려 뻗어오고 있음을 느꼈다.

"은으로 만든 거야." 나는 다시 머뭇거리며 말했다.

"은이니, 시계니 따위에는 관심 없어." 그 애가 비웃듯 말했 다. "너나 고쳐서 써."

"하지만, 프란츠!" 나는 그 애가 그냥 가버릴까 봐 두려움에 떨면서 소리쳤다. "기다려, 잠깐만 기다려. 왜 그걸 싫다는 거 야? 정말로 은으로 만든 거라니까. 진짜라니까! 그리고 난 그 것밖에 없어."

그 애는 나를 바라보며 싸늘한 웃음을 흘렸다.

"그러니까 내가 어디로 갈 건지는 아는 모양이로군. 경찰서 로 갈지도 몰라. 내가 잘 아는 순경 아저씨가 있거든."

그 애는 가려는 듯 몸을 돌렸다. 나는 그 애의 옷소매를 붙잡 았다. 그 애를 그냥 보낼 수는 없었다. 그 애를 그냥 보내버려서 겨게 될 일을 생각하니 차라리 죽어버리는 게 나을 것 같았다. 나는 흥분해서 목이 쉰 채로 그 애에게 애원했다.

"프란츠, 바보 같은 짓 하지 마. 너, 그냥 장난으로 그러는 거지? 그렇지?"

"그럼, 장난이지. 하지만 너는 그 장난 때문에 비싼 값을 치르게 될걸."

"프란츠, 그럼 내가 어떻게 해야 해? 뭐든 할 테니 말해줘."

그 애는 실눈을 뜨고 나를 아래위로 훑어보더니 다시 웃었다.

"그렇게 바보같이 굴지 마." 그는 선심이라도 쓰듯 삐딱하게 말했다. "너, 내가 2마르크를 벌 수 있다는 거 잘 알고 있지? 나는 그 돈을 팽개쳐버릴 만큼 부자가 아니야. 그렇지만 너는 부자야. 넌 시계도 있잖아. 네가 나한테 2마르크만 주면 돼. 그러면 끝나는 거야."

나는 그의 논리를 이해할 수 있었다. 하지만 2마르크라니! 그건 내게는 10마르크나 100마르크, 아니 1,000마르크처럼 엄두도 낼 수 없을 만큼 큰돈이었다. 내게는 단 1페니히도 없었다. 어머니가 보관하고 있는 저금통이 있긴 했다. 그 안에는 친척들이 올 때마다 받은 5페니히 혹은 10페니히 동전이 들어 있었다. 내가 가진 건 그것이 전부였다. 나는 용돈을 받지 않고 있었던 것이다.

"내겐 아무것도 없어." 내가 슬픈 목소리로 말했다. "돈이 없 단 말이야. 하지만 다른 건 얼마든지 줄 수 있어. 서부극 책도 있고 장난감 병정들도 있어. 나침반도 있고. 그래, 그걸 다 갖다 줄게."

크로머는 비웃듯 입술을 꼬더니 바닥에 침을 찍 뱉었다. 그 러고는 모질게 말했다.

"헛소리하지 마! 나침반? 이거, 돌겠군! 야, 잘 들어! 난 돈을 원한다고!"

"하지만 난 돈이 없어. 받아 본 적도 없고. 어쩔 도리가 없어."

"어쨌든 내일 2마르크를 가져와. 방과 후에 시장 근처에서 기다리겠어. 더 이상 할 말 없음! 만약 돈을 안 가져오면, 알 지?"

"아니, 돈이 없는데 어떻게 가져가라는 거야?"

"너네 집에는 돈이 많잖아. 네가 알아서 해. 내일 방과 후야. 다시 말하지만 만일 안 가져오면……."

그 애는 무서운 눈초리로 나를 바라보더니 다시 한번 침을 찍 뱉고는 그림자처럼 사라졌다.

나는 계단을 오를 힘조차 없었다. 내 삶이 산산조각 났다. 나는 도망가서 돌아오지 않겠다는 생각도 했고 물에 빠져 죽겠다는 생각도 했다. 하지만 그런 게 어떤 건지는 분명하게 그릴 수 없었다. 나는 계단 맨 아래쪽 어둠 속에서 비참한 기분에 어찌할 줄 모른 채 몸을 웅크리고 앉아 있었다. 장작을 가져오려고 바구니를 들고 계단을 내려오던 리나가 울고 있는 내 모습을 발견했다. 나는 리나에게 아무에게도 말하지 말라고 말한 후 위로 올라갔다. 유리문 옆에는 아버지의 모자와 어머니의 양산이 걸려 있었다. 그것들을 보니 안락한 집의 느낌이 밀려왔고 내 마음은 마치 돌아온 탕아가 오랜만에 보게 된 방의 모습과 냄새를 보고 반가워하듯 그것들이 반갑고 고마웠다. 하지만 그 모든 것은 이제 더 이상 내 것이 아니었다. 그것들은 모두 아버지와 어머니의 맑고 밝은 세계에 속한 것이었고 나는 죄를 짓고 낯선 세계에 깊이 잠겨 있었다. 나는 모험과 죄악에 얽혀 적에게 위협받고 있었고 위험과 공포와 수치에 노출되어 있었다.

모자와 우산, 내가 좋아하던 사암(砂岩) 마룻바닥, 장식장 위에 걸려 있는 커다란 그림, 거실에서 들려오는 누나의 목소리, 그 모든 것들이 그 어느 때보다 더 내 가슴을 뭉클하게 했고 더 소중했으며 더 감미로웠다. 하지만 그것들은 더 이상 나의 안식처도 아니었고 내가 의지할 수 있는 것도 아니었다. 그것들은 모두 분명하게 나를 비난하고 있었다. 그 모든 것들은 이제 더 이상 내 것이 아니었고 나는 그 평온함 속으로, 그 명랑함 속으로 끼어들 수 없었다. 내 발에는 이미 진흙이 묻었으며 매트 위의 진흙 흔적을 결코 지울 수도 없었다. 나는 이 안락한 집과는 완전히 낯선 어둠을 끌고 들어온 것이다. 이제껏 나는 그 얼마나 많은 비밀을 지녔었고 그 얼마나 자주 두려워했던가!

하지만 그 모든 것들은 오늘 내가 집 안으로 들여온 비밀과 두려움에 비하면 어린이의 장난 같은 것들이었다. 불운이 나를 사로잡고 있었으며 내게로 뻗치는 그 손길을 어머니조차 막아낼 수 없었다. 어머니가 알아서는 안 되는 손길인 때문이었다. 내가 절도죄를 지었는지 혹은 거짓의 죄를 지었는지는(하느님과 목숨에 걸고 내 거짓말을 참이라 맹세하지 않았는가?) 하등 중요하지 않았다. 나의 죄는 특별히 어떤 죄를 지었느냐에 달려 있는 것이 아니라 악마와 손을 잡았다는 사실 자체에 있었다. 왜 나는 그애와 어울렸을까? 왜 나는 아버지 말을 듣는 것보다 더 충실하게 크로머의 말을 들었을까? 왜 나는 이야기를 지어냈을까? 왜 도둑질 이야기를 지어내면서 마치 영웅이라도 된 듯 뽐냈을까? 이제 악마가 나를 움켜잡았으며 적이 바로 등 뒤에서 나를 쫓아오고 있었다.

나는 이제 내일 일어날 일에 대해서만 두려워하고 있지 않았다. 이제부터 내 앞에는 저 어둠을 향한 길고 긴 길들이 이어져 있음을 나는 무서울 정도로 확신하고 있었다. 나는 하나의 잘못이 또 다른 잘못으로 이어지리라는 것, 누이들에게 보여주는 내 모습, 부모님들에게 인사하고 키스하는 내 모습이 거짓 모습이리라는 것, 내 속 깊숙한 곳에 거짓을 감춘 채 살아가게 되리라는 것을 쓰리게 느끼고 있었다.

아버지의 모자를 보자 한순간 신뢰와 희망이 내 마음속에서 잠시 반짝였다. 아버지에게 모든 것을 말씀드려야지. 아버지의 판결과 처벌을 받아들이고 아버지를 고해 신부로, 나의 구원자로 삼아야지. 전에도 내가 여러 번 겪었던 참회의 순간, 정말로 어려운 시간, 용서를 구걸해야 하는 정말로 힘든 시간들 중의 하나에 불과할 뿐일 거야.

그 생각은 참으로 달콤했고 유혹적이었다. 하지만 아무 소용이 없었다. 나는 내가 그럴 수 없다는 것을 알고 있었다. 나는 내가 나 혼자 감내하고 속죄해야만 하는 비밀을, 죄를 지니게 되었다는 것을 알고 있었다. 어쩌면 나는 지금 갈림길에 서 있는 것인지도 몰랐다. 어쩌면 나는 이제 영원히 사악한 것에 속하게 되어 그들과 비밀을 공유하고 그들에게 의지하고 그들에게 복종하고 그들과 같은 종류의 사람이 될 것이다. 나는 어른 행세, 영웅 행세를 한 것이며 이제 그 결과를 내가 받아들여야 하리라.

아버지가 장화에 진흙이 묻은 것을 갖고 나를 야단치신 것은 다행이었다. 그 때문에 아버지는 보다 더 중요한 문제로부터 빗겨 간 셈이었고 나는 아버지의 야단을 얼마든지 견딜 수 있었다. 그리고 그 덕분에 나는 아버지의 야단을 들으면서 속으로 은밀하게 그 야단을 내가 시은 보다 중요한 죄와 연관 지어 생각할 수 있었다. 순간 뭔가 날카로운 느낌, 야릇한 쾌감 비슷한 느낌 하나가 나를 꿰뚫고 지나갔다. 내가 아버지에 대해 우월감을 느낀 것이다! 나는 순간적으로 아버지의 무지에 대해서 일종의 경멸감을 느꼈다. 장화에 진흙이 묻은 것 따위를 갖고 야단치는 아버지가 불쌍해 보였다. 나는 실제로는 살인죄를 저질렀는데 빵을 훔쳤다는 죄로 심문을 받고 있는 범죄자처럼 속으로 은밀하게 '만일, 아버지, 당신이 이걸 아신다면!'이라는 생각을 하고 있었다. 가증스럽고 추한 느낌이었지만 그만큼 강렬하면서 매혹적이었으며 그 느낌은 그 무엇보다 단단하게 나를 나의 비밀, 나의 죄와 결속시켰다. 어쩌면 크로머가 지금쯤 경찰서에 가서 나를 고발하고 있는지도 모르지. 이제 내 머리 위로 천둥 번개가 밀려오고 있는지도 모르지. 그런데 나를 아직 이렇게 어린아이 취급하다니!

바로 이 순간이 내가 겪은 모든 경험 중에서 가장 중요하고 가장 오래 지속될 경험이었다. 아버지라는 거룩한 이미지가 처음으로 이지러지는 순간이었다. 내 유년기를 떠받치고 있던 기둥, 그 누구건 자기 자신이 되려면 깨뜨려버려야만 하는 그 기둥에 처음으로 균열이 생긴 것이다. 우리들의 운명 저 안에 숨어 있는 본질적인 선(線)은 그런 보이지 않는 경험들로 이루어져 있다. 그런 이지러짐과 균열들은 계속 증가하고, 그러면서 치료되고 잊힌다. 하지만 그것들은 우리의 의식 저 깊은 곳에서 계속 살아남아 피를 흘린다.

나는 처음으로 맛본 이 감정이 너무나 무서워서 아버지 앞에 엎드려 그 발에 입을 맞추며 용서를 빌고 싶었다. 하지만 근본적인 것은 사죄할 수 없는 법이며 어린아이라도 그 어느 현자 못지않게 그 사실을 깊이 잘 알고 있다. 나는 내가 처하게 된 새로운 상황에 대해 뭔가 생각해봐야 하며, 내일 어떻게 해야 할 것인지 곰곰이 궁리해봐야 한다고 느꼈다. 하지만 그럴 시간을 낼 수 없었다. 저녁 내내 나는 거실에서, 내게 달라져 보이는 이 환경에 적응하느라 여념이 없었다. 벽시계와 테이블, 성경책과 거울, 책꽂이와 벽에 걸린 그림들이 내게 이별을 고하고 있었다. 나는 나의 세계가, 나의 선(善), 나의 행복(幸福), 무사태평했던 나의 삶이 이제부터 나의 과거의 일부가 되어 내게서 멀어지는 것을 서늘한 기분을 느끼며 바라보아야만 했다. 그리고 내가 바깥의 어둡고 낯선 세계에 단단히 붙잡혀서 그곳에 새롭게 뿌리를 내리고 있음을 느껴야만 했다. 나는 생전 처음으로 죽음을 맛보았다. 죽음은 쓴맛이었다. 죽음은 탄생이었고 그 무언가가 무시무시하게 부활하고 있다는 것에 대한 공포요 두려움이었다.

마침내 잠자리에 들게 되었을 때 나는 기뻤다. 바로 전, 잠자리에 들기 전에 나는 마치 마지막으로 고문을 받듯이 저녁 기도를 견뎌내야만 했다. 우리들은 찬송가를 불렀다. 내가 좋아하던 찬송가였다. 하지만 나는 찬송가를 따라 부를 수 없었다. 음 하나하나가 마치 쓸개즙처럼 쓰디쓰기만 했다. 아버지가 마지막으로 축도를 내렸을 때—아버지는 "주여, 저희와 함께 하소서!"라고 끝을 맺었다—내 안의 그 무언가가 무너져 내렸고 나는 이 정겨운 세계로부터 영원히 추방되었다. 하느님의 은총이 온 식구와 함께 하고 있었다. 그러나 이제 나와는 함께 하지 않았다. 기진맥진한 채 오들오들 떨며 나는 그들을 떠났다.

따뜻함과 안락함에 감싸여 한동안 침대에 누워 있으면서, 두려움에 휩싸인 나의 마음은 다시 혼란스러워졌고 이제 과거가 되어버린 것들 주변을 불안하게 감돌았다. 어머니는 평소처럼 내게 잘 자라고 말씀하셨다. 어머니의 발소리가 여전히 옆방에서 들려온다. 문틈으로 여전히 촛불이 보인다. 나는 생각했다. '그 무언가 이상한 걸 눈치채신 어머니가 지금, 그래 지금 곧바로 돌아오실 거야. 내게 입을 맞추며 물어보실 거야. 목소리에 약속을 담아 친절하게 물어보시겠지. 그러면 나는 울어버리겠지. 그리고 내 목에 걸려 있는 덩어리가 녹아버리겠지. 그러면 나는 두 팔로 어머니 목을 껴안을 거고 그러면 만사 해결일 거야. 나는 구원받을 거야!' 문틈을 통해 보이던 불빛이 사라진 후에도 나는 여전히 귀를 기울이며 그런 일이 꼭 일어나리라고 확신했다.

　이어서 나는 다시 나의 어려운 현실로 돌아와 나의 적의 눈을 응시했다. 실눈을 뜨고 입가에 야비한 웃음을 띤 그 애의 모습이 또렷하게 보였다. 그 애를 바라보면 바라볼수록 점점 더 도저히 피할 수 없다는 확신이 들면서 그 애는 점점 더 거대해졌고 그 애의 사악한 눈은 악마처럼 번득였다. 그 애는 내가 잠이 들 때까지 내내 내 곁에 있었다. 하지만 나는 그 애의 꿈을 꾸지 않았고 그날 일어났던 일도 꿈에 떠오르지 않았다. 그 대신 나는 부모님들과 누이들과 함께 보트에 타고 있는 꿈을 꾸었다. 보트는 휴일의 완벽한 평화와 광채에 휩싸여 있었다. 한밤중에 잠에서 깨었을 때 나는 여전히 그 행복의 뒷맛을 느꼈다. 누이들의 흰 여름옷이 햇빛을 받아 반짝이는 것이 보였다. 하지만 나는 곧 낙원으로부터 다시 현실로 돌아왔고 적과, 그 사악한 눈과 마주했다.

아침에 어머니가 왜 이렇게 늦느냐고, 왜 아직 일어나지 않느냐고 외치면서 내 방으로 달려오셨을 때 나는 앓고 있었다. 어머니가 내게 어디 아프냐고 물으시는 순간 나는 그만 토하고 말았다. 토하고 나니까 조금 나아진 것 같았다. 나는 몸이 약간 아플 때 카밀레 차를 마시며 아침 내내 방에 누워 있는 것을 좋아했다. 그럴 때면 옆방에서 어머니가 방을 치우는 소리, 리나가 밖에서 푸줏간 주인과 흥정하는 소리가 들렸다. 학교에 가지 않고 누워 있는 아침은 마치 동화 속의 마술 나라 같았다. 그때 방 안으로 비쳐드는 햇살은 학교에서 초록 커튼을 걷었을 때의 햇살과는 다른 것이었다. 하지만 오늘 아침의 햇살은 조금도 유쾌하지 않았다. 거기에는 뭔가 부정(不淨)한 것이 끼어 있었다.

아, 이대로 죽을 수만 있다면! 하지만 늘 그렇듯 나는 약간 몸이 불편할 뿐이었고, 그건 아무 도움도 될 수 없었다. 내 병은 나를 학교에 가지 않게 해줄 수는 있었지만 시장에서 11시에 나를 기다리고 있을 프란츠 크로머로부터 나를 보호해줄 수는 없었다. 어머니의 다정함조차도 내게 위안이 되기는커녕 귀찮기만 할 뿐이었다. 나는 잠든 척하며 혼자 곰곰이 머리를 굴려보았다. 하지만 도리가 없었다. 11시에는 시장에 가야만 했다. 10시가 되자 나는 자리에서 일어나 옷을 입으며 이제 좀 나아졌다고 말했다. 그런 경우 다시 자리에 눕거나 오후에 학교에 가거나 둘 중 한 가지를 택해야 했다. 나는 학교에 가고 싶다고 했다. 계획이 있었던 것이다.

한 푼도 없이 크로머를 만날 수는 없었다. 돼지 저금통을 가져와야 했다. 그 안에 돈이 충분하지 않다는 것, 어림도 없이 적다는 것을 나는 알고 있었다. 그래도 어느 정도는 들어 있을 것이고 그게 빈손으로 가는 것보다는 나으리라고, 적어도 크로머를 얼마간 달래줄 수는 있으리라고 나는 생각했다.

나는 양말을 신은 채 어머니 방으로 살금살금 들어가서 탁자 위에 놓인 돼지 저금통을 가져왔다. 죄를 짓는 것 같은 기분이었지만 어제 벌어졌던 일에 비하면 약과였다. 그래도 가슴이 심하게 쿵쾅거렸고 숨이 막히는 것 같았다. 계단 아래로 내려와 저금통이 잠겨 있는 것을 발견했을 때까지 내 가슴은 진정되지 않았다. 저금통을 여는 것은 아주 쉬웠다. 얇은 양은 막대 하나만 부러뜨리면 되었다. 하지만 저금통 자물쇠를 부러뜨리면서 나는 가슴이 아팠다. 이제 나는 정말로 도둑질을 한 것이었다. 이제까지 나는 사탕이나 과일을 훔쳐 먹은 적은 있었다. 하지만 비록 내 돈을 훔친 것이라 할지라도 이제 진짜 도둑질을 한 것이었다. 나는 내가 한 발자국, 한 발자국 크로머에게 가까이 가고 있음을, 내가 조금씩, 조금씩 내리막길을 내려가고 있음을 느꼈다. 나는 내가 점점 더 뻔뻔해지는 것 같았다. 흥, 악마가 어디 데려갈 데까지 데려가 보라지!

나는 조바심을 내며 돈을 세어보았다. 돼지 저금통 안에서는 묵직한 소리가 났지만 정작 돈을 손에 쥐고 보니 비참할 정도로 보잘것없는 액수였다. 모두 65페니히였다. 나는 저금통을 마루 밑에 감추고 돈을 손에 꼭 쥔 채 집을 나섰다. 전에 집을 나설 때와는 전혀 다른 기분이었다. 누군가 위층에서 나를 부르는 것 같았지만 나는 재빨리 집에서 멀어졌다.

아직 시간은 많았다. 나는 전에는 한 번도 본 적이 없는 것 같은 구름 낀 우중충한 하늘을 머리에 이고 이제 변해버린 마을의 골목길들을 지나 빙 돌아서 시장으로 갔다. 집들과 지나는 사람들이 모두 나를 의심의 눈초리로 바라보는 것 같았다. 그때 갑자기, 내 친구 한 명이 가축 시장 근처에서 우연히 은화를 주웠던 일이 생각났다. 나는 당장이라도 무릎을 꿇고 하느님이 기적을 행하셔서 내게도 그런 일이 일어나게 해달라고 기도하고 싶었다. 하지만 나는 이제 기도할 권리를 몰수당한 셈이었다. 만일 그런 기적이 일어나더라도 저금통을 원래의 상태로 되돌리려면 두 번째 기적이 필요했다.

프란츠 크로머가 멀리서 내 모습을 알아보았다. 하지만 그 애는 마치 나를 무시하는 듯 아주 천천히 내게로 걸어왔다. 가까이 다가오자 그 애는 내게 따라오라고 위압적인 몸짓을 하더니 단 한 번도 뒤돌아보지 않은 채 유유히 걸어갔다. 그 애는 슈트로 골목을 따라 내려가더니 좁은 나무다리를 지나 교외의 어느 신축 건물 앞에서 멈춰 섰다. 공사는 중단되어 있었으며 문이나 창문은 유리창도 없이 휑한 모습이었다. 크로머는 주위를 둘러보더니 안으로 들어갔고 나도 뒤따라 들어갔다. 그 애는 벽 뒤로 가더니 다가오라는 신호를 하고는 손을 내밀며 싸늘하게 말했다.

"가져왔겠지?"

나는 주먹을 꽉 쥐고 있는 손을 주머니에서 꺼내어 그 애의 손바닥에 돈을 쏟아놓았다.

그 애는 마지막 동전이 짤그랑 소리를 낼 때까지 돈을 헤아렸다.

"65페니히로군."

그 애가 나를 바라보며 말하자 내가 겁먹은 목소리로 대답했다.

"맞아. 내가 가진 건 그게 다야. 적다는 건 알고 있지만 그것밖에 없어."

"좀 더 똑똑한 놈인 줄 알았는데." 그 애가 거의 부드럽게 나를 책망했다. "명예를 아는 사람들끼리는 제대로 일을 처리해야 하는 법이야. 정확한 액수가 아니라면 네게서 한 푼도 받지 않겠어. 너도 잘 알고 있겠지? 자, 이 쇠붙이 나부랭이는 가져가! 다른 사람이―너 누군지 알겠지?―제값을 쳐줄 테니까."

"하지만 난 정말 더 이상은 한 푼도 없어. 저금통을 통째로 가져온 거야."

"그건 네 사정이고. 하지만 너를 정말 곤란하게 만들고 싶지는 않아. 너, 내게 1마르크 35페니히를 빚진 걸로 하자. 그걸 언제 줄 수 있지?"

"그래, 크로머, 내가 반드시 나머지를 줄게. 언제일지 당장은 모르지만……. 내일, 아니면 좀 더 있다가……. 아버지께 말씀 드릴 수 없다는 건 너도 알잖아."

"그런 건 모르겠고. 암튼 네게 해를 끼치고 싶지 않다 이거 야. 너도 알겠지만 나는 맘만 먹으면 오전 중에 내가 원하는 돈 을 손에 넣을 수 있어. 나는 가난하거든. 넌 비싼 옷을 입고 있 고 나보다 훨씬 맛있는 걸 먹지. 하지만 아무 말도 않겠어. 좀 더 기다려주겠다 이거야. 모레 내가 휘파람을 불겠어. 내 휘파 람 소리 알지?"

그 애는 휘파람을 들려주었다. 이미 여러 번 들은 적이 있는 소리였다.

"응, 알겠어."

그는 나를 본 척도 않고 가버렸다. 그것은 우리 둘 사이의 거 래였고 더 이상 아무것도 아니었다.

지금이라도 크로머의 휘파람 소리가 갑자기 들린다면 나는 화들짝 놀랄 것 같다는 생각이 든다. 그때부터 나는 계속 그 휘 파람 소리를 들었으며 마치 내내 그 소리를 들으며 지내는 것 만 같았다. 그 어떤 곳에 있어도, 그 어떤 놀이를 하고 있어도, 그 어떤 행동이나 생각을 하고 있어도 그 휘파람 소리, 나를 그의 노예로 만들고 나의 운명이 되어버린 그 소리가 파고 들어왔다. 단풍이 곱게 물든 가을날 저녁이면 나는 내가 아주 좋아하는 우리 집 작은 화단에 있곤 했다. 그럴 때면 이상한 충동이 일어 전에 내가 즐기던 어린아이 놀이들을 다시 해보곤 했다. 말하자면 나보다 어린 그 누구, 아직 착하며 자유롭고 결백하며 안전한 내 안의 또 다른 소년 역을 한 것이다. 하지만 어디선가 크로머의 휘파람 소리가, 예상하고 있었으면서도 늘 나를 놀라게 만드는 그 소리가 이 안식처 한가운데로 울려와 놀이를 망쳐버렸고 나의 환상을 깨버렸다. 그러면 나는 나의 정원을 떠나 내 고문자를 따라 사악하고 추한 곳으로 가야 했다. 그곳에서 나는 그 애에게 얼마 안 되는 돈을 탈탈 털어 바쳐야 했고 나머지를 빨리 갚으라는 독촉을 받아야 했다. 아마 그런 일이 몇 주간 계속되었을 것이다. 그러나 내게는 그것이 몇 년처럼, 영원처럼 느껴졌다.

내게 돈이 생긴 적은 거의 없었다. 기껏해야 리나가 부엌에 놔둔 장바구니에서 훔친 5페니히, 10페니히 동전이 고작이었다. 크로머는 매번 나를 욕했고 비웃었다. 내가 그 애를 속이고 그 애의 정당한 몫을 빼앗았으며 그 애에게 도둑질을 했고 그 애를 비참하게 만들었다는 것이다! 내 생애 그보다 더 비탄에 빠졌던 적도, 그보다 더 절망했던 적도, 그보다 더 철저하게 그 누군가의 노예가 되어본 적도 없었다.

돼지 저금통은 장난감 돈으로 채워서 다시 어머니 방 책상에 갖다 놓았다. 아무도 그것에 대해서는 묻지 않았지만 언젠가는 발각되리라는 생각이 나의 뇌리를 떠나지 않았다. 어머니가 내게로 다가오는 소리는 크로머의 그 거친 휘파람 소리보다 더 무서웠다. 혹시 저금통이 어떻게 된 거냐고 물어보러 오시는 건 아닐까?

내가 빈손으로 나의 고문자에게 가는 일이 잦아지자 그 애는 나를 다른 식으로 괴롭히고 이용하기 시작했다. 나는 그 애가 하던 일을 대신 해야 했다. 나는 그 애가 해야 하는 그 애 아버지 심부름을 대신 해야 했다. 또한 그 애는 뭔가 힘든 일을 생각해 내서 내게 시키기도 했다. 10분 동안 외발뛰기를 하게 한다든지 지나가는 사람의 겉옷에 종이쪽지를 몰래 붙이는 일을 시켰다. 수많은 밤 꿈속에서도 나는 이러한 고문들에 시달렸으며 악몽 때문에 땀에 흠뻑 젖은 채 누워 있곤 했다.

한동안 나는 실제로 아팠다. 자주 토했고 오한이 났으며 밤에는 열과 땀에 시달렸다. 어머니가 뭔가 심상치 않음을 눈치채시고 나를 염려하셨다. 하지만 어머니에게 믿고 모든 것을 털어놓을 수 없었기에 더 괴롭기만 할 뿐이었다.

　어느 날 밤 내가 잠자리에 들었을 때 어머니가 내게 초콜릿을 한 조각 갖다주셨다. 그것을 보자 하루를 착하게 보낸 날 잠들기 전에 상으로 군것질거리를 받곤 하던 어린 시절이 생각났다. 지금 어머니가 저기 서서 내게 초콜릿을 내밀고 계셨다. 나는 너무나 괴로워서 고개를 가로저었을 뿐이었다. 어머니는 왜 그러느냐며 내 머리를 쓰다듬으셨다. 나는 간신히 "싫어요, 싫어! 아무것도 필요 없어요"라고 말했을 뿐이었다. 어머니는 초콜릿을 침대 맡 탁자에 놓고 가셨다. 다음 날 아침 어머니가 전날 밤 내 행동에 대해서 물었을 때 나는 전혀 생각나지 않는 척했다. 한번인가 어머니는 의사를 부르셨다. 의사는 진찰을 하더니 아침에 냉수마찰을 하라는 처방을 내렸다.

　당시 나는 일종의 착란상태에 빠져 있었다. 우리 집안의 차분히 정돈된 평화 한가운데서 나는 유령처럼 조심하며 번민 속에 살고 있었다. 나는 다른 사람들의 생활에는 동참하지 않았으며 거의 단 한시도 자신의 처지를 잊지 않았다. 자주 화를 내시며 도대체 어떻게 된 일이냐고 물으시는 아버지에게 나는 냉랭하게 응했을 뿐이었다.

제2장 카인

구원은 전혀 예상치 못하던 곳에서 왔다. 그와 동시에 내 삶에 무언가 새로운 요소가 들어왔고 바로 그날부터 내 삶에 커다란 영향을 미쳤다.

소년 한 명이 우리 학교에 새로 전학을 왔다. 우리 마을로 새로 이사 온 어느 유복한 미망인의 아들이었다. 그는 옷소매에 검은 상장(喪章)을 두르고 있었다. 나보다 한 학년 위였으며 나이도 몇 살 더 많았고 나를 비롯해 모든 학생들의 주목을 받았다. 이 눈에 띄는 학생은 나이보다 훨씬 어른스러웠고 실제로 소년 같다는 인상은 전혀 주지 않았다. 그는 우리들과 달리 어른처럼, 아니 마치 신사처럼 낯설고 성숙해 보였다. 그는 인기가 없었다. 그는 우리들의 놀이에 끼지 않았고 싸움질에는 더

더욱 끼지 않았다. 다만 선생님들을 향한 그의 단호하고 자신에 찬 어조가 학생들의 찬탄을 불러왔다. 그의 이름은 막스 데미안이었다.

어느 날 무슨 이유에선가 우리 반 넓은 교실에 다른 반 학생들이 들어와 함께 수업을 받게 되었다. 종종 있는 일이었다. 바로 데미안의 반이었다. 우리 학년 학생들은 성경 수업을 받고 있었고 그 반 학생들은 작문을 해야 했다. 우리가 카인과 아벨의 이야기에 빠져 있는 동안 나는 내게 특별히 매력적으로 보이는 데미안의 얼굴을 계속 바라보았다. 나는 열심히 작문을 하고 있는 그의 영리하고 밝은 얼굴, 남달리 단호해 보이는 얼굴을 유심히 바라보았다. 그는 과제를 열심히 하는 학생이 아니라 뭔가 자신만의 문제에 몰두해 있는 연구자 같았다.

그에게 호감이 갔다고는 할 수 없다. 반대로 뭔가 반감을 느꼈다. 그는 뭔가 우월하고 초연해 있는 것 같았으며 태도 역시 도전적일 만큼 자신에 차 있었다. 또한 그의 눈은 어딘가 냉소적이고 슬픈 어른들의 표정, 아이들이 결코 좋아할 수 없는 그런 표정을 띠고 있었다. 나는 호감에서건 혹은 반감에서건 그에게 자꾸 눈길이 가는 것을 어쩔 수 없었다. 하지만 그가 어쩌다 내 쪽으로 눈길을 돌리면 나는 화들짝 놀라서 얼른 그 눈길을 피했다. 지금에 와서 당시를 회상해보고 그가 당시 학생으로서 어떤 모습이었는지 생각해보면 그는 모든 점에 있어서 다른 학생들과는 달랐다는 것, 너무나 뚜렷한 개성을 지니고 있어 제아무리 그러지 않으려고 애를 써도 남들 눈에 띌 수밖에 없었다는 말만은 자신 있게 해줄 수 있다. 그의 태도와 행동은 마치 농부 차림으로 변장을 하고 그들과 비슷하게 보이려고 온갖 애를 다 쓰고 있는 왕자 같았다.

어느 날 방과 후 다른 아이들이 뿔뿔이 흩어진 뒤에 그가 나를 따라오더니 인사했다. 그는 아이들 투로 인사하려 애썼음에도 불구하고 너무 어른스럽고 정중했다.

"잠깐 같이 갈까?" 그가 내게 물었다. 그가 내게 말을 걸자 왠지 우쭐해서 나는 고개를 끄덕였다. 나는 내가 어디 사는지 그에게 소상하게 말해주었다.

"아, 거기 사는구나." 그가 미소를 띠며 말했다. "나 그 집 알고 있어. 문 위에 이상한 게 붙어 있어서 관심을 끌더라."

그가 무엇을 두고 말하는지 나는 당장 알아차리지 못했다. 나는 그가 우리 집에 대해 나보다 더 잘 아는 것을 보고 놀랐다. 아마 대문 위, 아치형 돌 위에 새겨진 일종의 문장(紋章)을 말하는 것 같았다. 세월에 마모되고 여러 번에 걸쳐 페인트 덧칠을 한 문장이었다. 내가 아는 한 우리 가족이나 가문과는 아무 상관이 없는 것이었다.

"나는 아는 게 없어." 내가 수줍게 말했다. "새든지 뭐, 그런 거 비슷한 걸 거야. 아주 오래된 거야. 우리 집은 옛날에 수도원의 일부였대."

"그럴 수 있겠군." 그가 고개를 끄덕였다. "가끔 자세히 들여다봐야 해. 그런 것들은 아주 재미있을 수 있어. 분명히 새매일 거야."

우리는 함께 계속 걸었다. 나는 잔뜩 긴장해 있었다. 데미안이 갑자기 뭔가 재미있는 생각이라도 난 듯 웃었다.

"우리 합반했었지." 그가 불쑥 말을 꺼냈다. "너희들은 이마에 낙인이 찍힌 카인 이야기를 들었을 거야. 재미있었니?"

그럴 리가 없었다. 내게 재미있는 수업은 거의 없었다. 하지만 나는 감히 그 말을 하지 못했다. 마치 어른과 이야기를 나누고 있는 것 같았기 때문이었다. 내가 그냥 그저 그랬다고 말하자 데미안이 내 어깨를 툭 건드리며 말했다.

"내게 꾸며댈 필요 없어. 어쨌든 아주 주목할 만한 이야기야. 학교에서 배우는 다른 이야기들보다 훨씬 주목할 만해. 선생님은 별로 길게 말씀 안 하셨지. 하느님과 죄악 등등에 대해 그렇고 그런 이야기만 하셨어. 하지만 내 생각에는……." 그는 갑자기 스스로 말을 끊더니 미소를 지으며 물었다. "그런데 너 이런 이야기 재미있니?"

그가 내 대답도 듣지 않고 이야기를 계속했다.

"내 생각에는 카인 이야기를 전혀 다르게 해석할 수도 있어. 우리들이 배우는 건 대부분 진실이고 옳아. 하지만 그 모두를 선생님들이 보시는 것과는 다른 각도에서 볼 수도 있어. 그러면 대개 더 나은 뜻을 알게 돼. 예를 들어 카인이나 그 이마에 찍힌 표지에 대해 우리가 들은 설명만으로는 만족할 수 없어. 너도 그런 생각이 들지 않니? 누군가 자기 형제를 돌로 때려죽일 수 있어. 그런 후 공포에 질려 후회하겠지. 그런데 그런 비겁한 행동에 대해서 특별한 훈장을 준다는 건 이상하잖아. 그 훈장이 그를 보호해주고 다른 모든 이들이 하느님에 대해 두려움을 느끼게 해준다는 건 이상하잖아. 정말 이상하지? 네가 보기에도 그렇지?"

"정말 그러네." 나는 흥미를 느끼며 말했다. 그의 말에 사로잡히기 시작한 것이다. "그렇다면 그 이야기를 어떻게 달리 해석할 수 있지?"

그가 다시 내 어깨를 툭 쳤다.

"아주 간단해! 그 이야기의 첫 번째 중요 요소이자 이야기의 시작은 바로 그 표지야. 얼굴에 다른 사람들을 겁나게 만드는 표지를 하고 있는 남자가 있었어. 사람들은 그를 건드리지 못했어. 그와 그의 자손들은 다른 사람들을 압도했어. 그의 이마에 편지의 소인처럼 진짜 낙인이 찍힌 건 아니었을 거야. 아니, 분명히 아니야. 삶이란 그처럼 명확하거나 단순하지가 않거든. 그건 뭔가 사람들을 저도 모르게 <u>으스스</u>하게 만드는 그런 거였을 거야. 그는 아마 척 보기에도 보통 사람들보다 똑똑하다거나 대담해 보였을 거야. 그에게는 힘이 있었고 가까이 할 때마다 경외감을 느끼게 했어. 그게 바로 그의 '표지'야. 그리고 사람들은 그걸 제멋대로 해석하고 설명한 거야. 사람들은 언제나 자기에게 편한 것과 자기를 정당화시켜주는 것을 원하는 법이야. 사람들은 카인의 자손들을 두려워했어. 그들에게도 '표지'가 있었거든. 그러고는 그 표지를 원래의 뜻, 우월함의 표지로 해석하지 않고 정반대로 해석한 거야. 그들은 말했어. '그 표지를 지닌 자들은 이상한 놈들이다.' 그리고 실제로 그들은 그랬어. 용기를 지닌 사람, 개성이 있는 사람은 나머지 사람들에게 무시무시하게 보이기 마련이거든. 겁도 없고 불길한 사람이 자유롭게 돌아다닌다는 것은 일종의 스캔들이었어. 그래서 그 사람에게 별명과 신화를 덧붙여 놓은 거야. 그와 맞먹기 위해서…… 또한 그 사람을 그토록 오랫동안 두려워했던 그 세월에 대한 보상으로…… 이해할 수 있겠니?"

"응. 그러니까, 카인이 전혀 악당이 아니었다는 거야? 성서에 쓰인 이야기가 전부 사실이 아니라는 거야?"

"그렇기도 하고 그렇지 않기도 해. 오래된 이야기들은 늘 사실이야. 하지만 항상 사실 그대로 기록되거나 올바르게 해석되는 건 아니야. 간단히 말해서 카인은 늠름한 사람이었는데 사람들이 그를 무서워했기에 이런 이야기를 그에게 덧붙여 놓았다 이거지. 이야기란 건 사람들이 여기저기 떠들고 다닌 소문에 불과해. 다만 카인과 그의 후손들에게 표지가 있었고 그들은 다른 사람들과는 달랐다는 것만은 사실이야."

나는 경악했다.

"그렇다면 자기 동생을 죽인 것도 사실이 아니라는 거야?" 나는 온통 얼이 빠져서 물었다.

"아니, 그건 사실이야. 강한 사람이 약한 사람을 살해했어. 그게 동생인지 아닌지는 의심스럽지만 그건 별로 중요하지 않아. 궁극적으로 인간은 모두 형제잖아. 그냥 어느 강한 사람이 약한 사람을 한 명 죽였어. 영웅적인 행동이었을 수도 있고 아닐 수도 있어. 어쨌든 그때부터 모든 약한 사람들이 그를 두려워했어. 속으로는 불평불만이 들끓고 있었겠지. 그런데 누군가 그들에게 '너희들은 왜 그 사람을 죽이지 않는 거냐?'라고 물으면 뭐라고 대답할까? '우리가 겁쟁이이기 때문입니다'라고 대답하는 대신 '그럴 수 없습니다. 그에게는 표지가 있어요. 하느님이 그에게 표지를 내리셨어요'라고 대답할 거야. 그 사기(詐欺)는 대략 그런 식으로 이루어진 게 틀림없어. 이런, 너무 오래 너를 붙들고 있었구나. 자, 잘 가라."

그는 알트가세가(街)로 접어들었고 나는 너무나 당황한 채 그 자리에 서 있었다. 그의 모습이 보이지 않게 되자 그가 해준 말들이 모두 터무니없어 보였다. 카인이 고귀한 인간이고 아벨이 겁쟁이라니! 카인의 표지가 우월함의 표지라니! 터무니없는 말이었고 신성모독이었으며 사악한 이야기였다. 그렇다면 하느님은 어떻게 된 거야? 아벨의 제물을 받아들이셨잖아! 아벨을 사랑하셨잖아! 그렇다! 데미안이 해준 이야기는 완전히 미친 소리이다! 나는 그가 나를 놀린 거나 아닌지, 나를 골탕 먹인 거나 아닌지 의심했다. 어쨌든 그는 똑똑했고 말도 잘했다. 하지만 거기 넘어갈 내가 아니지!

나는 성서 이야기나 다른 이야기에 대해 그토록 곰곰 생각해본 적이 없었다. 그리고 오랫동안 프란츠 크로머를 한시도 완전히 잊은 적이 없었다. 매시간, 실제로 저녁 내내 그 애 생각을 했었다.

집으로 오자 나는 성서에 쓰인 이야기를 다시 한번 읽었다. 간단하고 분명한 이야기였다. 그 안에서 무슨 숨겨진 특별한 의미를 찾는 건 미친 짓이었다. 데미안의 말대로라면 모든 살인자들이 하느님의 총애를 받고 있다고 선언할 수 있었다. 아니다! 그건 말도 안 되는 소리였다! 그런 이야기를 마치 자명하다는 듯, 쉽고 점잖게 이야기해주는 바람에 솔깃했을 뿐이었다. 게다가 그의 눈빛이라니!

하지만 뭔가 편치 않았다. 내 삶은 뭔가 커다란 혼란에 빠져 있었다. 이전에 나는 완전하고 깨끗한 세계에 살고 있었다. 나는 아벨과 같은 사람이었다. 그런데 지금 이렇게 깊숙이 '다른 세계'에 빠져든 것이었다. 그곳에 추락해서 깊은 곳에 가라앉아 있었다. 그리고 그건 기본적으로 내 잘못이 아니었다! 오, 이 사실을 어떻게 받아들여야 할까?

순간, 한 가지 기억이 번개처럼 스쳐 지나갔고, 나는 거의 숨이 막히는 것 같았다. 내 불행이 시작된 바로 그 숙명적인 날 저녁 아버지와의 사이에서 있었던 일이었다. 그 순간 나는 아버지의 밝은 세계, 아버지의 지혜의 세계를 꿰뚫어 본 것처럼 느꼈고 그 세계를 경멸했었다. 그렇다, 그 순간 나는 카인이었고 표지를 지니고 있었으며 나는 그 표지를 조금도 수치스럽게 생각하지 않았다. 나는 나의 죄와 불행으로 인해 아버지보다, 경건하고 올바른 사람들보다 더 높은 곳에 서 있는 것처럼 상상했다.

물론 그 당시 이렇게 분명한 생각을 한 것은 아니었다. 하지만 그 경험에는 이미 이 모든 것이 포함되어 있었다. 그것은 감정의 폭발 같은 것이었으며 나를 이상하게 뒤흔든 섯이있다. 나는 마음속에 상처를 받았지만 그와 동시에 자부심을 느꼈었다.

데미안이 두려움이 없는 사람과 비겁한 사람에 대해 그 얼마나 이상한 이야기를 했는지, 그가 카인의 이마에 찍힌 표지에 대해 그 얼마나 이상한 뜻을 부여했는지, 그의 어른스러운 눈이 그 얼마나 비범하게 반짝였는지 곰곰 생각하면서 혹시 데미안 자신이 카인 같은 종류의 사람이 아닌가 하는 의문이 내게 번개처럼 스치고 지나갔다. 자신이 카인에게 친화력을 느끼지 않았다면 왜 카인을 옹호했을까? 그는 어떻게 그런 강렬한 눈길을 지니고 있는 것일까? 그는 왜 '다른 사람들', 겁 많은 사람들, 실제로는 경건하며 주께서 선택하신 사람들에 대하여 그렇듯 경멸적으로 말한 것일까?

하지만 아무리 곰곰이 생각을 해봐도 결론을 내릴 수 없었다. 돌 하나가 우물에 던져진 것이었으며 그 우물은 바로 내 젊은 영혼이었다. 그리고 아주 오랫동안 이 카인의 이야기, 친족 살해, 그 표지에 대한 이야기는 이해와 의혹과 비판에 이르려는 내 모든 노력의 출발점이 되었다.

나는 데미안이 다른 학생들에게도 나와 비슷한 호기심과 매력의 대상임을 알아차릴 수 있었다. 나는 그 누구에게도 그가 들려준 카인 이야기를 해주지 않았지만 모두들 그에게 흥미를 느끼는 것 같았다. 어쨌든 이 '새로운 소년'에 대해 온갖 소문들이 나돌았다. 내가 지금 그 소문들을 다 기억하고 있다면 그 각각이 그의 모습을 밝히는 데 도움이 되는 것임을 알 수 있을 것이며 그 소문들을 해석하고 설명할 수 있을 것이다. 하지만 지금 기억나는 소문이라야 우선 그의 어머니가 부자라는 것, 그녀도 그의 아들도 교회에 가지 않는다는 것뿐이다. 그들이 유대인이라는 소문도 떠돌았고 회교도일지도 모른다는 소문도 돌았다. 이어서 데미안이 엄청난 힘을 지녔다는 전설 같은 이야기도 나돌았다. 그리고 그 이야기는 사실로 입증되기도 했다.

데미안의 반에서 가장 힘센 아이가 그에게 시비를 걸었고 데미안이 싸움을 거부하자 겁쟁이라고 놀렸으며 데미안은 그를 단숨에 굴복시켰던 것이다. 그 장면을 직접 목격한 아이들 말에 따르면 데미안이 한 손으로 그의 목을 잡고 지그시 눌렀을 뿐인데도 그 소년의 얼굴이 창백해졌다는 것이다. 그 소년은 슬금슬금 달아났고 한 주일 내내 팔을 쓰지 못했다는 것이다. 심지어 어느 날 저녁에는 그가 죽었다는 소문까지 나돌았다. 한동안 온갖 허황된 소문들이 나돌았고 아이들은 그 소문을 믿었다. 그리고 이제 더 이상 나올 소문이 없다는 듯 한동안 삼삼했다. 그러더니 얼마 지나지 않아 마지막 소문이 무성하게 떠돌았다. 데미안이 여자들과 사귀고 있으며 알건 다 안다는 소문이었다.

그사이 크로머와 나 사이에는 어차피 가야 할 길이 계속 이어지고 있었다. 나는 그에게서 벗어날 길이 없었다. 그가 며칠 동안 나를 가만히 내버려 두더라도 나는 여전히 그에게 매여 있었다. 그는 내 꿈속에 나타나 실제로는 범하지 않은 짓을 내게 저질렀다. 꿈속에서 나는 완전히 그의 노예였다. 나는 원래 꿈을 많이 꾸었으며 실제 삶에서보다 꿈에서 더 활동적이었다. 그리고 그 꿈의 그림자들 때문에 나는 건강과 힘을 잃었다. 그

중에서도 크로머가 나를 학대하고 나에게 침을 뱉고 무릎으로 누르는 꿈을 많이 꾸었으며 더 고약한 것은 그가 내게 무시무시한 범죄를 저지르도록 유도하는 꿈에 시달린다는 것이었다. 아니 나를 유도했다기보다는 힘으로 나를 억누르거나 말로 위협했다. 그중에 가장 무시무시했던 것은 아버지를 살해하는 꿈을 꾸었다는 사실이었다. 나는 꿈을 꾸는 도중에 반쯤 정신이 나가서 깨어났다. 크로머가 칼을 갈아 내 손에 쥐어주었고 우리는 누군가를 기다리며 나무 뒤에 숨어 있었다. 나는 누구를 기다리고 있는지 모르고 있었다. 드디어 누군가가 왔고 크로머가 내 팔을 누르며 내가 죽여야 할 자는 바로 저자라고 말했다. 그 사람은 나의 아버지였다. 그 순간 나는 소스라치게 놀라서 잠에서 깨어났다.

　나는 이 사건들을 카인과 아벨 이야기와 막연히 연관 짓고는 있었지만 막스 데미안에 대해서는 별로 생각하지 않았다. 그가 다시 내게 다가온 것은 이상하게도 꿈속에서였다. 나는 다시 학대를 받고 있는 꿈을 꾸고 있었다. 그런데 이번에는 나를 깔고 앉은 것이 바로 데미안이었다. 이것은 완전히 새로운 경험이었으며 내게 깊은 인상을 남겼다. 크로머가 나를 학대할 때는 나는 저항을 했고 내게는 그것이 고통스러웠다. 그런데 이

번에는 환희와 공포가 뒤섞인 묘한 감정으로 그것을 기꺼이 받아들인 것이다. 나는 그 꿈을 두 차례 더 꾸었고 그 후에 다시 크로머가 그 자리를 차지했다.

나는 몇 년 동안 꿈에서 겪은 것들과 현실에서 겪은 것들을 구분할 수 없었다. 어쨌든 나와 크로머의 관계는 계속되었고 내가 잔도둑질로 빚을 모두 갚고 나서도 끝나지 않았다. 그럴 수밖에 없던 것이 그 애는 내가 돈을 가져갈 때마다 어디서 돈이 났느냐고 물었고 그는 나의 새로운 도둑질에 대해 훤히 알고 있었던 것이다. 나는 그에게 전보다 더 단단히 묶여 있었나. 그는 아버지에게 다 말하겠다고 나를 협박했다. 하지만 이제 그 두려움은 애당초 이런 일에 말려들지 말았어야 했다는 후회만큼 크지는 않았다. 그렇지만 그토록 비참한 지경에 빠져서도 내게 벌어진 모든 일에 대해 후회를 했던 것은 아니었다. 최소한 내내 후회만 하면서 지내지는 않았다. 그리고 이따금 어차피 이렇게 될 수밖에 없었다는 생각이 들기도 했다. 나는 숙명의 손아귀에 잡혀 있는 것이었고 그로부터 도망가려는 노력은 부질없는 짓 같았다.

나의 부모님은 이런 나의 모습 때문에 무척 괴로우셨을 것이다. 내게 무슨 귀신이 씌웠는지 내가 이전에 그토록 친근하게 지내던 공동체와 더 이상 어울리지 않았던 것이다. 내게는 잃어버린 낙원 같은 그 공동체로 다시 복귀하고 싶다는 열망이 엄습하곤 했다. 어머니는 나를 못된 놈이라기보다는 환자 취급하셨다. 하지만 나의 실제 상황이 어떠했는지는 누이들의 태도에서 가장 잘 드러나 있었다. 누이들은 내게 무척 관대했다. 누이들은 나를 일종의 미친놈 취급했다. 누이들의 태도에는 나를 비난받을 존재가 아니라 동정해야 하는 존재로 생각한다는 것, 뭔지 모르겠지만 악령에 사로잡힌 존재로 생각하고 있다는 것이 분명히 드러나 있었다. 누이들은 나를 위하여 그 어느 때보다 열심히 기도했고 그 기도가 아무 쓸모도 없다는 것을 알고 나는 극도로 비참했다. 나는 이따금 구원을 받고 싶다는 타는 듯한 갈망을 느끼곤 했다. 성실하게 모든 것을 고백하고 싶었다. 하지만 그에 앞서 어머니와 아버지께 이 모든 것을 말씀드릴 수 없음을, 모든 것을 정확하게 설명할 수 없음을 뼈저리게 느꼈다. 나는 모두들 내 이야기를 따뜻하게 받아들이고 오냐, 오냐 하며 나를 딱하게 여기리라는 것을 알고 있었다. 하지만 그들이 나를 이해하지는 못하리라는 것, 실제로는 나의 운명인 것을 일종의 일탈 정도로 취급할 것임을 알고 있었다.

　아직 채 열한 살도 안 된 아이가 그런 느낌을 가질 수는 없다고 믿고 있는 사람들도 더러 있으리라는 것을 나는 알고 있다. 내 이야기는 그런 사람들을 위한 것이 아니다. 내 이야기는 인간에 대해 보다 많은 것을 알고 있는 사람들을 향한 것이다. 자신의 감정의 일부분만을 생각으로 옮겨 놓는 법을 배운 어른들은 어린아이에게는 이런 사유 능력이 없다고 지적하면서 어린아이에게는 이런 경험이 없다고 믿어버린다. 하지만 내 삶에서 그 당시처럼 내가 생생하게 많은 것을 느끼고 고통을 받았던 적은 없다.

어느 비 오는 날이었다. 크로머가 내게 부르크플라츠 광장으로 나오라는 명령을 내렸다. 나는 광장에 서서 그를 기다리며 젖은 검은 나무에서 떨어지는 축축한 마로니에 잎들을 두 발로 헤집고 있었다. 내게는 돈이 없었고 대신 크로머에게 뭔가 줘야 했기에 케이크 두 조각을 들고 서 있었다. 나는 언제부턴가 한 구석에 서서 그를 오랫동안 기다리는 데 익숙해져 있었다. 나는 불가피한 일을 참아내는 법을 배운 사람처럼 그 일을 받아들이고 있었다. 이윽고 크로머가 나타났다. 그날 그 애는 별로 오래 머물지 않았다. 그 애는 내 갈비뼈를 몇 번 툭툭 건드리더니 케이크를 받고는 내게 축축한 담배를 권하기도 했으며(물론 나는 담배를 받아들인 적이 없었다) 평상시와 달리 다정하게 굴었다.

"그래," 그 애가 떠나면서 무심한 듯 말했다. "잊기 전에 하는 말인데, 다음번에는 네 누나를 데려와. 큰누나 말이야. 이름이 뭐더라?"

나는 무슨 말인지 알아들을 수 없었고 당연히 대답도 하지 못했다. 나는 어리둥절해서 그 애를 바라보고만 있었다.

"무슨 말인지 모르겠어? 네 누나를 데려오라니까."

"안 돼. 그건 정말 안 돼. 내가 그럴 수도 없고 누나도 절대로 오지 않을 거야."

나는 그 애가 무슨 새로운 꾀나 핑곗거리를 찾아낸 거라고 생각했다. 그 애가 자주 하던 짓이었다. 그 애는 무언가 불가능한 것을 요구하고는 나를 놀라게 하고 내게 모욕을 준 다음 천천히 협상을 했다. 그 애는 그런 식으로 약간의 돈이나 선물을 뜯어내곤 했다.

하지만 이번에는 전혀 달랐다. 그 애는 내가 거절했는데도 별로 화를 내지도 않았다.

"좋아, 어쨌든," 그 애는 마치 당연한 일이라는 듯 심드렁하게 말했다. "다시 한번 생각해봐. 나는 네 누나를 만나고 싶어. 며칠 내로 한번 방법을 생각해보자. 네가 누나랑 그냥 산책을 나오면 될 거야. 그때 내가 너희들에게 끼어들게. 내일 휘파람을 불겠어. 그때 다시 한번 상의해보자."

그 애가 떠난 후 나는 그가 원하는 게 무엇인지 어렴풋이 깨달을 수 있었다. 나는 아직 그런 일에 대해서는 아무것도 모르는 어린아이였다. 하지만 소년 소녀들이 조금 나이가 들면 뭔가 비밀스럽고 혐오스러운 일, 금지된 일을 함께 한다는 것을 어렴풋이 소문으로 들어서 알고 있었다. 그러자 그가 원하는 게 그 얼마나 엄청나게 끔찍한 일인지 너무나 분명해졌다! 나는 내가 결코 그 일을 하지 않으리라는 것을 잘 알고 있었다. 하지만 그다음에 어떻게 될까? 크로머가 무슨 복수를 할까? 하지만 감히 짐작할 엄두조차 나지 않았다. 내게 새로운 고문이 시작된 것이다.

나는 비탄에 잠긴 채 두 손을 호주머니에 넣고 텅 빈 광장을 가로질러 갔다. 새로운 고통, 더 큰 고통이 나를 기다리고 있었던 것이다! 그때 나를 부르는 명랑하고 힘찬 목소리가 들렸다. 나는 놀라서 달아나기 시작했다. 누군가 달려오더니 뒤에서 부드럽게 나를 잡았다. 막스 데미안이었다.

"아, 형이로구나." 나는 퉁명스럽게 말했다. "깜짝 놀랐잖아."

그는 나를 내려다보았다. 그 어느 때보다도 어른스럽고 압도적인 시선이었으며 마치 나를 꿰뚫어 보는 것만 같았다. 우리는 오랫동안 이야기를 나누지 못한 상태였다.

"그렇다면 미안해." 그가 특유의 공손하면서도 단호한 어조로 말했다. "하지만 그런 식으로 놀라면 안 돼."

"알았어. 그렇지만 그게 마음대로 되나 뭐."

"그런 것 같긴 하지. 하지만 잘 들어봐. 네게 아무런 해도 가하지 않은 사람 앞에서 그렇게 어쩔 줄 몰라 하는 모습을 보이면 그 사람이 생각에 잠길걸. 이상한 생각이 들고 궁금해지는 거지. 그 사람은 네가 긴장해 있는 모습을 보고 사람들은 뭔가 두려울 때 저러는 법인데, 라고 생각할 거야. 겁쟁이들은 늘 그렇게 불안해하지. 하지만 내가 보기에 너는 겁쟁이가 아니야. 아, 물론 영웅도 아니지만. 그렇지만 넌 지금 뭔가 겁나는 일이 있어. 누군가 겁나는 사람도 있고. 하지만 그래서는 안 돼. 사람을 겁내서는 안 돼. 너, 내가 무섭지 않잖아, 그렇지?"

"그럼, 절대로 무섭지 않아."

"좋아. 하지만 너, 누군가 무서워하는 사람이 있지?"

"모르겠어……. 날 좀 내버려 둬줘."

그는 나와 나란히 걸었다.―나는 도망이라도 치려는 듯 더 빨리 걸었다―곁에서 그의 시선이 느껴졌다.

"한번 가정해봐." 그가 다시 말했다. "내가 네게 아무런 해도 끼치지 않을 거라고. 그렇다면 나를 조금도 무서워할 필요가 없겠지? 너한테 무슨 실험을 하나 해보고 싶다. 재미도 있을 거고 네가 뭔가 배울 수 있을지도 몰라. 자, 잘 들어봐. 나는 가끔 독심술(讀心術)이라고 알려진 기술을 써보곤 한다. 무슨 마법 같은 건 절대 아니지만 어떻게 그런 게 가능한지 모르면 좀 무시무시하게 보일 수도 있어. 너도 그걸 익히면 사람들을 놀라게 할 수 있어. 자, 한번 해보자. 나는 너를 좋아하고 네게 흥미가 있어. 그래서 네 안에서 무슨 일이 일어나고 있는지 알고 싶어. 자, 벌써 시작한 셈이다. 좀 전에 내가 너를 놀라게 했지? 그러니까 너는 신경이 날카로워져 있는 거야. 네가 두려워하는 것, 혹은 두려워하는 사람이 있다는 뜻이야. 네가 누군가를 두려워한다는 건, 그 사람이 너를 지배하고 있다는 걸 뜻해. 예를 들어 네가 뭔가 나쁜 짓을 했고 그 누군가가 그걸 알고 있다는 거지. 너를 손아귀에 꽉 쥐게 된 거야. 알아들었어? 너무 분명하지, 그렇지?"

나는 어찌할 바를 모른 채 그의 얼굴을 올려다보았다. 늘 그렇듯 진지하고 영리하고 상냥한 표정이었다. 하지만 그 얼굴에는 다정함보다는 엄격함이 묻어났다. 공명정대함이랄까, 그 비숫한 것이 그 얼굴에 보였다. 나는 내게 대체 무슨 일이 벌어지고 있는 것인지 의식하지도 못한 채 그렇게 서 있었다. 그가 마술사처럼 내 앞에 서 있었다.

"알겠어?" 그가 다시 한번 물었다. 나는 입이 떨어지지 않아 고개만 끄덕였다. 그가 말을 이었다.

"다른 사람의 생각을 읽는다는 건 이상해 보일 수도 있어. 하지만 아주 자연스러운 일이야. 예를 들어 내가 카인과 아벨 이야기를 네게 해주었을 때 네가 무슨 생각을 했는지 거의 정확하게 네게 말해줄 수 있어. 아냐, 지금은 그 이야기를 할 때가 아니지. 나는 네가 한 번쯤은 내 꿈을 꾸었으리라고 생각해. 하지만 그 이야기는 그만두자. 넌 똑똑해. 대부분의 사람들은 멍청하고. 나는 가끔 내가 믿을 수 있는 똑똑한 사람과 이야기를 나누고 싶어. 어때 괜찮겠지?"

"물론 괜찮아. 하지만 이해가 안 돼서……."

"자, 우리 한번 재미있는 실험을 계속해보자. 우리가 S라는 소년이 잘 놀란다는 걸 알게 됐어. 그는 누군가를 겁내고 있어. 아마 그 누군가와 비밀을 공유하고 있을 거야. 몹시 불편한 비밀이지. 대강 사실과 맞지?"

나는 마치 꿈속에서인 양 그의 목소리와 그의 영향력에 굴복했다. 그의 목소리는 마치 내 안에서 들려오는 것 같았다. 그리고 그 목소리는 모든 것을 다 알고 있었다. 그 목소리는 나보다 더 잘, 나보다 더 정확하게 모든 것을 알고 있는 것이 아닐까?

데미안이 내 어깨를 힘차게 두드렸다.

"맞는 거지? 그럴 줄 알았어. 자, 이제 한 가지만 더 물어보자. 저기 부르크플라츠 광장에서 너랑 헤어진 애 이름이 뭐니?"

나는 흠칫했다. 그가 내 비밀을 정통으로 건드린 것이다. 그 비밀은 다시 안으로 움츠러들고 밖으로 나오려 하지 않았다.

"누구? 아무도 없었어. 나밖에 없었단 말이야."

그가 웃었다.

"그냥 말해. 그 애 이름이 뭐야?"

"프란츠 크로머 말이야?" 나는 모깃소리처럼 말했다. 그가 흡족한 듯 고개를 끄덕였다.

"좋았어! 잘했어. 우린 이제 친구가 될 수 있겠다. 하지만 그 전에 해줄 이야기가 있어. 그 크로머라는 놈, 아니, 이름이야 뭐든 간에 그놈은 나쁜 놈이야. 얼굴에 천하 악당이라고 쓰여 있어. 넌 어떻게 생각하니?"

"맞아." 나는 한숨을 내쉬었다. "정말 나쁜 애야. 하지만 이런 말 걔가 들으면 안 돼. 오, 정말이야! 걔가 알면 안 돼! 걔가 형을 알아? 형도 걔를 알아?"

"안심해. 걔는 갔어. 게다가 아직 나를 몰라. 하지만 한번 만나야겠다. 공립학교에 다니지?"

"맞아."

"몇 학년이야?"

"5학년. 하지만 제발 걔한테 아무 말도 말아줘."

"걱정 마. 네겐 아무 일도 없을 거야. 어디 크로머 이야기를 조금 더 들려줄 수 있겠니?"

"안 돼!"

그는 잠시 말이 없었다. 이윽고 그가 다시 입을 열었다.

"안됐다. 이 실험을 좀 더 해볼 수도 있었을 텐데. 하지만 너를 더 이상 괴롭히고 싶지 않다. 하지만 그를 무서워하는 게 나쁜 일이라는 건 알겠지? 그런 두려움은 우리를 완전히 망가뜨릴 수 있어. 그런 건 떨쳐버려야 해. 네가 버젓한 사내가 되려면 말이야. 이해하겠니?"

"알아. 형 말이 다 옳아. 하지만…… 하지만…… 너무 복잡해……. 형은 몰라……."

"너, 내가 너에 대해서 네가 상상하는 것 이상으로 많이 알고 있다는 걸 이제 알겠지? 너 그 애한테 돈이라도 빚진 거니?"

"그래, 그것도 맞았어. 하지만 그건 그렇게 중요한 게 아니야. 형에게 더 이상 말할 수 없어. 절대로 말할 수 없어."

"네가 빚진 돈을 내가 네게 주면 안 되겠니?"

"아냐, 그게 아니란 말이야! 형, 부탁이야. 아무에게도 이 이야기를 하지 않겠다고 약속해줘. 단 한 마디도."

"날 믿어도 돼, 싱클레어. 언젠가 내게 네 비밀을 말해주겠지."

"결코! 절대로 그러지 않을 거야!" 내가 격렬하게 외쳤다.

"좋을 대로 해. 다만 네가 어쩌면 언젠가 이야기를 더 해줄 수도 있을 거라고 생각했을 뿐이야. 물론 자발적으로 말이지. 내가 너를 크로머식으로 대하고 있다는 생각은 안 들지?"

"아니야, 절대로 아니야. 그런데 거기에 대해서 뭔가 아는 게 있어?"

"아니, 아무것도. 그냥 곰곰이 생각해봤을 뿐이야. 그리고 결코 크로머처럼 하지는 않을 테니까 믿어도 돼. 게다가 너는 내게 빚진 것도 없잖아."

우리는 오랫동안 말이 없었다. 나는 마음이 많이 진정되었다. 하지만 데미안이 무엇을 알고 있는지 점점 수수께끼처럼 여겨졌다.

"이제 가봐야겠다." 그가 빗속에서 외투자락을 여미면서 말했다. "딱 한마디만 더 해줄게. 우리, 이제 올 만큼 온 셈이니까. 너는 그 악당 놈에게서 벗어나야 해. 다른 방법이 없다면 죽여 버려. 네가 그러면 나는 감동받고 기뻐할 거야. 필요하다면 내가 도와줄게."

그 말을 듣자 카인의 이야기가 갑자기 내게 떠올랐고 나는 다시 무서워졌다. 모든 게 불길하게만 여겨져서 나는 훌쩍이기 시작했다. 나는 내가 도저히 이해할 수 없는 것들에 둘러싸여 있었던 것이다.

"됐어." 막스 데미안이 미소 지었다. "자, 집으로 가봐. 그놈을 죽이는 게 가장 간단한 방법이지만 다른 방법을 찾아보자. 이런 경우에는 가장 간단한 방법이 언제나 최선인 법인데……. 어쨌든 크로머 같은 애하고 사귀는 건 좋지 않아."

나는 집으로 돌아왔다. 마치 1년 동안 집을 떠나 있던 것 같았다. 모든 게 달라져 있었다. 크로머에게서 떨어질 수 있다는 미래의 희망 같은 것이 보이는 것 같았다. 나는 더 이상 혼자가 아니었다. 그리고 내가 몇 주일 동안 나의 비밀을 홀로 지닌 채 얼마나 무서운 상태에 빠져 있었던가를 비로소 깨달을 수 있었다. 그리고 내가 그동안 수차례 했던 생각들도 단번에 떠올랐다. 부모님께 고백을 하면 후련하긴 하겠지만 결코 나를 완전히 구원해줄 수는 없으리라는 생각이었다. 그런데 나는 이제 다른 사람에게, 낯선 사람에게 고해를 한 것이나 마찬가지였으며 구원의 예감이 신선한 미풍처럼 내게 느껴졌다.

그럼에도 불구하고 내 공포는 결코 쉽게 극복되지 않았으며 나는 적과의 길고도 무서운 대결을 벌일 마음의 준비를 하고 있었다. 그런데 마치 아무 일도 없는 듯 모든 것이 조용하고 은밀하게 진행되는 것이 이상하기만 했다.

하루 이틀이 지나고 일주일이 지나도록 집 근처에서 크로머의 휘파람 소리가 늘리지 않았다. 깊히 믿을 수 없는 일이었기에 나는 전혀 예기치 않은 순간에 그 애가 갑자기 다시 나타나리라고 예상하고 각오하고 있었다. 그런데 그 애는 마치 어디론가 자취를 감춘 것처럼 모습을 드러내지 않았다. 나는 내게 새롭게 주어진 자유가 믿어지지 않았고 마침내 프란츠 크로머와 마주치게 될 때까지 여전히 의혹과 불안에 빠져 있었다. 어느 날 거리에서 우연히 나와 만난 그 애는 나를 보자 움찔했다. 그 애는 얼굴 근육을 씰룩거리더니 마치 나를 피하듯 돌아섰다. 오, 얼마나 놀라운 일이었던가! 내 적이 나를 피하다니! 악마가 나를 두려워하다니! 나는 행복한 놀람과 전율에 휩싸였다.

얼마 후 나는 학교 앞에서 나를 기다리고 있던 데미안을 만날 수 있었다.

"안녕." 내가 먼저 인사했다.

"안녕, 싱클레어. 네가 어떻게 지내는지 궁금해서 기다렸다. 크로머가 이제 너를 괴롭히지 않지? 그렇지?"

"형이 그런 거야? 어떻게 한 거야? 나는 도무지 영문을 모르겠어. 아예 나타나지를 않아."

"잘됐군. 만일 녀석이 또 나타나기만 하면,─하긴 안 나타나겠지만, 워낙 뻔뻔한 놈이라서……─만일 녀석을 보게 되면 막스 데미안을 생각해보라고만 하면 돼."

"그게 무슨 말이야? 형이 개랑 싸운 거야? 혼내준 거야?"

"아니. 난 그런 건 별로 즐기지 않아. 너랑 이야기하듯이 그냥 이야기를 했을 뿐이야. 너를 내버려 두는 게 녀석 신상에 이로울 거라는 걸 똑똑히 알려주었을 뿐이야."

"형, 개한테 돈을 준 건 아니겠지?"

"아니, 그거야 너 같은 애나 쓰는 방법이지."

그는 이어지는 내 질문에는 답을 피한 채 나를 두고 가버렸다. 나는 전과 마찬가지로 그에 대한 고마움과 경외감, 존경과 두려움, 공감과 저항이 뒤섞인 불편한 감정을 느끼며 그 자리에 서 있었다. 나는 데미안을 찾아가서 이 모든 일에 대한 자세한 내막은 물론 카인에 관한 일에 대해서 자세한 이야기를 나누고 싶었다. 하지만 나는 그렇게 하지 못했다.

나는 감사의 마음이라는 미덕에 대해서 별로 믿지 않는다. 또한 아이들에게 그런 미덕을 요구하는 것은 위선처럼 보이기도 한다. 따라서 당시 내가 막스 데미안에게 전혀 고마움을 느끼지 않았다는 것이 지금 보아도 별로 놀랍지 않다. 하지만 데미안이 나를 크로머의 손아귀에서 해방시켜주지 않았다면 나는 평생 동안 병들고 피폐해졌으리라고 지금도 확신한다. 그리고 당시에도 이 해방이 내 삶에서 가장 중요한 경험이라는 것을 분명히 의식하고 있었다. 하지만 그 구원자가 기적을 행하자마자 나는 그를 버렸다. 앞서 말했지만 내가 배은망덕한 짓을 저질렀다는 가책은 들지 않는다. 당시를 회고해 보면서 내가 지금도 놀랍게 생각하는 것은 내가 어떻게 아무런 호기심도 느끼지 않고 지낼 수 있었는가 하는 점이다. 데미안이 내게 슬쩍 보여준 비밀들에 가까이 가려는 노력도 않은 채 어떻게 단 하루라도 견딜 수 있었을까? 카인에 대해서, 크로머에 대해서, 남의 생각을 읽어낼 줄 아는 데미안의 능력에 대하여 좀 더 알고 싶은 호기심을 어떻게 억누를 수 있었을까?

정말 믿을 수 없는 일이었지만 실제로 그러했다. 나는 나 자신이 악마의 미궁에서 갑자기 풀려났음을 알았다. 내 눈앞에 다시 밝고 즐거운 세계가 펼쳐졌고 더 이상 목을 조이는 두려움의 발작에 시달리지 않게 되었다. 주문은 풀렸고 나는 더 이상 저주받고 고통받는 자가 아니었다. 나는 다시 학생이 되었고 온 힘을 다해 가능한 한 빨리 균형과 안정을 찾으려 했으며 내가 잠시 경험하게 된 추하고 위협적인 것들을 떨쳐내고 잊으려 했다. 내가 저지른 죄와 관련된 것들, 나를 놀라게 했던 것들이 모두 그 어떤 상처나 인상도 뒤에 남기지 않은 채 믿을 수 없을 정도로 빠르게 내 기억 속에서 빠져나갔다.

오늘날 나는 내가 왜 그렇게 재빨리 나의 구원자를 잊으려 애썼는지 이해할 수 있다. 나는 내 상처받은 영혼의 요구에 따라 온 힘을 다해 그 슬픔의 골짜기로부터, 그 무서운 크로머의 예속의 손길로부터 도망쳤다. 그리고 내가 행복했고 만족했던 곳으로, 이제 다시 한번 활짝 열린 실낙원으로, 부모님과 누이들이 있는 밝고 고통 없는 세상으로, 청결함과 아벨의 경건함의 내음이 풍기는 곳으로 재빨리 돌아갔다.

데미안과 짧은 대화를 나눈 바로 그날, 마침내 내가 내 자유를 되찾았음을, 다시 그것을 잃을까 봐 걱정할 필요가 없음을 확신하고 나는 내가 전에 그토록 자주 간절하게 하고 싶었던 일을 했다. 고해를 한 것이다. 나는 어머니에게 장난감 돈이 들어 있는 고장 난 저금통을 보여드리고 내가 지은 죄로 인하여 내가 얼마나 오랫동안 사악한 박해자에게 묶여 있었던가를 이야기해 드렸다. 어머니는 모든 것을 다 이해하시지는 못했지만 내 표정이 변한 것을 보셨고, 내 어조가 변한 것을 아셨으며 내가 치유되어 어머니에게 되돌아왔음을 느끼셨다.

이어서 귀환한 탕아를 다시 양의 우리 안으로 받아들이는 의식이 벌어졌다. 어머니는 나를 아버지께 데려가셨고 다시 나의 이야기가 반복되었으며 질문과 놀람의 탄성이 이어셨다. 부모님은 나의 머리를 쓰다듬으시며 오래 짓눌린 마음 끝에 터져나온 안도의 한숨을 내쉬셨다. 모든 것이 황홀했으며 모든 것이 내가 이야기 속에서 읽은 것과 똑같았다. 모든 것이 놀랍도록 순조롭게 다 풀린 것이다. 나는 마음의 평화와 부모님의 신뢰를 되찾았다는 만족감에 취했고 집안에서 더할 나위 없는 모범 소년이 되었다. 나는 그 어느 때보다 누이들과 자주 놀았으며 기도 시간에는 구원받은 자, 혹은 개종한 자의 열정을 담아 좋아하는 찬송가를 열심히 불렀다. 그 노래에는 내 진심이 담겨 있었으며 조금만치의 거짓도 섞여 있지 않았다.

하지만 모든 것이 다 정리된 것은 아니었다. 그리고 내가 왜 데미안을 무시하게 되었는지는 그 정리되지 않은 부분에 의해서만 이해가 가능하다. 나는 그에게 고해를 해야만 했다. 아마도 부모님에게처럼 감동적이지는 않았겠지만 그 결실은 한결 풍성했을 것이다. 하지만 나는 이전의 에덴동산으로 되돌아와야 했다. 그리고 그 세계는 데미안의 세계가 아니었다. 그는 결코 그 세계에 걸맞은 사람이 아니었다. 그는 비록 크로머와는 달랐지만 그 역시 유혹자였다. 그는 내가 더 이상 연관을 맺고 싶지 않은 또 다른 세계, 악의 세계와 연결되어 있었다. 나는 이제 다시 아벨이 되었는데 아벨을 희생하고 카인을 찬양하고 싶지 않았다.

하지만 그것은 피상적인 이유일 뿐이었다. 진짜 이유는 더 깊은 곳에 있었다. 나는 크로머라는 악마의 손에서 풀려났지만 나 자신의 힘과 노력을 통해 그 해방이 이루어진 것이 아니었다. 나는 세상이라는 미로를 통과하려 했다. 하지만 그 미로는 내게 너무 복잡하게 얽혀 있었고 나는 그 미로에 빠졌다. 그런데 어느 친절한 손길이 나를 구원해주자 나는 한눈 한 번 팔지 않고 곧바로 어머니의 품으로, 경건함이 감도는 안전한 곳으로, 아늑한 유년기로 돌아가버렸다. 나는 실제보다 더 어린아이가 된 것이며, 보다 의존적이 되어버린 것이다. 나는 크로머에게 의존해 있던 나를 또 다른 것에 의존하는 나로 만들었다. 내가 혼자 걸을 수 없었기 때문이다. 그렇게 나는 마음의 눈이 먼 상태에서, 아버지와 어머니를, 익숙해 있던 이전의 '밝은 세계'를, 그 세계가 단 하나뿐인 세계가 아님을 알면서도 다시 내가 의존할 세계로 택했던 것이다.

만일 내가 그 길을 택하지 않았다면 나는 데미안에게 의지해야 했을 것이고 나를 그에게 맡겼을 것이다. 당시 내가 그러지 않은 것은 그의 이상한 생각들에 대해 내가 의심을 품고 있었기 때문이고 어찌 보면 당연한 일처럼 보일 수도 있다. 하지만 실제로는 오로지 나의 두려움 때문이었다. 데미안은 부모님보다 훨씬 더 많은 것을 요구할 것이 분명했고 나는 그것이 두려웠다. 그는 나를 설득하고 충고하고 조롱하고 비꼬면서 나를 자립적인 인간으로 만들려고 노력했을 것이다. 지금의 내가 분명히 알고 있는 사실이지만, 자기 자신에게 인도하는 길로 접어드는 것보다 더 힘들고 혐오스러운 일이 있을까?

나는 그렇게 데미안을 외면하며 살았지만 6개월쯤 지났을 무렵 아버지와 산책을 하던 도중에 호기심과 유혹을 이기지 못하고 아버지께 여쭤보았다. 아벨보다 카인이 훌륭하다고 하는 친구가 있는데 아버지 생각은 어떠하신지 물어본 것이다. 아버지는 깜짝 놀라시더니 그게 전혀 새로운 생각은 아니라며 설명을 해주셨다. 구약 시대에도 그런 질문이 제기된 바 있고 여러 사이비 종파에서 교리로 삼기도 했으며 그중 한 파는 아예 '카인 교단'이라는 명칭을 택하기도 했다는 것이었다. 물론 그 미친 교리는 우리의 신앙을 깨뜨리려는 악마의 시도일 뿐이다, 만일 카인이 옳고 아벨이 그르다면 그건 하느님이 오류를 범했다는 뜻이 아니겠느냐고 아버지는 덧붙이셨다. 결국 그 교리는 성서의 하느님이 옳으신 분도, 유일하신 분도 아니고 그릇된 존재라고 주장하는 것과 같으며 실제로 '카인 교단'은 그런 식으로 가르치고 설교를 했다는 것이다. 아버지는 그런 이교도들은 지상에서 이미 오래전에 사라졌는데 내 학교 친구가 어디선가 그런 이야기를 들었다니 놀라울 뿐이라고 말씀하신 후, 그런 생각은 아예 떨쳐버려야 한다고 아주 진지하게 경고하셨다.

제3장 두 명의 강도

마음먹고 하려고만 든다면 나는 내 유년기를 회상하며 은은한 이야기들을 들려줄 수도 있을 것이다. 부모님의 보호하에서 느끼는 안정감에 대하여, 나의 정 많은 성격에 대하여, 온화한 분위기에 둘러싸여 살아가는 즐겁고 만족스런 생활에 대하여 잔잔하게 이야기를 펼칠 수도 있을 것이다. 하지만 나의 관심은 나 자신에 이르기 위해 내가 내디뎠던 발걸음에 집중되어 있다. 평온했던 모든 순간들, 마술과도 같은 평화로운 섬들을 나는 저 멀리, 그 매혹에 찬 모습 그대로 남겨두려 한다. 나는 그곳에는 다시 발을 들여놓지 않을 것이다. 그리고 최소한 내가 유년기에 머물러 있는 동안에는 외부로부터 내 삶으로 들어온 새로운 것들, 나를 앞으로 나아가게 하고 나를 찢어지게 만든 것들에 대해서만 강조해서 이야기를 하게 될 것이다.

이런 충격들은 늘 '다른 세계'로부터 왔으며 두려움과 구속과 양심의 가책을 함께 몰고 왔다. 그것들은 언제나 혁명적이었으며 내가 머물러 있던 평온, 기꺼이 계속 그 안에 머물고 싶어 하던 평온을 위협했다. 이어서 밝음의 세계에서는 축소하고 은폐해야만 했던 충동이 내 안에도 존재하고 있음을 자각해야 하는 때가 왔다. 누구에게나 찾아오듯 성에 대한 감각이 서서히 깨어나기 시작한 것이다. 그 감각은 마치 금지된 그 무엇, 죄 많은 그 무엇처럼 나를 유혹하며 하나의 적으로서, 테러리스트로서 내게 들이닥쳤다. 내가 호기심에 가득 차서 찾은 것, 내 꿈이, 내 욕망이 두려움 가운데 찾은 사춘기의 그 큰 비밀은 보호받는 유년기와는 전혀 어울리지 않았다. 나는 다른 모든 이들과 마찬가지로 행동했다. 나는 '이제 더 이상 어린아이가 아닌 어린아이'라는 이중생활을 했다. 나의 자의식은 친근하고 인가를 받은 세상에 살고 있었으며 내 안에서 은밀히 동트는 새로운 세계를 거부했다.

하지만 그와 동시에 나는 은밀한 꿈의 세계, 충동과 욕망의 세계에서도 살고 있었다. 그리고 그런 욕망의 세계 위에 나의 자의식은 허약하기 그지없는 교각을 절망적으로 세우고 있었다. 나의 유년 세계가 붕괴하고 있었던 것이다. 모든 부모들이 그렇듯 나의 부모님들은 사춘기가 맞이한 이 문제에 대해서는 내게 아무런 도움도 주지 못했다. 그 문제에 관한 한 참고할 만한 것이 아무것도 없었다. 부모님들이 하는 일이라야, 현실을 부정하고 점점 더 비현실이 되어가는 유년 세계에 계속 머무르려는 나의 헛된 시도를 공연히 도와주는 것뿐이었다. 나는 이 문제에 대해 부모라는 존재가 과연 도움을 줄 수 있는지 아닌지 알 수 없기에 우리 부모님들을 비난할 생각은 없다.

자신의 일은 자신이 매듭지어야 했고 스스로 자신의 길을 찾아야 했다. 그런데 유복한 가정의 아이들이 대개 다 그렇듯이 나는 그런 일을 제대로 해내지 못했다. 사람이라면 누구나 이런 어려움을 겪기 마련이다. 그것은 자신의 삶의 요구가 그를 둘러싼 환경과 날카로운 갈등을 겪는 때이며 앞으로 나아갈 길을 오로지 자신이 택한 혹독한 방법으로 찾아야만 하는 때이다. 모든 사람들은 생애 단 한 번뿐인 이 죽음과 재탄생의 경험을 겪게 되어 있으며 그것이 바로 인간의 운명이다. 그의 유년기가 텅 빈 공동(空洞)이 되어 서서히 붕괴되는 순간이고 그가 사랑했던 모든 것들이 그를 버리는 순간이며 자신이 홀연 고독 속에 있음을, 이 지독히 냉혹한 세계에 둘러싸여 있음을 느끼는 순간이다. 수많은 사람들이 영원히 이 난관에 사로잡혀 있으며 그들의 나머지 삶은 돌이킬 수 없는 과거, 잃어버린 낙원을 향한 꿈―모든 꿈들 중에 최악이며 가장 무자비한 그 꿈에 고통스럽게 매달려 있다.

하지만 이제 내 이야기로 돌아가기로 하자. 내 유년기가 끝났음을 알리는 느낌들, 꿈속 이미지들은 그 종류와 수가 너무 많아서 일일이 예를 들 필요가 없을 정도이다. 다만 중요한 것은 '어두운 세계', '다른 세계'가 다시 나타났다는 사실이다. 한때 프란츠 크로머였던 그 세계가 이제 나의 일부가 되었다.

크로머와의 사건이 있은 지 몇 년이 지났다. 죄로 가득 찼던 그 극적인 시기는 이제 아득한 과거가 되었고 마치 짧은 악몽처럼 빠르게 사라져버렸다. 프란츠 크로머는 오래전에 내 삶에서 지워졌고 그를 길에서 우연히 만나더라도 나는 그를 거들떠보지도 않았다. 하지만 나의 그 작은 비극에 등장했던 또 다른 중요한 등장인물 데미안은 결코 내 삶에서 완전히 사라지지 않았다. 그는 눈에 보이긴 하되 실질적 영향력을 미치지 않으면서 오랫동안 멀리 가장자리에 서 있었다. 그러면서 그는 천천히 내게 다가왔고 다시 힘을 발산하고 영향을 미쳤다.

당시의 데미안에 대해서 내가 무엇을 기억하고 있는지 더듬어본다. 아마 1년 혹은 그 이상 그와 이야기를 나눠보지 않은 것 같다. 나는 그를 피했고 그는 어떤 식으로건 내게 간섭하지 않았다. 어쩌다 가끔 나를 만나더라도 그냥 고개만 끄덕였을 뿐이었다. 때로는 그의 친근한 표정에 희미하게나마 일종의 조소나 비난의 기미가 섞여 있는 것 같기도 했지만 순전히 내 상상이었는지도 모른다. 우리가 함께한 경험, 당시 그가 내게 미친 이상한 영향력에 대해서는 우리 둘 다 잊은 듯했다.

그의 모습을 마법처럼 지금 다시 불러내 본다. 그러자 모든 것이 다시 떠오르기 시작한다. 아, 이제 알겠다. 그는 별리 사상 자리에 있었던 것이 아니다. 그는 결코 내게서 멀어진 적도 없었으며 나는 늘 그를 주의 깊게 살피고 있었다. 혼자, 혹은 나이 많은 학생들과 함께 등교하는 그의 모습이 보인다. 그는 자신만의 아우라, 자신만의 법칙에 둘러싸인 채, 이방인으로서 외롭게, 말없이, 마치 따로 떨어져 있는 행성처럼 그들 사이에서 걷고 있다. 아무도 그를 좋아하지 않았으며 그는 그의 어머니를 제외하고는 그 누구와도 친하지 않았다. 그리고 어머니와도 어른과 어른으로서 관계를 맺고 있는 것 같았다. 선생님들은 될 수 있는 대로 그를 그냥 내버려 두었다. 그는 좋은 학생이었지만 그 누구의 마음에 들려고 특별히 애를 쓰지는 않았다. 그가 선생님에게 뭔가 신랄한 의견이나 반론을 내세웠다는 소문이 이따금 돌기도 했다. 그의 반론이 정말로 도발적이고 예리했으며 더할 나위 없이 완벽했다는 평가가 그 소문에 뒤따랐다.

두 눈을 감고 회상해보니 그의 모습이 떠오른다. 그게 어디였던가? 그렇다. 이제 알겠다. 우리 집 앞 골목이었다. 어느 날 나는 그가 공책을 들고 그곳에 서서 그림을 그리고 있는 모습을 보았다. 그는 우리 집 현관문 위에 있는 낡은 문장(紋章)을 그리고 있었다. 나는 창가 커튼 뒤에 몸을 숨긴 채 그를 바라보았다. 나는 문장을 바라보고 있는 그의 명민해 보이는 얼굴, 냉정하면서 환한 얼굴을 보고 크게 놀라고 있었다. 그것은 어른의 얼굴이었고 과학자나 예술가의 얼굴이었다. 그 얼굴은 그 누구보다 우월한 얼굴이었고 뚜렷한 목적을 지닌 얼굴이었다. 또한 그 얼굴은 이상할 정도로 맑고 평온한 얼굴이었으며 혜안을 지닌 얼굴이었다.

또 다른 그의 얼굴이 떠오른다. 몇 주 뒤 역시 길거리에서였다. 우리들은 하굣길에 쓰러져 있는 말 한 마리 주변에 모여 있었다. 말은 농가의 수레에 매인 채로 콧구멍을 벌렁거리면서 힘겹게 숨을 내뿜으며 상처에서 피를 흘리고 있었고 길가의 먼지에는 피가 얼룩져 있었다. 내가 속이 메슥거려 고개를 돌리는 순간 데미안의 얼굴이 보였다. 그는 앞으로 나서지 않은 채 뒤쪽에 평소처럼 훌륭한 옷차림으로 편하게 서 있었다. 그의 시선은 말의 머리를 향하고 있었는데, 그림을 그릴 때와 마찬가지로 그윽하고 차분한 시선이었으며, 거의 광적이라고 할 만큼 열심히, 동시에 침착하고 냉정하게 그 광경에 몰입해 있었다. 나는 한동안 그를 바라보고 있을 수밖에 없었으며 바로 그때 무언가 분명하지 않으면서 독특한 느낌을 받았다.

나는 데미안의 얼굴을 바라보면서 그 얼굴이 소년의 얼굴이 아니라 어른의 얼굴임을 알았을 뿐 아니라 그 얼굴에 남자의 모습뿐 아니라 뭔가 여자 같은 모습도 들어 있음을 알았다. 하지만 그와 동시에 그 얼굴은 남자도 아니고 어린아이도 아니라는, 나이 들거나 젊지도 않다는 느낌, 우리가 알고 있는 역사와는 전혀 다른 역사의 상처를 품고 있는, 수천 년의 나이를 먹거나 시간을 초월해 있는 얼굴이라는 느낌을 나는 받았다. 아마 짐승들이나 나무들, 혹은 별들이라면 그렇게 보일 수도 있었을 것이다. 물론 당시 나는 그런 것들을 뚜렷이 의식하고 있던 것은 아니었으며 지금 어른이 되어 이야기하고 있는 감정을 그때 정확히 느낀 것도 아니었다. 다만 뭔가 그 비슷한 느낌을 가졌었을 뿐이다.

아마 그는 미남이었을지도 모르고, 내가 그를 좋아했을 수도 있으며 그를 불쾌하게 여겼을 수도 있다. 지금은 그런 것조차 확실하지 않다. 다만 그가 우리와 다르다는 사실만 그에게서 보였을 뿐이었다. 그는 동물 같았고 유령 같기도 했으며 그림 같기도 했다. 어쨌든 그는 나머지 우리들과는 달랐다. 상상할 수 없을 만큼 달랐다. 더 이상은 기억이 나지 않는다. 그리고 지금 묘사한 모습들도 혹시 훗날 받은 인상이 어느 정도 덧붙여진 것이나 아닌지 확신할 수 없다.

몇 년이 지난 뒤에야 나는 다시 그와 가깝게 접촉할 수 있었다. 데미안은 또래의 아이들이 받는 교회 견진성사를 받지 않았고 그 때문에 또 다른 소문이 떠돌았다. 학교 소년들은 그와 그의 어머니가 유대인이나 이교도일 것이라고 다시 떠들고 다녔으며 그들 모자가 무신론자이거나 어떤 황당한 사교를 믿고 있다고 확신하는 사람들도 있었다. 심지어 그가 어머니와 연인 관계라는 의심까지 받았다. 어쨌든 그는 자라면서 그 어떤 종교적 교육도 받지 않은 것 같았으며 그것이 어떤 식으로건 그의 미래에 좋지 않은 영향을 미칠 것처럼 보인 것은 사실이었다. 결국 그의 어머니는 또래 아이들보다는 2년 늦게 데미안에게 견진성사 수업을 듣게 했으며 그는 나와 함께 몇 달간 그 수업에 들어가게 되었다.

한동안 나는 철저하게 그를 피했다. 그와 가깝게 지내기 싫어서였다. 그가 너무 많은 소문과 비밀에 둘러싸여 있기 때문이기도 했지만 그보다는 크로머 사건 이후 내가 그에게 빚을 지고 있다는 느낌—물론 그는 내게 아무런 빚도 떠안기지 않았다—때문이었다. 게다가 나는 나 자신의 비밀만으로도 충분히 버거운 상태였다. 견진성사 수업 기간이 내가 성에 대해 결정적으로 눈을 뜨게 된 시기와 겹쳤던 것이다. 내가 지닌 온갖 선의에도 불구하고 종교적인 가르침에 대한 나의 관심은 딴지하게 줄어들어 있었다. 신부님의 설교는 거룩하기는 했지만 비현실적인 세계로 멀어져갔다. 그것들은 대단히 아름답고 소중한 말씀임이 분명했지만 나를 온통 사로잡고 있는 새로운 일에 비해서는 현실성도 없었고 흥미도 없었다.

그런데 묘하게도, 내가 견진성사 수업에 점점 무관심해지면 무관심해질수록 나는 점점 더 막스 데미안에게 끌려들게 되었다. 그와 나를 묶어주는 그 어떤 끈, 가능한 한 내가 가깝게 끌어들여야 할 그런 끈이 존재하는 것 같았다. 내 기억이 맞는다면 그것은 어느 이른 아침 아직 교실에 등불을 켜고 수업을 받고 있을 때였다. 성서 교육을 맡은 신부님이 카인과 아벨 이야기를 시작했다. 나는 졸면서 듣는 둥 마는 둥 하고 있었다. 이윽고 신부님이 카인의 표지에 대해 목청껏 이야기를 시작했을 때였다. 나는 등에 뭔가 와 닿는 듯한 느낌, 일종의 경고 비슷한 느낌을 받고 고개를 들었다. 그러자 저 앞 줄 어느 책상에 앉아 있던 데미안이 몸을 반쯤 돌리고 나를 바라보고 있는 모습이 보였다. 그는 꾸짖는 것 같기도 하고 깊은 생각에 잠긴 것 같기도 한 표정으로 눈을 빛내며 나를 바라보고 있었다. 그는 잠깐 나를 바라보았을 뿐이었지만 나는 정신이 번쩍 들어 신부님의 말씀에 귀를 기울였다. 신부님이 카인의 표지에 대해 이야기하는 것을 들으며 내 마음 깊은 곳에서, 신부님이 하시는 말씀은 사실과 다르다, 그 이야기는 다르게 볼 수도 있다, 신부님 말씀에 비판의 여지가 없는 것은 아니다, 라는 생각이 고개를 들었다.

　그 짧은 시간에 나와 데미안 사이의 고리가 다시 연결되었다. 그리고 정말 기묘하게도, 서로 정신적인 친화력을 느끼는 순간 그것은 곧 물리적인 가까움으로 이어졌다. 데미안이 의도적으로 그렇게 한 것인지, 아니면 우연히 그렇게 된 것인지 나는 알 수 없었지만 당시 나는 그것이 우연이라고 굳게 믿고 있었다. 그로부터 며칠 지나지 않았을 때였다. 데미안이 견진성사 수업 중 자리를 바꾸더니 바로 내 앞자리에 앉았다(나는 그때를 정확히 기억한다. 학생들이 꽉 들어차 공기가 텁텁하기 그지없는 교실 안에서, 그의 목덜미에서 풍기는 신선한 비누 냄새는 그 얼마나 상쾌했는지!). 그리고 며칠 후 그는 다시 자리를 바꾸더니 아예 내 옆자리에 앉았다. 그리고 겨울 내내, 그리고 봄이 다 가도록 그는 그 자리를 그대로 고수했다.

이제 아침 견진성사 수업 시간은 완전히 변해버렸다. 더 이상 전혀 졸리지도 않았고 지루하지도 않았다. 사실상 나는 그 수업을 기다렸다. 이따금 우리는 둘 다 열심히 신부님의 말씀에 귀를 기울이기도 했으며 내 짝의 눈길 하나만으로도 나는 주목할 만한 이야기, 비범한 금언에 주의를 집중했다. 또한 그는 단호한 눈길 하나로 내 마음속의 비판 정신과 의혹을 일깨울 수 있었다.

하지만 우리는 대체로 신부님 이야기를 건성으로 듣는 편이었다. 데미안이 선생님이나 친구들에게 무례했던 적은 없었다. 나는 그가 못된 장난을 치는 것을 본 적이 없으며 수업 시간에 웃거나 잡담하는 모습을 본 적도 없다. 또한 그는 선생님으로부터 야단맞을 짓을 하지도 않았다. 하지만 그는 매우 은밀하게, 속삭임보다는 눈길이나 신호 하나로 나를 자신의 행동에 참여시킬 줄 알았다. 그건 참으로 기묘한 방법이었다. 예를 들어보겠다.

그는 자기가 어떤 학생들에게 흥미가 있는지, 자기가 어떻게 그들을 관찰하고 있는지 종종 내게 말해주곤 했다. 그리고 그들 중의 몇몇에 대해서 그는 매우 정확하게 알고 있었다. 그는 수업 시작 전에 내게 말하곤 했다.

"내가 엄지손가락으로 이렇게 신호를 하면 쟤가 고개를 돌려 우리를 보거나 그의 목을 긁을 거야."

그리고 수업 도중 그가 해준 말을 내가 까맣게 잊고 있을 때 데미안은 갑자기 엄지손가락으로 신호를 했다. 나는 얼른 그가 지적한 학생을 바라보았다. 그러면 그가 가리킨 아이는 마치 줄로 연결되어 있는 인형처럼 그가 손가락으로 내는 행동을 그대로 따라하는 것을 종종 보곤 했다. 나는 데미안에게 신부님에게도 그걸 한번 시험해보라고 졸랐지만 그는 듣지 않았다. 그런데 딱 한 번, 수업에 들어가기 전에 예습을 해오지 않아서 신부님이 내게 질문을 하지 않았으면 좋겠다고 내가 그에게 말했을 때 그가 나를 도와주었다.

신부님은 교실을 둘러보며 미리 숙제로 내준 교리문답 한 구절을 암송할 학생을 찾고 있었다. 그런데 이리저리 둘러보던 신부님의 시선이 죄지은 내 얼굴에서 멈추었다. 신부님은 손가락으로 나를 가리키며 내게 다가왔다. 이윽고 신부님의 입에서 내 이름이 떨어지려는 순간, 신부님이 뭔가 불편한 표정을 지으며 자신의 옷깃을 잡아당기더니 신부님을 똑바로 바라보고 있던 데미안 앞에서 멈춰 섰다. 데미안에게 뭔가 물으려는 것 같았다. 그러나 신부님은 다시 등을 돌리더니 목청을 몇 차례 가다듬은 다음 다른 학생의 이름을 불렀다.

너무 재미있는 묘기였지만 나는 내 친구가 내게도 종종 비슷한 장난을 쳤다는 것을 차츰 알게 되었다. 내가 등굣길에 데미안이 뒤에서 걸어오는 것 같은 느낌이 들어 뒤를 돌아보면 바로 그가 거기에 있곤 했다.

"형, 실제로 남에게 형이 원하는 행동을 하게 만들 수 있는 거야?" 내가 물었다.

그는 차분하게 사실대로, 마치 어른처럼 대답했다.

"아니야. 그럴 수는 없어. 신부님은 우리에게 자유 의지가 있다고 말씀하시지만 그런 건 없어. 다른 사람이 뭘 원하는지 그 생각을 따라갈 수도 없고 내가 원하는 대로 다른 사람 생각을 따라오게 할 수도 없어. 하지만 사람을 유심히 관찰해보면 때로는 그 사람이 무슨 생각을 하고 있고 어떻게 느끼고 있는지는 정확하게 알아낼 수 있어. 그러면 그가 다음에 무슨 행동을 할 것인지 예상할 수 있지. 실은 아주 간단한 거야. 다만 사람들이 모르고 있을 뿐이지. 물론 연습이 필요하긴 해. 예를 들어볼게. 암컷이 수컷보다 훨씬 수가 적은 나방 종이 하나 있어. 그 나방의 번식 방법은 다른 동물과 똑같아. 수컷이 암컷을 수태시키고 암컷이 알을 낳는 거지. 그런데 학자들이 여러 번에 걸쳐 연구한 결과에 따르면 암컷이 한 마리 있으면 수컷들이 밤에 사방에서 날아와. 심지어 몇 시간 걸리는 거리에서도 날아온다는 거야. 몇 시간이나 걸리는 곳에서! 생각해봐! 몇 킬로미터 떨어진 곳에 있던 수컷들이 그 근방에 단 한 마리밖에 없는 암컷을 감지해내는 거야. 어떻게 그런 일이 가능한지 설명 방법을 알아내려고 해도 쉽지가 않아. 사냥개가 눈에 보이지 않는 짐승의 발자취를 따라가듯 일종의 후각이거나 뭐, 그런 비슷한 걸 지니고 있겠지. 알겠니? 자연에는 그처럼 설명할 수 없는 일들이 수도 없이 많아. 하지만 내가 하고자 하는 이야기는 이런 거야. 만일 암컷의 숫자가 수컷만큼 많았다면 그 나방의 수컷들은 그런 고도의 감각을 갖지 못했을 거라는 이야기지. 수컷들은 그만큼 훈련에 의해서 그런 능력을 갖게 된 거야. 사람도 마찬가지야. 어떤 사람이 그의 의지력을 어떤 한 가지 목표에 집중하면 그것을 달성할 수 있어. 그게 다야. 네 질문에 대한 답이기도 해. 어떤 사람을 충분히 집중해서 관찰해봐. 그러면 그 사람에 대해서 그 사람 자신보다 더 잘 알 수 있게 돼."

그의 말을 듣자 '독심술'이라는 단어가 입가를 맴돌면서 하마터면 이미 머나먼 과거 일이 되어버린 크로머와 우리들 사이에 있었던 일을 그에게 상기시킬 뻔했다. 하지만 그 일은 우리 둘 사이의 관계에 끼어 있는 일종의 '이방인' 같은 것이었다. 내 삶에 그토록 심각하게 침범해 들어왔던 그 일에 대해 우리 둘은 가벼운 암시조차 하지 않았다. 마치 우리 둘 사이에 아무 일도 없었던 것 같거나 혹은 우리들 각자가 상대방은 그 일을 잊었으리라고 굳게 믿고 있는 것 같았다. 둘이 함께 길을 걷다가 우연히 크로머의 모습을 보게 되어도 우리는 서로 눈길 한번 주지 않았으며 그에 관해서는 한마디도 하지 않았다.

"그렇다면 의지는 어떻게 되는 거야?" 내가 물었다. "좀 전에 우리에게 자유 의지는 없다고 말했잖아. 그런데 그 어떤 목표를 이루려면 거기에 우리의 의지를 집중해야 한다고도 방금 말했지? 그건 말이 안 돼. 내가 내 의지의 주인이 아닌데 어떻게 내 의지를 내 마음대로 원하는 방향으로 이끌 수 있다는 거야?"

그는 내 등을 가볍게 두드렸다. 내가 마음에 들면 늘 하던 행동이었다.

그가 웃으며 말했다.

"그런 질문을 하다니 아주 좋아! 언제나 질문하고 언제나 의심해야 해. 하지만 답은 간단해. 예를 들어 그 나방이 별 같은 것처럼 도저히 도달할 수 없는 곳을 향해 의지를 집중했다고 쳐. 그건 분명히 이루지 못하겠지. 아예 그런 시도조차 안 할 거야. 나방은 그에게 의미가 있고 가치가 있는 것, 그가 필요로 하는 것, 살아가는 데 필수불가결한 것에 한정해서 온 힘을 다할 뿐이야. 바로 그 때문에 도저히 믿을 수 없는 능력도 갖게 되는 거지. 자기 외에 다른 동물은 갖지 못하고 있는 마법의 육감(六感)을 지니게 되는 거야. 우리 인간이야 활동 범위가 동물보다 넓고 선택의 폭도 다양하며 관심 범위도 넓지. 하지만 우리 인간도 실은 상대적으로 제한된 범주에 갇혀 있고 그 틀을 깰 수도 없어.

만일 네가 무슨 수를 써서라도 북극에 도달하기를 원한다고 상상해봐. 그 소원을 성취하려면 그 욕망 자체를 극대화시켜서 모든 것을 그 욕망에 집중시키고 네 삶 전체를 그 욕망에 의해 움직이게 하면 돼. 일단 그런 상태에 이르게 되어, 네 안에서 자발적으로 우러나오는 내적인 명령에 의해서 그 무언가를 위해 노력한다면 너는 그것을 성취할 수 있게 되는 거야. 그리고 그럴 때면 너는 너의 의지를 마치 말 잘 듣는 말처럼 마차에 묶어 놓을 수 있어. 하지만 신부님이 이제 안경을 쓰시지 않게 해야 겠다는 의지를 발동해봐야 아무 소용이 없어. 그런 건 그냥 장난에 불과할 뿐이야.

지난 가을 내가 자리를 바꾼 거 궁금하지? 앞이었던 내 자리를 바꿔야겠다고 마음먹었을 때 그건 하나도 어렵지 않은 일이었어. 그때 나보다 알파벳은 앞이지만 몸이 아파서 오랫동안 학교에 오지 못하던 애가 갑자기 등교했어. 그에게 누군가 앞자리를 내주어야 할 판이었지. 물론 내가 그렇게 했어. 내 의지가 기회를 포착할 준비를 미리 하고 있었던 것이고 즉각 행동에 나선 거야."

"맞아, 그때 너무 신기했어. 우리가 서로 관심을 갖게 되면서 형은 점점 더 내게 가까이 왔거든. 정말 어떻게 된 거야? 처음부터 내 옆에 앉지는 않았잖아. 처음에는 내 앞줄에 앉았잖아. 어떻게 자리를 또 바꾸게 된 거야?"

"이렇게 된 거야. 사실 나도 내가 정확히 어떤 자리를 원하는지는 모르고 있었어. 좀 뒤쪽으로 옮겨 가고 싶다는 생각뿐이었지. 바로 네 옆으로 가겠다는 게 내 숨은 의지이긴 했지만 나는 아직 그걸 의식하지 못하고 있었어. 바로 그때 네 의지가 내 의지와 일치하면서 나를 도와준 거야. 내가 네 앞자리에 앉게 되었을 때가 되어서야 비로소 내 소망이 반밖에 실현되지 않았다는 걸, 내 유일한 소망은 네 곁에 앉는 것이라는 걸 깨달은 거야."

"하지만 그때는 아픈 애도 없었고 새로 반에 들어온 애도 없었는데."

"맞아. 하지만 그때는 그냥 내가 하고 싶은 대로 한 거야. 그냥 네 옆에 앉은 거지. 나하고 자리를 바꾼 애는 조금 놀라긴 했지만 내가 하고 싶은 대로 하라고 했어. 신부님도 한 번인가는 뭔가 이상하다고 느끼시긴 했어. 그리고 지금까지도 뭔가 석연찮은 구석이 있다고 은근히 생각하고 계신 게 분명해. 신부님은 내 이름이 데미안이고 D자로 시작한다는 걸 알고 계셔. 그런데 저 뒤에 S자로 이름이 시작되는 아이들 틈에 내가 앉아 있으니 뭔가 잘못되었다고 생각하시는 거지.

하지만 그게 뭔지 분명히 깨닫지는 못하셔. 신부님이 깨달음에 이르는 길에 내가 끊임없이 장애를 설치하기 때문이야. 아주 단순해. 그분이 뭔가 의심스러워서 나를 곰곰 바라보시면 내가 똑바로 그분의 눈을 들여다보는 거지. 그렇게 정색을 하고 바라보는 눈을 오래 견딜 수 있는 사람은 거의 없어. 누구나 금방 불편해져. 네가 누군가에게서 뭔가 얻기를 원하면 두 눈을 똑바로 쳐다봐. 그런데도 그가 불안해하지 않는다면 포기해. 도저히 안 될 거라고 생각하고 영원히 포기해! 하지만 그런 경우는 드물어. 실제로 내가 아는 사람 중에 그런 방법이 통하지 않는 사람은 딱 한 명밖에 없어."

"그게 누군데?" 내가 재빨리 물었다. 그는 눈을 가늘게 뜨고 나를 바라보았다. 그가 생각에 잠길 때 나오는 버릇이었다. 이어서 그는 눈길을 돌리고는 대답을 하지 않았다. 나는 너무 궁금했지만 다시 물을 수는 없었다. 나는 그가 자기 어머니를 말한 것이라고 지금은 믿고 있다. 그가 어머니와 매우 친하다는 이야기가 돌고 있었지만 그는 한 번도 어머니 이름을 언급한 적이 없었고 나를 그의 집에 데려간 적도 없었다. 나는 그의 어머니가 어떻게 생겼는지도 전혀 모르고 있었다.

가끔 나는 데미안을 흉내 내어 내가 성취하고자 하는 그 무언가에 내 의지를 집중하려고 해보았다. 내게도 충분히 절실해 보이는 소망이 있었던 것이다. 하지만 아무 일도 일어나지 않았다. 내 시도는 작동하지 않은 것이다. 나는 그 이야기를 데미안에게 할 수 없었다. 내 소망을 그에게 고백할 수 없던 때문이었다. 그도 내게 묻지 않았다.

그사이 나의 신앙에 균열이 생기기 시작했다. 하지만 데미안의 영향을 받은 것이 분명한 내 생각은, 자신은 절대로 하느님을 믿지 않는다고 떠벌리고 다니는 몇몇 학교 친구들의 생각과는 전혀 다른 것이었다. 그 친구들은 아직 하느님을 믿는 사람이 있다는 건 우스꽝스럽고 부끄러운 일이다, 삼위일체나 무염수태 같은 이야기는 터무니없다, 오늘날까지 그런 말도 안 되는 허접한 것들을 팔고 다니는 사람이 있다는 건 웃기는 일이다, 라고 자주 떠벌렸다.

나는 그들의 의견에 동의하지 않았다. 몇 가지 점에서 의혹을 품고 있기는 했어도 나는 우리 부모님들이 영위하는 것 같은 경건한 삶이 실제로 어떤 것인지 유년 시절부터 알고 있었고 그 삶이 무가치하거나 위선적이지 않다는 것도 알고 있었다. 나는 그 애들과는 반대로 여전히 종교에 대한 깊은 경외심을 느끼고 있었다. 데미안은 그런 내게 성서에 나오는 이야기들이나 교리에 대해 상상력을 발휘해서 보다 자유롭고 보다 개인적으로, 심지어 조금은 장난스럽게 해석하는 데 익숙하도록 해준 것이다. 적어도 나는 그가 해주는 새로운 해석들을 즐겁게 받아들였다. 물론 그중에는 예컨대 카인에 관한 이야기처럼 내가 소화하기에 너무 벅찬 것들도 있었다. 또한 언젠가 견진성사 수업 시간에 너무 대담한 의견을 내게 말해주는 바람에 내가 경악할 수밖에 없던 경우도 있었다.

선생님이 막 골고다 언덕에 대한 이야기를 끝마쳤을 때였다. 성서에 나오는 구세주의 고난과 죽음에 대한 자세한 이야기는 내가 아주 어릴 때부터 내게 깊은 인상을 남긴 이야기였다. 특히 내가 아주 어릴 때 '예수 수난 금요일 날' 아버지께서 예수 수난사를 우리들에게 읽어주시면 나는 깊은 감동을 받았다. 그럴 때면 나는 겟세마네 동산과 골고다 언덕에 있었고 그 슬프고도 아름다운 세계, 유령처럼 창백하면서도 생생하게 살아 있는 그 세계에서 살았다. 또한 바흐의 「마테수난곡」을 늘을 때면 그 신비스러운 세계가 보여주는 어둡게 반짝이는 고통의 빛이 나를 신비로운 전율감에 젖게 하곤 했다. 나는 오늘까지도 이 음악과 바흐의 칸타타 106번 「악투스 트라지쿠스(비극적 행동)」에서 모든 시의 정수를 발견한다.

수업이 끝나갈 무렵 데미안이 생각에 잠긴 목소리로 내게 속삭였다.

"싱클레어, 이 이야기에는 뭔가 마음에 안 드는 게 있어. 한 번 다시 읽어보고 잘 음미해보지 않을래? 뭔가 석연치 않은 맛이 섞여 있어. 예수와 함께 십자가에 매달린 두 강도 이야기를 말하는 거야. 언덕에 세 개의 십자가가 나란히 서 있는 모습이

굉장히 인상적인 건 사실이야. 그런데 곧이어 회개한 착한 강도에 대한 감상적인 이야기가 나오지. 애당초 그는 악당 그 자체였어. 그는 온갖 흉악한 범죄를 저질렀고 하느님은 모든 걸 다 알고 계셨지. 그런데 어떻게 눈물을 철철 흘리며 개전(改悛)과 후회의 눈물 축제를 벌일 수 있었다는 거야! 무덤 두 발자국 앞에서 벌이는 그런 회개가 도대체 무슨 의미가 있어? 네게 묻고 있는 거야. 그건 신부님이 들려주는 달착지근하고 정직하지 못한 옛날이야기일 뿐이야. 거기에 감상벽(感傷癖)이 덧붙여진 것이고 장엄한 배경을 설치해 놓은 거지.

만일 네가 그 두 강도 중 한 명을 친구로 삼거나 둘 중 누가 더 믿을 만한지 결정해야 한다고 생각해봐. 너는 분명 그 징징거리며 개종한 강도를 택하지는 않을 거야. 맞아, 그 강도보다는 다른 강도가 사내답고 개성이 있어. 그는 개종 같은 것에는 콧방귀도 뀌지 않았어. 그런 입장에 처해 있는 사람에게 그런 건 순전히 달콤한 말에 불과했던 거야. 그는 자신의 운명이 정해준 길을 끝까지 따랐어. 그리고 자신을 거기까지 오도록 도와주고 이끌어준 악마를 비겁하게 부인하지 않았어. 그는 당당한 개성을 지닌 자야. 그런데 성서에는 개성을 지닌 사람들이 대개 부당한 대접을 받고 있어. 어쩌면 그는 카인의 후예일지도 몰라. 너는 그렇게 생각하지 않니?"

나는 당황했다. 그때까지 나는 골고다 언덕의 십자가 이야기를 아주 편안하게 들었었다. 그런데 이제까지 내가 얼마나 몰개성적으로, 얼마나 상상력 없이 이 이야기를 듣고 또 읽었는지 비로소 처음으로 알게 된 것이다. 그렇지만 여전히 데미안의 새로운 해석에는 뭔가 불길한 것이 들어 있는 것 같았고 나의 믿음들을 전복시키려고 위협하고 있는 것 같았다. 그리고 내 삶, 내가 고수해야 하는 내 실존(實存)은 그 믿음을 전제로 이어지고 있었다. 아니다! 그 누구도 모든 것을 그렇게 가볍게 볼 수 없다! 특히 가장 신성한 일들에 대해서는 더더욱 아니다!

늘 그렇듯 그는 미처 내가 말도 꺼내기 전에 내 마음속 저항을 금세 눈치챘다.

"알고 있어." 그는 한결 누그러진 어조로 말했다. "별로 새로울 것도 없는 이야기야. 내가 해준 이야기들을 심각하게 받아들일 건 없어. 하지만 네게 이 말만은 해줘야겠다. 우리가 믿고 있는 종교가 얼마나 편협한지 가장 확실하게 보여줄 수 있는 예들 중의 하나라는 것. 내가 말하고자 하는 요점은, 구약과 신약에 나오는 신은 비범한 상(像)이기는 해도 신이 본래 보여주려던 모습은 아니라는 거야. 그 신은 온통 선하고, 고결하고, 자애롭고, 멋있고, 드높고, 감상적이지! 정말 그래! 하지만 세상은 그것과는 다른 것들로도 이루어져 있어. 그런데 그 다른 것들을 온통 악마의 탓으로 돌려버려. 세상의 이 다른 부분, 이 절반이 온통 억압받고 묵살되고 있어.

아주 똑같은 식으로 성서에서는 신을 생명의 아버지로 찬양하지. 그런데 정작 생명의 근원인 성을 완전히 묵살한 채 틈만 나면 죄악이라고, 악마의 작품이라고 묘사하고 있어. 나는 여호와 신을 찬양하는 데 반대하지 않아. 오히려 그 반대라고 할 수 있어. 하지만 우리는 모든 것을, 이 세상 전체를 신성시해야 한다고 나는 말하고 있을 뿐이야. 인위적으로 나누어 놓은 반쪽 말고 전체를! 그러니까 신을 섬기는 것과 마찬가지로 악마도 섬겨야 해. 내게는 그게 옳아 보여. 혹은 악을 포함하고 있는 신을 스스로 창조해야 해. 지극히 자연스러운 세상일들을 보고 눈을 감지 않게 해주는 그런 신 말이야."

그가 그렇게 격한 모습을 보이는 것은 매우 드문 일이었다. 하지만 그는 곧장 미소를 짓더니 더 이상 긴말을 하지 않았다.

하지만 그가 한 말들은 사춘기 때 내가 지니고 있던 비밀, 매일, 매 순간, 나를 따라 다니던 비밀, 하지만 그 누구에게든 한마디도 하지 않았던 그 비밀을 통째로 직접 건드리고 있었다.

데미안이 신과 악마에 대해, 공식적 신적 존재와 억압받고 있는 악마적 존재에 대해 말한 것은 이 세상이 밝음과 어두움의 둘로 나누어져 있다는 나만의 생각, 나만의 신화, 나만의 세상에 대한 개념과 정확히 일치하고 있었던 것이다. 내 안에 품고 있던 질문이 모든 사람과 연관되어 있는 질문이라는 사실, 삶과 사랑 전체에 대한 질문이라는 사실에 대한 깨달음이 갑자기 나를 엄습했다. 나만의 개인적인 삶과 의견이 위대한 사상들의 영원한 흐름에 얼마나 깊이 연루되어 있는가를 갑자기 알고 느끼게 되면서 나는 두려움과 경외감에 사로잡힌 섯이나. 그 깨달음이 내게 어느 정도 확신과 만족을 준 것이 사실이지만 나는 결코 기쁘지 않았다. 그 깨달음은 가혹했고 그 맛이 쓰디쓸 수밖에 없었다. 그것은 곧 내게 의무가 생겼음을, 내가 더 이상 어린아이 행세를 할 수 없음을 뜻했기 때문이다. 그것은 이제 내가 스스로의 발로 설 때가 되었음을 뜻했다.

나는 '두 세계의 존재'라는, 내가 품고 있던 개념을 내 친구에게 말해주었다. 생전 처음으로 내 마음속 깊은 비밀을 드러낸 것이다. 그는 즉시 내 깊은 곳에 간직하고 있던 느낌이 그의 생각과 일치한다는 것을 알아차렸다. 하지만 그는 그런 것을 즉각 이용하는 사람이 아니었다. 그는 그 어느 때보다도 내 이야기에 열심히 귀를 기울이더니 내 눈을 깊이 들여다보았다. 나는 내 눈길을 돌려야만 했다. 그의 시선 속에서 다시 한번 저 이상한 동물 같은 눈길, 시간을 초월해 있는, 상상할 수조차 없는 아득한 나이를 느낀 때문이었다.

"그 이야기는 나중에 다시 하자." 그가 너그럽게 말했다. "네가 겉으로 표현할 수 있는 것보다 깊은 생각을 하고 있다는 것을 알았어. 바로 그 때문에 너는 네 생각대로 살 수는 없다는 것도 알고 있는 거야. 하지만 그건 좋은 게 아니야. 우리가 실제로 살아내는 생각들만이 가치가 있는 법이야. 너는 허가받은 그 세계가 반쪽 세계에 불과하다는 것을 내내 알고 있었으면서도 나머지 반쪽 세계를 신부님이나 선생님들처럼 억압하려 애써왔어. 하지만 성공할 수 없을 거야. 일단 한번 그런 것에 대한 생각을 하고 나면 결코 그걸 완전히 억누를 수 없는 법이거든."

그 말은 곧바로 나의 마음을 건드렸다.

"하지만 이 세상에는 금지된 것도 있고 추한 것도 있잖아!" 나는 거의 외치다시피 말했다. "형도 그건 부인하지 못할걸. 금지된 것이 있으면 우리는 그걸 포기해야 해. 나는 이 세상에 살인과 온갖 악한 짓이 존재한다는 걸 알고 있어. 그렇다고, 그런 것들이 이 세상에 존재한다는 이유만으로 내가 범죄자가 되어야 해?"

"당장 그에 대한 답을 찾을 수는 없겠다." 데미안이 나를 달래듯 말했다. "분명히 너는 누군가를 죽여서도 안 되고, 소녀를 범해서도 안 돼! 절대로 안 돼! 하지만 너는 지금 '허용된 것'과 '금지된 것'의 실제 의미가 무엇인지 이해할 수 있는 데까지는 이르지 못했어. 너는 다만 진실의 어느 한 부분만을 느꼈을 뿐이야. 언젠가 다른 부분도 느끼게 될 거야. 그럴 수 있기를 기대해봐. 예를 들어 너는 요 1년 동안 그 어떤 것들보다 강한 충동과 싸워야만 했어. '금지된 것'으로 간주되고 있는 충동이지. 그런데 그리스 민족이라든지 다른 민족들은 그 충동을 고양시키고 신성시했으며 큰 축제를 벌여 기리기도 했어. 달리 말해 '금지된 것'은 영원하지도 않고 절대적이지도 않아. 언제고 바뀔 수 있어. 우리는 누구든 한 여자와 함께 신부님 앞에 가서 결혼식을 올리면 그 여자와 잘 수 있지. 하지만 오늘날까지도 전혀 다른 풍습을 지닌 민족이 있어. 바로 그 때문에 우리는 각자 과연 무엇이 허용된 것이고 무엇이 금지된 것인지—자기 자신에게 말이야—스스로 찾아야만 해.

누구든 법을 단 한 번도 어기지 않았어도 악당일 수 있어. 그 반대도 마찬가지야. 실제로 그건 그냥 편의상의 문제일 뿐이지

'허용된 것'과 '금지된 것'의 문제에 해당되는 게 아니야. 지나치게 게으르고 편안함만 원하는 사람은 스스로 생각하거나 판단을 할 수 없기에 그냥 법이 시키는 대로 모든 걸 판단하고 따라. 반대로 자기 자신만의 법을 자기 속에서 느끼는 사람들이 있어. 그들에게는 존경받는 사람들이 1년 내내 매일매일 하는 일들이 금지되어 있고 반대로 사람들이 경멸하는 일들이 허용될 수도 있어. 누구든 자신의 두 다리로 서야만 하는 거야."

그는 자신이 말이 너무 많았다는 것을 갑자기 후회라도 하듯 입을 다물었다. 그 순간 그가 무엇을 느꼈는지 나는 알 수 있었다. 그는 평소에 자신의 생각을 그냥 유쾌한 이야기하듯 별 열의 없이 늘어놓곤 했지만 사실은 언젠가 내게 말했듯 대화를 위한 대화를 견디지 못했다. 그런데 그는 나와의 대화에 수많은 재치, 수다를 떠는 즐거움, 혹은 그 비슷한 것이 너무 많이 들어가 있음을 느낀 것이다. 간단히 말하자면 그 자체 '완벽한 몰입'으로서의 대화는 부족하다는 것을 홀연 느끼게 된 것이다.

내가 방금 쓴 '완벽한 몰입'이라는 두 단어를 다시 읽어보니 내가 아직 반쯤 어린아이였을 때 막스 데미안과 나 사이에 있었던 일들 중에 가장 인상적이었던 장면이 하나 불쑥 마음에 떠오른다.

견진성사 날이 다가오고 있었고 우리는 '최후의 만찬'을 주제로 수업을 받고 있었다. 신부님에게는 매우 중요한 주제였기에 신부님은 아주 공을 들여 설명을 하고 있었다. 우리는 이 수업 분위기에서 일종의 장엄함을 느끼고 있었다. 하지만 그 시간 내내 내 정신은 온통 다른 곳에 가 있었다. 바로 내 친구에게 집중되어 있었던 것이다.

견진성사는 교회 공동체의 일원으로 엄숙하게 받아들여지는 의미를 지닌 중요 행사였다. 그런 중요한 행사를 코앞에 두고서도 나는 종교적 가르침의 가치가 내가 교실에서 배운 데 있지 않고 막스 데미안과 가까이 지내면서 받은 영향에 있다는 생각이 드는 것을 어쩔 수 없었다. 견진성사를 앞두고 내가 받아들여질 곳은 교회가 아니라 그와 전혀 다른 그 무엇, 지구상 어딘가에 존재할 것이 틀림없는, 그 대표나 메신저를 내 친구로 삼게 될 그런 사상과 개성으로 이루어진 교단이었다.

나는 그 생각을 물리치려고 애를 썼다. 나는 견진성사에 위엄을 갖춘 채 참여하고 싶었다. 그런데 내가 갖추고 싶어 하는 그 품위는 나의 새로운 생각들과는 잘 어울리는 것 같지 않았던 것이다. 하지만 아무리 애를 써도 그 생각은 여전히 남아 있었고 그 생각은 다가오고 있는 행사와 굳게 연결되었다. 즉 나는 그 행사를 남들과는 다르게 규정할 준비가 되어 있던 셈이었다. 그 행사는 데미안을 통해 알게 된 사고의 세계 속에서 받아들여지는 것과 같은 뜻을 지니게 된 것이다.

그러던 어느 날이었다. 수업 시작 바로 전에 나는 데미안과 논쟁을 벌였다. 내 친구는 입에 단추라도 채운 듯 아무 말도 없이, 노숙한 척할 뿐 아니라 잰 체하는 내 이야기를 그냥 심드렁하게 듣고 있었다.

"우리, 말을 너무 많이 한다." 그가 이례적으로 진지하게 말했다. "말만 잘하는 건 아무 가치가 없어. 거기에 취하다 보면 자신을 잃게 될 뿐이야. 자기 자신을 잃는 건 죄악이야. 자기 자신 안으로 완벽하게 기어들 수 있어야 해. 마치 거북이처럼 말이야."

그런 후 우리는 교실로 들어갔다. 수업이 시작되었고 나는 수업에 집중하려고 애썼다. 데미안은 나를 그냥 내버려 두었다. 그런데 잠시 후 옆자리에서 뭔가 이상한 기미를 느꼈다. 마치 옆자리가 텅 비어버린 듯 이상한 공허감, 혹은 서늘함 비슷한 것이 느껴졌던 것이다. 그 느낌이 너무 강해서 나는 옆으로 고개를 돌렸다.

내 친구는 여전히 그 자리에 있었다. 언제나처럼 어깨를 쫙 펴고 똑바로 앉아 있었다. 하지만 그는 평소와 완전히 달랐다. 그에게서 그 무언가가 발산되고 있었고 알 수 없는 무언가가 그를 감싸고 있었다. 나는 그가 눈을 감고 있으리라고 생각했지만 아니었다. 그는 눈을 뜨고 있었다. 하지만 그의 눈은 그 무엇엔가 초점이 맞춰져 있지 않았다. 마치 아무것도 보지 않는 것 같았으며 내면을 향하여, 혹은 아주 먼 곳을 향하여 고정되어 있는 것 같았다. 그는 그렇게 꼼짝 않고 앉아 있었으며 심지어 숨조차 쉬지 않는 것 같았다. 그의 입은 마치 나무나 돌로 깎아 만든 것 같았다. 얼굴은 마치 돌처럼 고르게 창백했으며 그의 갈색 머리칼만이 유일하게 살아서 움직이는 것 같았다. 그의 두 손은 마치 돌이나 과일 같은 무생물처럼 책상 위에 놓여 있었다. 그 손은 비록 창백하고 움직이지 않았지만 맥없이 늘어져 있는 것이 아니라 그 안에 왕성한 생명력을 감추고 있는 단단하고 훌륭한 껍질 같았다.

나는 그의 모습을 보고 몸을 떨었다. '죽었다!'라고 나는 생각했고 큰 소리로 외칠 뻔했다. 나는 마법에라도 걸린 듯 나의 두 눈을 그의 얼굴에서, 이 창백하고 돌로 만든 가면 같은 그의 얼굴에서 떼지 못했다. 그리고 나는 느꼈다. '이게 진짜 데미안이다!' 그가 나와 함께 걸으면서 이야기를 나누었을 때 그것은 그의 반쪽이었으며 그 반쪽이 가끔 그의 역할을 한 것이다. 그 반쪽이 상황에 적응해서 남들이 하는 행동을 그냥 공손하게 따라 했을 뿐이다. 하지만 진짜 데미안의 모습은 바로 이것이다. 원시적이며 동물적이고 대리석 같은, 아름다우면서 차가운, 죽어 있으면서 전설적인 생명으로 비밀스럽게 충만해 있는 저 모습! 그리고 그를 둘러싸고 있는 이 고요한 공허, 이 정기(精氣)와 별들의 공간, 이 고독한 죽음!

나는 그가 완전히 자기 속으로 들어가버렸음을 느끼고 전율했다. 순간 나는 처절한 외로움을 느꼈다. 이처럼 고독했던 적이 단 한 번도 없었다. 그의 내부에 내 자리는 없었다. 그는 도달할 수 없는 곳에 있었다. 그는 이 세상 가장 먼 곳보다 더 멀리 있었다.

오, 내 옆에 있는 그 누구도 그의 이런 모습을 보지 못하다니! 모두들 그를 보아야 했다! 모두들 전율해야 했다! 하지만 그 누구도 그에게 주의를 기울이지 않았다. 그는 그곳에 조상(彫像)처럼 앉아 있었고 나는 그가 우상처럼 당당하다고 생각했다. 파리 한 마리가 그의 이마에 내려앉아 천천히 코와 입술을 따라 내려갔다. 근육 하나 꿈틀하지 않았다. 그는 지금 어디에 있을까? 무슨 생각을 하고 있을까? 무엇을 느끼고 있을까? 천국에 있을까, 지옥에 있을까? 나는 그에게 물어볼 수 없었다.

수업이 끝나고 그가 다시 살아나 숨을 쉬게 되자 그는 나를 바라보았다. 전과 전혀 다름없는 모습이었다. 그는 어디에서 왔을까? 어디로 갔던 것일까? 그는 피곤해 보였다. 얼굴에 다시 혈색이 돌았고 다시 손을 움직였지만 갈색 머리칼에는 생명이 사라진 듯 윤기가 없었다.

이후 며칠 동안 나는 내 침실에서 새로운 훈련을 시작했다. 의자 위에 똑바로 앉아 눈을 똑바로 뜬 채 꼼짝도 않고 앉아서 내가 얼마나 오래 견뎌낼 수 있는지, 내가 무엇을 느낄 것인지 실험해본 것이다. 하지만 오로지 몸만 피곤해지고 눈꺼풀에 경련이 일었을 뿐이다.

그로부터 얼마 후 견진성사가 있었다. 하지만 그에 대해서는 별로 중요한 기억이 남은 것이 없다.

이제 모든 것이 변했다. 내 유년기가 나로부터 떨어져 나간 것이다. 부모님들은 당황한 눈길로 나를 바라보았다. 누이들은 내게 낯선 존재들이 되었다. 마법에서 풀려나 각성한 내 눈길 아래서 내게 익숙했던 감정들이나 즐거웠던 것들이 이지러졌고 심드렁해졌다. 정원은 향기를 잃었고 숲은 내게 더 이상 매력적이지 않게 되었다. 내 주위의 세계는 떨이로 내놓은 철 지난 물건들처럼 김이 다 빠진 채 서 있었고 매력이라곤 온데간데없이 사라져버렸다. 책들은 종이에 불과했고 음악은 삐걱거리는 소음일 뿐이었다. 그것은 가을에 낙엽이 나무 주위에 떨어지는 것과 같았다. 나무는 내리는 비를, 태양과 서리를 의식하지 못하고, 생명이 서서히 안으로 물러나는 것을 의식하지 못한다. 하지만 나무는 죽지 않는다. 나무는 기다리는 것이다.

방학이 끝나는 대로 나는 기숙학교에 들어가기로 결정되었다. 처음으로 집을 떠나 생활하게 된 것이다. 이따금 어머니가 내게 특별한 애정을 보여주셨다. 마치 내가 집을 떠날 것에 대비하여 미리 내 마음속에 사랑과 향수와 잊지 못할 것들을 심어 놓으시려는 것 같았다. 데미안은 멀리 여행을 떠났다. 나는 홀로였다.

제4장 베아트리체

    내 친구를 다시 보지도 못한 채 방학이 끝나 갈 무렵 나는 성(聖) **시로 갔다. 부모님들이 함께 오셔서 김나지움(대학 진학 준비 학교) 선생님들 중의 한 명이 운영하고 있는 기숙사에 나를 맡기셨다. 만일 그때 부모님들이 나를 어떤 세계에 던져 놓은 것인지 아셨더라면 놀라서 기절초풍했으리라. 나는 중대한 기로에 놓여 있는 셈이었다. 내가 좋은 아들과 쓸모 있는 시민이 될 것인가 아니면 내 본성이 나를 전혀 다른 방향으로 이끌고 갈 것인가? 부모님의 그늘 아래서 행복을 성취하려는 나의 시도는 꽤 오래 지속되었고 때로는 거의 성공하는 듯 보이기도 했지만 결국은 실패로 끝났다.

    견진성사 이후에 내가 처음으로 맛보았던 묘한·공허감과 고독감(오, 이후 나는 이 황량하고 무기력한 기분과 그 얼마나 친근해졌던가!)은 그렇게 빨리 사라지지 않았다. 고향과의 이별은 놀랄 정도로 쉬웠으며 별로 아쉬운 기분이 들지 않는 자신이 부끄러울 정도였다. 누이들은 별 이유도 없이 울었다. 하지만 내 눈은 메말라 있었다. 나는 스스로도 놀라웠다. 나는 언제나 다정다감하고 착한 아이였다. 하지만 지금은 모든 게 완전히 변해버렸다. 바깥 세계에 대해서는 전혀 관심도 두지 않고 행동했으며 내 내면의 목소리, 저 안에서 포효하며 흐르고 있는 내면의 흐름, 그 금지된 어두운 흐름에만 사로잡혀 있는 날들이 많았다.

지난 반년 동안 나는 키가 훌쩍 컸으며 어른도 아이도 아닌 상태에서 삐쩍 마른 모습으로 세상 속을 어슬렁거리고 있었다. 소년으로서의 매력은 내게서 사라져버렸으며 나는 이제 더 이상 그 누구도 이전처럼 나를 사랑하지 않으리라고 느꼈다. 그리고 분명히 나 자신도 나를 사랑하지 않았다. 이따금 데미안이 무척이나 보고 싶었지만 그에 못지않게 그가 미웠다. 내 마음을 메마르게 만들고 마치 몹쓸 병에라도 걸린 듯 나를 흔들리게 만든 것이 그의 탓으로 여겨진 때문이었다.

소년들 기숙사에서 나는 남들에게 호감을 주지도 못했고 존중받지도 못했다. 나는 처음에는 남들의 놀림감이 되었으며 곧

이어 모두들 나를 피했다. 그들은 나를 마치 무슨 음침한 사람, 기묘하게 기분 나쁜 사람 취급했다. 나는 기꺼이 그 역(役)을 받아들였고 심지어 과장하기까지 했다. 나는 고독 속에 칩거했다. 밖에서 보기에는 견고한 성 안에서 바깥세상을 경멸하는 사내다운 사람으로 보였을 것이다. 하지만 실제로는 마치 발작처럼 자주 밀려드는 우울과 절망에 남몰래 짓눌리고 있었다. 학교에서는 전에 배운 지식들을 밑천으로 그럭저럭 지낼 수 있었다. 이곳 학교에서의 진도는 전에 내가 다니던 학교보다 약간 뒤처져 있었고 나는 그 때문에 내 또래 아이들을 어린아이 보듯 경멸적으로 대하기 시작했다.

그런 식으로 한 해 남짓 흘러갔다. 그사이 방학을 이용해 집에 몇 번 다녀왔지만 그저 시들하기만 했고 집을 떠날 때가 되면 오히려 반가웠다.

11월 초였다. 나는 날씨와 상관없이 생각에 잠겨 산책하는 습관을 들였다. 산책을 하면서 나는 우울, 세상을 향한 비웃음, 자기혐오 등이 뒤섞인 기묘한 희열을 느끼곤 했다. 어느 안개 낀 저녁 나는 그런 식으로 마을 길을 어슬렁거리고 있었다. 오가는 사람 없는 황량한 공원 앞 큰길이 내게 들어오라고 손짓하는 것 같았다. 나는 길에 두껍게 깔린 낙엽들을 마치 화가 난 듯 발로 헤집었다. 축축하고 씁쓰레한 냄새가 났다. 멀리 나무들이 안개 속에서 마치 유령처럼 희미하게 거대한 모습들을 불쑥 드러냈다.

나는 큰길 끝에 어정쩡한 모습으로 선 채 검은 잎들을 바라보며 축축한 쇠락과 죽음의 내음, 마치 내 안의 그 무엇인가가 반기는 것 같은 그 내음을 깊이 들이마셨다. 그때였다. 옆길에서 외투 깃을 바람에 날리며 누군가가 내게 다가왔다. 내가 다시 걸음을 옮기려는 순간 그가 나를 불렀다.

"이거, 싱클레어 아냐?"

그가 내게 다가왔다. 우리 기숙사에서 나이가 제일 많은 알폰스 벡이었다. 그가 나를 비롯해 모든 후배들에게 비꼬는 듯하면서도 어른처럼 점잖을 떠는 말투를 쓴다는 것만 빼놓는다면 그를 만나는 것이 늘 반가웠고 그에게 특별한 반감도 없었다. 그는 곰처럼 힘이 세다고 알려져 있었으며 기숙사 사감 선생님조차 꼼짝 못 하게 손아귀에 넣고 있다고 알려져 있었다. 그는 학생들 사이에서 영웅으로 소문이 나 있었다.

"너, 여기서 뭐 하는 거니?" 그는 상급반 학생들이 후배들에게 말을 걸 때 흔히 그렇듯 상냥하게 물었다. "어디 내기해볼까? 너 시를 지었지?"

"무슨 말도 안 되는 소리를." 나는 퉁명스럽게 대답했다.

그는 웃음을 터뜨리더니 내 곁을 따라오며 가볍게 말을 걸었다. 누군가와 같이 걸으며 이야기를 나누기는 정말 오랜만이었다.

"싱클레어, 내가 이상하게 생각한다고 겁먹을 거 없어. 가을날 저녁 안개 속에서 이렇게 생각에 잠겨 걷고 있다면 거긴 뭔가 있는 거야. 이럴 때 시가 저절로 떠오른다고 알고 있어. 죽어가는 자연에 대하여. 그리고 잃어버린 청춘에 대하여. 둘은 서로 비슷하거든, 예를 들어, 하인리히 하이네를 봐."

"난 그렇게 감상적이지 않아." 나는 자신을 방어했다.

"좋아, 그 얘긴 그만하자. 하지만 이런 날씨에는 어디 조용한 곳에 가서 와인이든 뭐든 한잔하는 게 제격이지 않아? 어때, 같이 가지 않을래? 난 지금 외롭다 이거야. 싫으면 관두고. 굳이 너를 유혹할 생각은 없어. 네가 삐딱한 짓을 하기 싫어하는 모범생이라면 말이야."

얼마 후 우리는 마을 끝에 있는 허름한 술집에 앉아 질이 의심스러운 포도주를 마시며 두꺼운 잔을 부딪쳤다. 처음에는 꺼림칙했지만 어쨌든 뭔가 새로운 것이긴 했다. 그리고 얼마 안 있어 술에 익숙지 않은 나는 말이 많아졌다. 마치 내 안의 창문이 하나 열린 것 같았고 그 창문을 통해 세상이 불꽃을 터뜨리고 있는 것 같았다. 그 누군가와 이야기를 나누어본 것이 정말 얼마만이던가! 나의 상상의 날개가 마구 펼쳐졌고 심지어 카인과 아벨의 이야기까지 터져 나왔다.

벡은 아주 즐겁다는 듯 내 말에 귀를 기울였다. 드디어 내가 그 무언가를 줄 수 있는 사람이 생긴 것이었다. 그는 내 어깨를 두드리며 나를 굉장한 놈이라고 치켜세웠다. 누군가에게 말을 걸고 소통을 하고 싶다는 욕구, 나보다 나이 많은 소년에게 인정받고 싶다는 욕구, 오랫동안 억눌려 있던 그 욕구가 분출되는 기쁨을 맛볼 기회가 생긴 것이었고, 덕분에 내 가슴은 한껏 부풀어 올랐다. 그가 나를 정말 천재 같은 놈이라고 불러주자 그의 말이 마치 감미로운 포도주처럼 내 영혼에 퍼졌다. 세상은 새로운 색을 띠고 타올랐으며 온갖 생각들이 수백 개의 샘들로부터 대담하게 솟아 나왔다. 내 안에서 열광의 불꽃이 타올랐다.

우리는 선생님들에 대해서, 학우들에 대해서 토론을 벌였으며 둘이 완벽하게 통하는 것 같았다. 우리는 그리스에 대하여, 이교도에 대하여 이야기했고 벡은 내게 여자와의 첫 경험에 대해 털어놓으라고 재촉했다. 하지만 그것은 내 영역 밖의 문제였다. 내게는 아무런 경험도 없었고 이야기할 만한 것도 없었다. 내가 느낀 것, 내가 상상 속에서 경험한 것들이 내 안에 아프게 들어앉아 있었지만 그것은 술의 힘으로도 끄집어낼 수 없는 것이었으며 남에게 전달할 수도 없는 것이었다. 벡은 여자들에 대해서 훨씬 더 아는 게 많았다. 나는 한 마디도 끼어들지 못한 채 그의 위업들에 귀를 기울였다. 도저히 믿을 수 없는 이야기들이었다. 내 생각 속에서는 결코 가능하다고 여겨질 수 없던 것들이 매일매일의 현실이 되었고 정상적인 것이 되었다.

열여덟 살이었던 알폰스 벡은 정말로 온갖 경험에 대해 이야기를 해줄 수 있는 것 같았다. 예를 들어 소녀들에 대해 알게 된 재미있는 사실도 그는 이야기했다. 시시덕거리기를 원하는 소녀들과 노는 것도 재미있지만 그런 건 실제로는 얻는 게 아무것도 없다는 것이었다. 그는 실질적인 성공은 부인들에게 기대할 수 있다고 했다. 부인들이 훨씬 사리 분별이 정확하다는 것이었다. 예를 들어 문구점 주인인 야겔트 부인과는 온갖 이야기를 다 나눌 수 있으며, 그 가게 계산대 뒤에서 무슨 일이 벌어지고 있는지는 그 어떤 책에서도 볼 수 없을 것이라고 그는 말했다.

나는 황홀감에 얼이 빠진 채 앉아 있었다. 물론 내가 야겔트 부인과 사랑에 빠지는 일은 결코 있을 수 없는 일이리라. 그래도 그 이야기는 들어본 적도 없는 이야기였고 도저히 믿을 수 없는 이야기였다. 그곳에는 내가 감히 꿈도 꿀 수조차 없는 쾌락의 샘이—최소한 나보다 나이가 많은 아이들에게는—숨어 있는 것 같았다. 그의 이야기에는 뭔가 올바르지 않은 것 같은 구석이 있었다. 그리고 내가 맛보게 되리라고 예상하고 있었던 사랑의 맛에 비해서는 별로 매력이 없었고 너무 평범했다. 하지만 최소한 이것이 현실이었다. 이것이 삶이고 모험이었으며 내 앞에 그것을 경험한 사람이, 그 모든 것을 지극히 정상이라고 여기는 사람이 앉아 있었다.

일단 한번 정점에 이르자 우리들의 대화는 점차 줄어들었다. 나는 이제 더 이상 그와 고담준론을 나누는 '천재 같은 놈'이 아니었다. 나는 단지 한 남자에게 귀를 기울이고 있는 소년으로 쪼그라들었다. 그럼에도 불구하고 몇 달 동안의 내 생활보다는 훨씬 감미로웠고 낙원 같았다. 게다가 그것 역시 금지된 영역이었다.—그 자각은 아주 천천히 들었다—이렇게 술집에 앉아 있는 것으로부터 이야기 내용까지 모두 금지된 영역에 속했으며 최소한 내게는 반역의 맛을 풍기고 있었다.

나는 그날 밤의 일을 아주 또렷하게 기억할 수 있다. 우리 둘은 늦은 밤 축축하고 흐릿한 가스 등불이 켜진 길을 통해 집으로 향했다. 나는 생전 처음으로 취해 있었다. 유쾌하지는 않았다. 사실은 고통스러웠다. 하지만 거기에는 그 무언가가 있었다. 스릴이 있었고, 반역적인 방탕함이 주는 달콤함이 있었으며 그것이 바로 삶이며 정신이었다. 벡은 "머리에 피도 안 마른 놈이!"라고 내게 심한 욕설을 퍼부으면서도 나를 끝까지 떠맡았다. 그는 나를 반쯤은 떠메고 기숙사로 데려왔다. 기숙사에 도착하자 그는 열린 복도 창문으로 나를 밀어 넣었다.

잠깐 죽은 듯 잠을 자고 일어나 술이 깬 상태에서 나를 맞은 현실은 고통과 무감각과 우울함이었다. 나는 몸을 일으켜 침대에 앉았다. 어제 입었던 셔츠를 그대로 입은 채였다. 나머지 옷가지들은 바닥에 널려 있었고 담배 냄새와 토사물 냄새가 진동하고 있었다. 두통과 욕지기와 타는 듯한 갈증에 시달리는 가운데 내가 오랫동안 외면해 왔던 장면들이 떠올랐다. 눈앞에 부모님의 집, 아버지와 어머니, 누이들, 정원이 보였다. 친근한 나의 침실, 학교, 시장이 보였고 데미안과 견진성사 수업을 받고 있는 교실이 보였다. 모든 것이 광채에 휩싸여 있었으며 멋지고 경건하고 순수했다. 나는 이제 확실히 깨달을 수 있었다. 그것들은 어제까지만 해도, 아니 몇 시간 전까지만 해도 내 것이었고 나를 기다리고 있었다. 그런데 지금 그 모든 것들이 더

럽혀지고 황폐해져 있었다. 그것들은 더 이상 내 것이 아니었으며 나를 거부하고 내게 혐오의 눈길을 보내고 있었다. 사랑스럽고 친근했던 모든 것들, 저 아득한 유년기에 부모님들이 내게 선사한 모든 것들, 어머니의 입맞춤들, 성탄절들, 경건하고 밝게 빛나던 일요일 아침들, 정원에 피어 있는 갖가지 꽃들, 이 모든 것들이 황폐해졌으며 내 발길에 짓밟혔다. 만일 계율을 집행하는 손길이 지금 내게로 뻗쳐 나를 묶은 뒤 나를 지상의 인간쓰레기라며, 신전을 더럽힌 자라며 교수대로 끌고 간다면 나는 기꺼이 따라갔을 것이며 그것이 옳고 합당한 처사라고 생각했을 것이다.

그것이 바로 본래의 내 모습이었던 것이다! 세상을 얕보며 밖을 배회하던 나! 자신의 정신에 대해 자부심을 갖고 데미안과 생각을 나누었던 나! 그런 나의 본 모습이 바로 그것이었다. 똥 덩어리 같은 놈, 더러운 돼지 같은 놈, 술주정꾼에 야비하고 역겨운 애송이, 더러운 욕망에 휩쓸려버리는 천박한 야수 같은 놈, 그것이 바로 나였다. 모든 것이 깨끗하고, 모든 것이 빛나고, 모든 것이 사랑스럽던 그런 순수한 정원에서 온 내가! 바흐의 음악과 아름다운 시를 사랑했던 내가! 메스꺼움과 분노에 사로잡혀 있는 가운데 술에 취한 채 자신을 주체하지 못하고 바보 같은 웃음을 터뜨리고 있는, 야비한 농담을 하며 흥분해 있는 나의 모습, 내 삶의 모습이 보였고, 그 온갖 지저분한 소음들이 들려오는 것 같았다. 그것이 바로 나였다!

하지만 이 모든 사실에도 불구하고 나는 그 고통 자체를 거의 즐기다시피 하고 있었다. 이제껏 나는 장님이었고 무감각했으며 내 가슴은 너무 오랫동안 얌전히 구석에 처박힌 채 불모 상태로 있었기에, 이런 식의 자책감, 이 모든 두려움, 내 영혼이 느끼는 이 모든 불쾌한 느낌조차 환영을 받았던 것이다. 어쨌든 그것은 감정이었고 불꽃이었으며, 최소한 심장은 깜빡거리고 있었다. 나는 나의 비참 한가운데서 해방 비슷한 기분을 혼란스러우나마 느끼고 있었다.

그날 이후, 밖에서 보자면 나는 급속하게 내리막길을 걷고 있었다. 한 번 맛본 술자리는 한 번으로 그치지 않았다. 우리 학교에는 술집을 드나들며 진탕으로 퍼마시는 학생들이 많이 있었다. 나는 곧바로 그들 축에 끼었고 그들 중 가장 나이가 어렸다. 그리고 얼마 가지 않아 나는 마지못해 받아들여진 애송이가 아니라 주모자요 스타가 되었으며 술집에 대담하게 드나드는 놈으로 악명이 높아졌다. 나는 다시 한번 어두운 악의 세계에 속하게 되었고 그 세계에서도 대단한 놈이라는 명성을 얻었다.

그럼에도 불구하고 나는 비참한 기분이었다. 나는 방탕의 구 렁텅이에서 자멸(自滅)의 삶을 살아가고 있었다. 내 친구들은 나를 주도자이자 엄청나게 날카롭고 재미있는 친구로 여기고 있었지만 내 깊은 내면에서 나의 영혼은 비탄에 빠져 있었다. 일요일 아침 술집에서 나오다가 길에서 놀고 있는 어린아이들을 보고 눈물이 솟곤 했던 것이 지금도 기억난다. 머리를 곱게 빗고 일요일 정장 차림을 한 아이들이었다. 나는 방금 전까지만 해도 저 지하의 싸구려 술집에서 질펀하게 늘어진 맥주잔들과 더러운 탁자들에 둘러싸여 지독한 냉소에 가득 찬 이야기로 내 친구들을 즐겁게 했고 가끔은 그들에게 충격을 주기도 했다. 하지만 마음속으로는 내가 냉소를 보내는 것들에 대한 경외심을 가지고 있었으며 내 영혼 앞에서, 나의 과거와 나의 어머니 앞에서, 그리고 하느님 앞에서 엎드려 울고 있었던 것이다. 바로 그 때문에 나는 내 친구들과 한 몸이 될 수 없었고 그들 사이에서도 외로움을 느꼈으며 그 때문에 괴로웠다.

내가 내 친구들과 한 몸이 되지 못하고 그들과 함께 있어도 외로움을 느낄 수밖에 없었으며 고통스러워했던 데는 이유가 있었다. 나는 술집에서 영웅이었으며 야비한 분위기에 맞춰 한껏 냉소를 날렸었다. 나는 온갖 재치와 용기를 발휘해 기발한 생각들을 해냈고 선생들, 학교, 부모들, 교회에 대해 떠벌였다. 또한 나는 온갖 음담패설에도 귀를 기울였고 심지어 내가 그런 이야기에 끼어들어 몇 마디 지껄이기도 했다. 하지만 내 친구들이 여자들을 찾아갈 때 함께 하지는 못했다. 내가 지껄여대는 이야기대로라면 나는 뻔뻔한 바람둥이여야 했다. 하지만 나는 외로웠고 열렬히, 하지만 헛되이 사랑을 갈망했을 뿐이었다. 나는 그 누구보다 쉽게 상처를 받았으며 그 누구보다 숫기가 없었다. 우연히 예쁘고 깨끗한 이 도시의 양갓집 규수들이 순진한 표정으로 우아하게 내 앞을 걸어가는 모습을 보게 되면, 그녀들은 마치 달콤한 꿈속에서 만난 여자들 같았으며 나보다 1,000배 이상 훌륭한 여자들인 것 같았다. 또한 나는 한동안 야겔트 부인의 문구점에도 가지 못했다. 알폰스 벡이 해준 이야기가 생각나서 그녀의 모습을 흘낏 보기만 해도 얼굴이 빨개진 때문이었다.

나는 영원히 외로울 수밖에 없으며 새로 사귄 친구들과는 다르다는 사실을 자각하면 할수록 나는 그들에게서 떨어져 나올 수 없었다. 그때 그렇게 술을 퍼마시며 허풍을 떠는 짓이 정말로 즐거운 일이었는지 지금 와서는 더 이상 모르겠다. 술에도 영 익숙해지지 않아서 술을 마신 뒤에는 늘 숙취로 고생했다.

마치 그 무엇인가가 억지로 이 짓을 계속하도록 강요하는 것 같았다. 나는 단순히 내가 해야 할 일을 하고 있었을 뿐이었다. 달리 나 자신을 어찌해야 할지 몰랐기 때문이었다. 나는 오랫동안 홀로 있는 것이 두려웠고 그럴 때면 내게 엄습해 오는 부드럽고 순결한 감정이 두려웠으며, 내 마음속에서 출렁이는 사랑에 대한 생각들이 두려웠다.

내게는 그 무엇보다도 친구가 없었다. 물론 관심을 둘 만한 친구들이 두세 명 있긴 했다. 하지만 그들은 모범생들이었고 나의 비행(非行)은 이미 오래전부터 공개된 비밀이었다. 그들은 나를 피했다. 나는 발밑의 땅이 꺼져 들어가는 가망 없는 악당으로 간주되고 있었다. 선생들은 나에 대해 잘 알고 있었고 나는 몇 차례 엄한 벌을 받았으며 퇴학당하는 것은 시간문제였다. 나는 내가 나쁜 학생이라는 것을 알고 있었으며 그럭저럭 시험을 치르며 근근이 버티고는 있었지만 그리 오래갈 수는 없으리라는 것도 잘 알고 있었다.

하느님이 우리를 외롭게 만들어 우리를 우리 자신에게로 인도할 수 있는 길은 여러 가지가 있다. 당시 하느님은 나를 그런 식의 길로 이끌고 가신 것이다. 그것은 마치 악몽 같았다. 나는 지금 당시의 내 모습을 그려볼 수 있다. 악취가 진동하는 쓰레기 더미를 헤치고, 깨진 맥주병들 사이에서 온갖 독설로 밤을 지새우며, 마치 주문에라도 걸린 몽유병자처럼 쉬지 않고 괴로워하며 더럽고 끈적거리는 길을 기어가는 모습! 우리들은 공주님을 찾아가는 길에 곤경에 처하는 꿈, 온갖 악취와 오물이 가득한 뒷골목에 처박히는 꿈을 꾸곤 한다. 내가 바로 그런 상황에 처해 있었다. 그런 불쾌한 방식으로 나는 고독해야만 하는 운명에 처해 있었던 것이며 나 스스로 나와 유년기 사이에 에덴동산의 문을 세워놓은 것이다. 그 문은 잠겨 있었고 문지기들이 냉혹한 웃음을 흘리며 그 앞에 서 있었다. 그것은 시작이었고, 나 자신을 향한 향수가 깨어나는 순간이었다.

아버지가 담임 선생의 경고성 편지를 받고 성 **시에 처음 나타나셨을 때만 해도 나는 깜짝 놀랐고 두려움에 사로잡혔다. 하지만 그해 겨울이 끝나갈 무렵 아버지가 두 번째로 찾아오셨을 때 나는 이미 무감각해질 대로 무감각해져서 아무런 감흥도 없었다. 아버지가 꾸짖고 애원하며 어머니 생각을 좀 해보라고 말씀하셔도 나는 그저 듣는 둥 마는 둥 했다. 결국 아버지는 크게 격분하시며 내가 생활 태도를 바꾸지 않는다면 나를 퇴학시켜 소년원에 넣겠다고 위협하셨다. 흥, 마음대로 하시라지! 아버지가 떠나시자 죄송한 마음이 들었다. 아버지는 아무런 조치도 취하지 못하셨다. 아버지는 내게 이르는 길을 찾지 못하셨다. 그리고 때때로 그것이 당연한 것처럼 내게는 느껴졌다.

내가 어떤 놈이 되건 내게는 마찬가지였다. 그렇게 엉뚱하고 막돼먹은 모습으로 술집에 앉아 허풍을 떠는 것, 그것이 바로 내가 세상과 싸우는 방식이었다. 그런 과정을 통해 나는 망가져갔지만 때로는 내가 처한 상황을 다음과 같이 이해하기도 했다. 세상이 나 같은 사람을 필요로 하지 않는다면, 나 같은 사람에게 보다 좋은 자리, 보다 높은 과제를 제공하지 못한다면, 좋다, 스스로 파멸의 길로 가는 수밖에! 그러면 세상이 손해를 보는 거지, 뭐!

그해 크리스마스 휴가는 조금도 즐겁지 않았다. 어머니는 내 모습을 보시고 크게 놀라셨다. 나는 키가 쑥 자라 있었고 근육이 축 늘어진 채 눈은 충혈되어 있었으며 깡마른 얼굴은 잿빛이었고 지친 모습이었다. 콧수염이 돋기 시작한 데다 얼마 전부터 쓰기 시작한 안경 때문에 나는 더 낯설어 보였다. 누이들은 뒷걸음질을 치며 킥킥거렸다. 모든 것이 불쾌하기만 했다. 서재에서 나눈 아버지와의 대화도 유쾌하지 않고 씁쓸했으며 몇 안 되는 친척들과 인사를 나누면서도 기분이 좋지 않았다. 무엇보다 크리스마스이브 당일 가장 기분이 나빴다. 크리

데미안

128

스마스이브는 내가 어릴 때부터 우리 집에서 가장 멋진 날이었다. 그날은 사랑과 감사가 넘치는 축제 날이었고, 자식과 부모 간의 유대가 새로워지는 날이었다. 하지만 그해 이브 날은 모든 것이 마음을 무겁게 짓눌렀으며 당혹스러웠다. 여느 때처럼 아버지는 '그들은 그곳에서 양 떼를 지켰다'라는, 들판의 양치기에 관한 성서 구절을 큰 소리로 읽으셨고 누이들도 늘 그렇듯 환하게 웃으며 선물이 놓여 있는 탁자 앞에 서 있었다. 하지만 아버지의 목소리는 시무룩했으며 얼굴은 늙고 긴장된 듯 보였고 어머니는 슬퍼하셨다. 선물과 크리스마스 인사, 복음서 강독, 크리스마스트리 점등(點燈) 등 모든 것들이 어색하기만 했다. 꿀이 든 케이크는 달콤한 향기를 풍겼고 그와 함께 그보다 더 달콤한 수많은 추억들이 그 향기와 함께 흘러나왔다. 크리스마스트리의 전나무 향기는 이제 더 이상 존재하지 않게 된 세계에 대해 속삭이고 있었다. 나는 그날 저녁이, 휴가가 어서 끝나기만 간절히 바라고 있었다.

겨울이 온통 그런 식으로 흘러갔다. 바로 얼마 전에 나는 교무위원회로부터 엄중 경고를 받았고 퇴학 처분 위협을 받았다. 곧 그런 조치가 취해질 판이었다. 좋으실 대로! 그런들 무슨 상관이람!

나는 막스 데미안을 향해 특별한 유감이 있었다. 나는 그동 안 한 번도 그를 만나지 못했다. 내가 성 **시에 온 지 얼마 안 되었을 무렵 그에게 두 번 편지를 썼으나 답장이 없었다. 그래 서 방학 중에도 그를 찾아가지 않았다.

가시나무 울타리에 막 싹이 돋기 시작하던 이른 봄날, 지난 가을에 알폰스 벡을 만났던 바로 그 공원에서 어느 소녀 한 명 이 나의 눈길을 끌었다. 나는 온갖 하찮은 사념들과 걱정에 휩 싸여 혼자 산책을 하고 있었다. 건강이 나빠진 데다 설상가상 으로 계속 금전 문제로 골머리를 앓고 있던 때문이었다. 이미 친구들에게 상당액을 빚지고 있었으며 집으로부터 돈을 받아 내기 위해 계속 거짓 지출 항목을 꾸며내야만 했다. 게다가 여 러 가게에 담뱃값이나 기타 소소한 물건들 외상액도 불어나고 있었다. 하지만 별로 심각한 걱정거리는 아니었다. 물에 뛰어들 거나 소년원에 보내지는 등, 어떤 식으로건 내가 이곳에 존재 하지 않게 된다면 그런 사소한 것들이야 문제될 것이 없었다. 하지만 나는 이런 귀찮은 문제들과 계속 맞닥뜨려야 했고 그 때문에 비참한 기분에 시달렸다.

바로 그러던 봄철 어느 날 어느 젊은 여자가 나의 시선을 끌 었다. 키가 크고 날씬했으며 멋진 옷차림에 영리해 보이면서도 어딘가 사내아이 같은 얼굴이었다. 나는 첫눈에 그녀에게 반했다. 내가 좋아할 만한 유형이었고 곧바로 나의 상상력을 자극했다. 분명 나보다 나이가 더 들어 보이지는 않았지만 훨씬 성숙하고 우아했으며 또렷한 얼굴 윤곽에 숙녀티가 역력했다. 그와 동시에 그녀의 얼굴은 오만함과 소년 같은 분위기를 어딘가 옅게 풍기고 있었으며 나는 특히 그 점이 마음에 들었다.

나는 이제껏 내 마음을 사로잡은 여성에게 접근을 시도해본 적이 없었으며 이번 경우에도 그럴 엄두를 내지 못했다. 하지만 그녀에게서 받은 인상은 이전의 어느 것보다 강렬했으며 그녀에게 심취되었던 경험이 나의 삶에 큰 영향을 미쳤다. 갑자기 내 앞에 하나의 이미지, 고결하고 소중한 이미지가 떠올랐다. 내 마음속 그 어떤 욕구와 충동도 그 이미지를 향한 숭배와 찬탄의 욕구만큼 깊고 격렬하지 않았다. 나는 그녀에게 베아트리체라는 이름을 붙여주었다. 비록 단테의 『신곡』을 읽지는 않았지만 어느 영국 그림 복제품을 갖고 있었기에 나는 베아트리체에 대해서 잘 알고 있었다.

그 그림은 라파엘로 이전 풍으로 그려진 소녀상으로서 팔다리가 길고 가늘었으며 머리도 길었고 손과 표정에는 마치 영혼이 깃들어 있는 것 같았다. 내 마음을 사로잡은 여인과 마찬가지로 날씬하고 소년 같은 얼굴이었으며 그 얼굴에 영혼이 깃들어 있는 것 같은 느낌을 주었지만 둘이 별로 닮은 모습은 아니었다.

비록 그녀에게 단 한마디 말도 건넨 적이 없었지만 당시 그녀는 내게 깊은 영향을 미쳤다. 그녀는 자신의 이미지를 내 앞에 들어 올려 보여줌으로써 내게 성소(聖所)에 이르는 길을 보여주었고 나를 사원 안에서 기도하는 자로 만들었다. 바로 그날부터 나는 모든 술집 출입을 끊었고 야간 탐사를 멀리했다. 나는 다시 혼자 있을 수 있게 되었으며 책을 읽고 홀로 산책을 할 수 있게 되었다.

갑작스러운 나의 변화는 충분한 조롱의 대상이 되었다. 하지만 이제 내게는 사랑하고 숭배할 대상이 생긴 것이었으며 나는 다시 하나의 이상을 지니게 된 것이었다. 내 삶은 다시 예감과 영롱한 신비에 가득 찬 것이 되었고 그 덕분에 나는 조롱에 무감각할 수 있었다. 비록 소중한 이미지의 노예이자 하인으로서였지만 나는 다시 나 자신이라는 고향에 안착할 수 있었다.

그 시절을 다시 회상해보면 나는 저절로 감동에 사로잡히지 않을 수 없다. 나는 그렇게 비틀거리며 지내던 황폐한 세계로부터, 다시 한번 오로지 혼자 힘으로 내면의 '빛의 세계'를 세우려고 혼신의 힘을 다했던 것이다. 나는 다시 한번 나 자신으로부터 어둠과 악을 몰아내기 위해, 완벽한 빛 속에서 신들 앞에 무릎을 꿇고 머물기 위해 모든 것을 바쳤다. 게다가 내가 찾으려는 그 '빛의 세계'는 어느 정도 내가 스스로의 힘으로 창조한 것이었다. 그것은 더 이상 도피도 아니었고, 어머니의 품으로, 아무런 책임도 없는 안전한 곳으로 물러난 것도 아니었다. 그것은 나 자신이 창안해 낸, 내가 스스로 간절히 욕망한 나의 새로운 의무였으며 책임감과 극기가 함께 하는 예배였다. 나를 불안에 끼류했으며 계속 도피하려고만 했던 나의 성(性) 문제는 이제 이 성스러운 불 속에서 하나의 영성(靈性)으로, 하나의 기도로 승화되었다.

어둡고 혐오스러운 것은 추방되어야 했다. 그곳에 더 이상 고뇌에 시달리던 밤도, 음탕한 그림들 앞에서의 흥분도, 금지된 문 앞에서 귀를 기울이는 짓도, 육욕도 있어서는 안 되었다. 그 모든 것들 대신에 나는 베아트리체의 이미지 앞에 제단을 세워야 했고 나를 그녀에게 봉헌함으로써 나를 영혼과 신들에게 봉헌해야 했다. 어둠의 힘들로부터 내가 탈취한 내 삶의 일부분을 밝은 힘들에게 바쳐야 했다. 나의 목표는 쾌락이 아니라 순결함이었고, 행복이 아니라 아름다움이었으며 영성(靈性)이었다.

베아트리체를 향한 이 숭배가 나의 삶을 완전히 바꾸어 놓았다. 지난날의 내가 조숙한 냉소주의자였다면 이제 나는 성인(聖人)이 되는 길에 들어선 입문자였다. 나는 내게 익숙했던 나쁜 생활 태도를 피했을 뿐 아니라 내 삶 구석구석에 순결함과 고결함이 깃들게 함으로써 나 자신을 바꾸려고 노력했다. 나는 먹고 마시면서도 그 생각을 했고 말을 하고 옷을 입으면서도 그 생각을 했다. 나는 냉수마찰로 아침을 시작했다. 물론 처음에는 무척 힘들었다. 나는 신중하고 품위 있게 행동했으며 몸을 꼿꼿이 세운 채 느리고 점잖게 걸었다. 곁에서 바라보면 우스꽝스러웠을지 몰라도 내게는 그 모든 것이 예배를 드리는 것과 같았다.

나의 이 새로운 신념을 보여주기 위해 내가 실천한 것들 중에 내게 정말로 중요해진 습관이 한 가지 있었다. 그림을 그리기 시작한 것이다. 그림을 시작하게 된 데는 내가 지니고 있는 그림의 얼굴과 베아트리체의 얼굴이 별로 닮지 않았다는 사실이 동기로 작용했다. 나는 그녀의 초상을 내 힘으로 그리고 싶었다. 나는 새로운 기쁨과 희망에 들떠서 예쁜 종이, 물감, 붓들을 사서 내 방—최근에 나는 새롭게 방을 옮겼다—으로 가져왔고 팔레트와 유리잔, 도자기 접시와 연필을 준비했다. 작은 튜브에 들어 있는 템페라 물감들이 나를 황홀하게 해주었다.

그 물감들 중에는 강렬한 크롬옥시드 그린이 있었으며 그 물감이 하얀 접시 위에서 처음으로 빛을 발하던 순간이 지금도 눈에 선하다.

나는 아주 조심스럽게 시작했다. 닮은 얼굴을 그린다는 것은 쉽지 않았다. 나는 처음에는 다른 그림들을 그려보는 것으로부터 시작했다. 나는 장식물들, 꽃들, 상상 속의 자그마한 풍경을 그렸고 성당 옆에 서 있는 나무, 사이프러스 나무들이 있는 로마의 다리를 그렸다. 때로는 이 놀이에 완전히 빠져들어 마치 그림물감으로 장난을 하고 있는 어린아이처럼 마냥 즐거워했다. 마침내 나는 베아트리체의 초상화에 착수했다.

한두 장의 그림은 완전한 실패였다. 내가 거리 여기저기서 만난 소녀의 얼굴을 상상하려고 애쓰면 애쓸수록 그림은 더 잘되지 않았다. 결국 나는 소녀의 얼굴을 상상하며 그림을 그리는 것을 포기했다. 나는 첫 번째 터치로부터 자동적으로 발휘되는 상상력과 직관에 따라 붓 가는 대로, 마치 물감과 붓에서 저절로 그림이 나오듯 그림을 그리기 시작했다. 그러자 꿈꾸는 듯한 얼굴이 나타났고, 그런대로 볼만했다. 나는 계속 그림을 그렸고 새롭게 스케치를 할 때마다 점차 모습이 또렷해졌으며 비록 실물과는 가깝지 않았지만 내가 바라던 유형에는 가까운 그림이 대충 나타났다.

나는 점점 더 그런 식으로, 마치 꿈꾸듯 붓을 놀려 되는 대로 선을 그렸으며, 더 이상 모델은 염두에 두지 않은 채 채색을 했다. 마치 잠재의식의 작용을 따르듯 그림을 그려나가는 데 익숙해진 것이다. 그러다가 마침내 어느 날, 이전과는 전혀 다르게 내게 강한 감응을 불러일으킨 그림을 나도 모르는 새 완성했다. 그것은 그 소녀의 얼굴이 아니었고, 결코 그럴 리도 없었다. 그것은 뭔가 다른 것, 뭔가 실재하지 않는 것이었다. 하지만 그렇다고 해서 그 가치가 떨어졌던 것은 결코 아니다. 그것은 소녀의 얼굴이라기보다는 차라리 소년의 얼굴 같았으며 머리카락도 나의 예쁜 소녀처럼 밝고 옅은 금색이 아니라 붉은빛이 감도는 짙은 갈색이었다. 턱은 강인하고 선이 뚜렷했으며 입은 마치 붉은 꽃 같았다. 대체로 어딘가 경직되어 있었고 마치 가면을 쓴 것 같았지만 내게 강한 인상을 주었으며 자신만의 비밀스러운 생명으로 충만해 있는 것 같았다.

완성된 그림 앞에 앉아 있자니 기이한 느낌이 들었다. 그것은 내게 일종의 신의 이미지처럼, 혹은 신성한 가면을 쓰고 있는 것처럼 보였다. 또한 반은 남성, 반은 여성 같았고 나이도 없는 것 같았으며 뭔가 확고한 의지를 담고 있는 것 같으면서도 꿈꾸는 것 같았고, 뭔가 굳어 있는 것 같으면서도 은밀하게 살아 있는 것 같았다. 그 얼굴은 내게 뭔가 전할 메시지가 있는 듯 보였으며 나의 일부인 것 같았고, 내게 뭔가 요구하고 있는 것 같기도 했다. 누군가 닮은 것 같기도 했지만 누구인지는 알 수 없었다.

한동안 이 그림이 내 머리를 떠나지 않았으며 내 삶의 일부가 되었다. 나는 누군가 그 그림을 보고 나를 비웃을까 봐 서랍에 넣고 잠가버렸다. 하지만 내가 내 작은 방에 혼자 있을 때면 그것을 꺼내어 곰곰이 바라보았다. 저녁이면 침대 맞은편 벽에 걸어놓고 잠이 들 때까지 바라보곤 했으며 아침이면 첫 눈길이 그 그림으로 향했다.

바로 그때부터 나는 어릴 때 그랬던 것처럼 다시 많은 꿈을 꾸기 시작했다. 마치 몇 년 동안 꿈을 꾸지 않았던 것 같았다. 그런데 이제 꿈들이 완전히 새로운 이미지들과 함께 돌아온 것이며 내가 그린 그림이 아주 자주 꿈속에 나타났다. 꿈속에서 그 초상은 생생하게 열변을 토했고, 내게 친절하면서 동시에 적의를 보이기도 했으며 때로는 오만상을 찌푸리기도 했고 때로는 한없이 아름답고 조화롭고 고결하기도 했다.

그러던 어느 날 아침, 내가 그런 꿈들에서 깨어났을 때 나는 홀연 그 초상이 누구인지 알아차렸다. 그 그림은 너무나 친근하게 나를 바라보고 있었으며 마치 내 이름을 부르는 것 같았다. 마치 어머니처럼 저 아득한 시절부터 두 눈으로 나를 응시하고 있었던 것 같았고 내가 누구인지 알고 있는 것 같았다. 나는 두근거리는 가슴으로 그림을 응시했다. 그 짙은 갈색 머리, 반쯤 여자 같은 입, 이상하게 밝은(물감이 마르며 저절로 그렇게 되었다) 튀어나온 이마를 응시하면서 나는 자신이 점점 더 인식과 재발견과 앎에 가까워지는 것을 느꼈다.

나는 침대에서 벌떡 일어나 그림으로 다가갔다. 그리고 아주 가까이서 크게 뜬 초록색의 엄격한 두 눈, 오른쪽 눈이 왼쪽 눈보다 약간 높은 그 두 눈을 뚫어져라 바라보았다. 바로 그때 오른쪽 눈이 찡긋했다. 어렴풋이 보일락 말락 한 움직임이었지만 분명히 찡긋했으며 나는 그 그림이 누구인지 알아볼 수 있었다……. 어떻게 이제야 알아볼 수 있었단 말인가? 그것은 바로 데미안의 얼굴이었다.

후에 나는 그림 속의 얼굴을 내 기억 속의 데미안의 진짜 얼굴과 자주 비교해 보았다. 비슷하기는 했지만 똑같은 얼굴은 아니었다. 그럼에도 불구하고 그것은 데미안이었다.

어느 초여름 저녁이었다. 붉은 햇빛이 서쪽으로 향한 내 방

창문을 통해서 비스듬히 비쳐들고 있었다. 방 안은 점점 어둑 어둑해져 가고 있었다. 그때 베아트리체의 초상이기도 하고 데 미안의 초상이기도 한 그 그림을 창문에 핀으로 꽂아 놓고 석 양빛에 비춰 보겠다는 생각이 문득 들었다. 얼굴 윤곽은 흐릿 해졌지만 충혈된 두 눈, 밝게 빛나는 이마, 밝은 진홍빛의 입술 이 표면으로부터 튀어나와 은밀하게, 하지만 야성적으로 빛을 발하는 것 같았다. 해가 진 뒤에도 나는 그것을 한참 바라보고 있었다. 그러자 나는 차츰차츰 그 초상이 베아트리체도 아니고 데미안도 아님을 느끼기 시작했다. 그것은 나 자신이었다. 그 그림이 나를 닮았기 때문이 아니었다.—나는 그럴 리가 없다고 느끼고 있었다—하지만 그것은 내 삶을 결정하고 있는 것이었 으며 내 안의 또 다른 나였고, 나의 운명이자 나의 다이몬(악마이 자 수호신-옮긴이 주)이었다. 내가 다시 친구를 발견할 수 있다면 바 로 그 친구의 모습이 저러하리라. 내가 누군가를 사랑하게 된 다면 그 여인의 모습이 저러하리라. 나의 삶과 죽음이 저러하 리라. 그렇다! 그것은 내 운명의 색조였고 리듬이었다.

그 몇 주 동안 나는 책을 한 권 읽기 시작했다. 그리고 그전 에 읽었던 그 어떤 책보다 강렬한 인상을 받았다. 니체의 글들 을 제외한다면 내 생애 훗날에 이르기까지 내게 그런 감흥을 남긴 책은 드물다. 그 책은 바로 노발리스(18세기 말 독일의 낭만주의 시인-옮긴이 주)의 편지와 경구(警句)들을 모아 놓은 책이었다. 이해할 수 있는 부분은 적었지만 그럼에도 불구하고 이루 말할 수 없을 만큼 나를 매혹시켰다. 그중 한 가지 경구가 지금도 생각난다. 나는 그것을 초상화 밑에 적어놓았다.

운명과 기질은 하나의 동일한 개념에 붙여진 두 단어이다.

나는 그때 그 말의 뜻을 정확히 이해했다. 나는 내가 베아트리체라고 이름 붙인 소녀를 길에서 자주 보았다. 하지만 그녀를 보아도 아무런 감정의 동요가 없었다. 다만 부드러운 하모니, 일종의 예감 같은 것을 느낄 뿐이었다. 나는 너와 연결되어 있다. 하지만 네가 아니라 너의 그림과……. 너는 내 운명의 일부다.

막스 데미안을 향한 그리움이 내게 다시 엄습해왔다. 벌써 몇 년 동안 그의 소식을 듣지 못했다. 한 번인가 방학 때 그를 만난 적이 있긴 했다. 나는 내가 그와의 짧은 만남을 내 기록에서 빼버렸음을 알았다. 허영심과 부끄러움 때문에 그랬음을 나는 알고 있다. 그것을 만회해야겠다.

언젠가 방학 중 집에 와 있는 동안에 나는 술집에 드나들던 시절의 피곤한 얼굴로 내 고향 거리를 어슬렁거리고 있었다. 나는 심드렁한 표정으로 산책용 지팡이를 빙빙 돌리며, 지나가는 속물들의 변함없이 경멸스러운 얼굴들을 쳐다보며 걷고 있었다. 그때 나의 옛 친구가 나를 향해 걸어오는 모습이 보였다. 그의 모습을 보자 나는 주춤했다. 동시에 프란츠 크로머와의 일이 생각났다. 제발 데미안이 그 사건을 잊어버렸으면! 그에게 부채감을 느껴야 한다는 것이 불쾌했다. 정말 어리석은 어린아이들의 이야기였지만 그렇다고 부채감이 없어지지는 않았다.

데미안은 내가 그에게 인사를 할 것인지 아닌지 기다리는 것 같았다. 내가 가능한 한 태연하게 그에게 인사하자 그가 손을 내밀었다. 그렇다, 바로 그의 감촉이었다! 언제나처럼 굳건했으며 따뜻하면서 서늘했고, 언제나 그렇듯 당당했다.

그가 내 얼굴을 유심히 바라보며 말했다.

"싱클레어, 키가 많이 컸구나." 하지만 그는 똑같아 보였다. 언제나 그렇듯 나이가 들어 보였고 동시에 젊어 보였다.

우리는 함께 산책을 했지만 별로 대수롭지 않은 이야기만 나누었다. 내가 그에게 여러 번 편지를 썼지만 답장은 받지 못했다는 생각이 났다. 나는 그가 그 사실도 잊었으면 했다. 그 멍청한 편지들! 그는 그것에 대해서는 한 마디도 하지 않았다.

그를 만났을 당시 나는 아직 베아트리체를 만나기 전이었고 당연히 초상화도 없었다. 아직 음주로 지새우던 시절이었다. 교외에 이르자 나는 그에게 함께 술 한잔하는 게 어떻겠느냐고 물었고 그가 내 말을 따랐다. 나는 호기를 부리며 술 한 병을 통째로 시켰고 그에게 술을 따라주고 내 잔을 그의 잔과 부딪쳤다. 나는 학생다운 음주 습관에 익숙한 자신의 모습을 과시하며 첫 잔을 단숨에 비웠다.

"술집에 자주 가는 모양이로구나." 그가 물었다.

"물론이야." 내가 대답했다. "달리 할 일이 있나, 뭐. 어쨌든 그 어떤 짓보다 신이 나잖아."

"그래? 그럴지도 모르지. 물론 거기에도 아주 멋진 부분이 있긴 해. 어딘가에 취한다는 것, 바커스적인 것……. 하지만 술집에 드나드는 대부분의 사람들은 그런 건 다 잃어버린 것 같아. 술집에 드나드는 건 순전히 속물들이 하는 짓처럼 보여. 하룻밤, 타오르는 횃불을 들고, 진짜로 취해서 야생적으로 비틀거리는 것! 하지만 한잔씩 홀짝거리는 건 진짜가 아니야. 너는 파우스트가 매일 밤 단골 술집에 앉아 있는 모습을 상상할 수 있겠니?"

나는 한 잔 더 들이킨 다음 그를 적의에 찬 눈으로 바라보았다.

"하지만 누구나 파우스트가 되어야 한다는 법은 없지." 나는 잘라 말했다.

데미안은 약간 놀란 듯 나를 바라보았다. 하지만 그는 곧 전처럼 활발하게 남을 압도하는 웃음을 흘리며 말했다.

"우리 그 이야기는 그만하자. 어쨌든 술꾼들의 생활이 품행이 바른 시민들의 평범한 삶보다는 활기가 있을 수도 있지. 그리고 선에 한때 읽은 꺼이 있는데, 쾌락에 빠진 방탕한 삶은 신비스런 존재가 되기 위한 준비 과정이라고 말하기도 해. 예언가가 된 성 아우구스티누스 같은 사람의 예는 많아. 그도 처음에는 향락주의자였고 속물이었어."

나는 그를 믿지 않았고 어떤 식으로건 그에게 꿀리기 싫었다.

나는 거드름을 피우며 말했다.

"뭐, 누구에게나 다 자기 취향이 있겠지. 나는 예언가라든지, 뭐, 그런 비슷한 사람이 되고 싶은 생각이 없어."

데미안은 반쯤 뜬 눈으로 나를 날카롭게 잠깐 바라보더니 이윽고 천천히 말했다.

"네 기분을 상하게 할 생각은 아니었어. 게다가 왜 네가 지금 술을 마시게 된 것인지는 우리 둘 다 알 수 없어. 다만 네 안에 들어 있으면서 네 삶을 이끌어가는 그 누군가만 이미 알고 있을 뿐이지. 우리들 안에는 모든 것을 알고 있고 모든 것을 하고자 하는 그 누군가가, 모든 것을 우리 자신보다 훌륭하게 해낼 수 있는 그 누군가가 있다는 것을 깨닫는 건 좋은 일이야. 미안하지만 이제 집에 가봐야겠다."

우리는 짧은 인사말을 나누었다. 나는 술집에 남아 우울한 기분으로 술병을 다 비웠다. 술집을 나서려는데 데미안이 술값을 미리 치른 것을 알았다. 그러자 더 기분이 나빴다.

내 생각은 다시 그때 데미안을 만났던 작은 사건으로 되돌아갔다. 나는 그를 잊을 수 없었다. 그리고 교외의 술집에서 그가 해준 말이 다시 생생하게 떠오른다.

'우리들 안에 모든 것을 알고 있는 사람이 있다는 것을 깨닫는 건 좋은 일이야.'

나는 이제는 완전히 어둠에 잠겨 있는 벽에 걸린 그림을 바라보았다. 빛이 사라지고 없었는데도 내게는 훨훨 타오르는 시선이 보였다. 그것은 데미안의 시선이었다. 혹은 내 속에 있는 그 사람, 모든 것을 알고 있는 그 사람의 시선이었다.

아, 데미안이 얼마나 그리웠는지! 그가 어디에 있는지도 알 수 없었고 그와 연락을 취할 방법도 없었다. 내가 알고 있는 것이라고는 그가 어느 대학엔가 다니고 있다는 것, 김나지움 과정을 마친 후 그의 어머니가 그를 데리고 이 도시를 떠났다는 사실뿐이었다.

나는 저 크로머와의 사건 때까지 거슬러 올라가서 막스 데미안에 대한 기억을 모두 더듬어보았다. 그가 해준 많은 말들과 다른 모든 것들이 얼마나 내 마음에 다시 울렸는지! 그것들이 여전히 얼마나 내게 의미가 있었는지! 그것들이 어쩌면 그렇게 지금 내가 처한 상황에 걸맞고 연관이 있었는지!

이어서 별로 유쾌하지 않은 우리의 마지막 만남에서 그가 성자로 이끄는 방탕한 삶에 대해 해준 이야기가 갑자기 내 영혼 앞에 환하게 떠올랐다. 그렇다면 내게 바로 그런 일이 벌어진 것일까? 내가 취기와 불결 속에서, 정신이 마비된 가운데 타락한 삶을 산 것은 바로 그 반대편에서 삶을 향한 새로운 열정, 순수함을 향한 갈망, 신성함을 향한 동경이 내 안에서 살아나기를 기다리기 위해서였던가?

나는 그런 식으로 계속해서 기억을 더듬어 나갔다. 이미 밤이 깊었고 비가 오고 있었다. 내 기억 속에서도 빗소리가 들렸다. 그것은 마로니에 나무 아래에서 그가 내게 프란츠 크로머에 대해 캐묻고 내 첫 번째 비밀을 알아차린 바로 그 순간이었다. 그때 일이 하나하나 떠올랐다. 등굣길에서의 대화들, 견진 성사 수업 시간들, 이어서 막스 데미안과의 마지막 만남⋯⋯. 우리가 그때 무슨 이야기를 했지? 단번에 떠오르지 않아 나는 천천히 집중해서 기억을 더듬어보았다. 그러자 이제 확실히 떠오르기 시작했다. 그가 카인 이야기를 들려준 후에 우리는 우리 집 앞에 서 있었다. 아니, 카인 이야기를 들려주기 전이었던가? 어쨌든 그는 우리 집 현관문 위에 붙어 있는 너무 낡아서 마모된 문장(紋章)에 대해 말했었다. 그는 그런 것들에 흥미를 느끼라고, 주목할 필요가 있다고 말했었다.

그날 밤 나는 데미안과 문장(紋章)에 대한 꿈을 꾸었다. 문장은 끊임없이 모습이 변했다. 데미안이 그것을 손에 들고 있었다. 때로는 자그마한 회색이었다가 때로는 강하고 알록달록했다. 하지만 데미안은 언제나 똑같은 하나라고 설명해준다. 마침내 그가 내게 그 문장을 억지로 먹으라고 했다! 내가 그것을 삼키자 놀랍게도 그 문장의 새가 내 안에서 살아나 그 몸이 부풀어 오르더니 내 안에서부터 나를 파먹기 시작했다. 나는 너무도 놀라 침대에서 벌떡 일어났고 잠에서 깨어났다.

잠이 완전히 달아났다. 한밤중이었고 방 안으로 비가 들이치는 소리가 들렸다. 나는 창문을 닫으려고 자리에서 일어났다. 그리고 마룻바닥에서 환하게 빛나고 있는 무언가를 밟았다. 아침에 보니 바로 내가 그린 그림이었다. 종이는 축축한 바닥에 놓인 채 뒤틀려 있었다. 나는 그 그림을 압지 사이에 끼운 다음 무거운 책갈피에 펴 넣었다. 다음 날 다시 그 그림을 꺼내어 살펴보니 말라 있었지만 그림은 변해 있었다. 입술의 붉은색이 연해졌으며 약간 오그라들어 있었다. 완전히 데미안의 입과 같아 보였다.

나는 새로운 종이를 꺼내 문장의 새 그림을 그리기 시작했다. 물론 새가 어떻게 생겼는지는 정확히 기억나지 않았다. 내가 알기로는 자세한 부분들은 가까이서 보았더라도 알아볼 수 없었을 것이다. 문장이 낡은 데다가 페인트 덧칠을 자주 한 때문이었다. 새는 서 있는 것 같기도 했고 그 어딘가 위에 앉아 있는 것 같기도 했다. 한 송이 꽃 위거나 광주리나 둥지, 혹은 나무 꼭대기였는지는 자세히 모른다. 나는 그런 세세한 부분에는 전혀 신경을 쓰지 않은 채 분명하게 그릴 수 있는 것부터 시작했다. 무슨 생각에서였는지는 모르겠지만 나는 강렬한 색채부터 사용하기 시작했고 새의 머리를 황금색으로 채색했다. 나는 감흥이 일 때마다 그림에 몰두해서 며칠이 걸려서야 그림을 완성할 수 있었다.

완성하고 보니 사납고 날카로운 새매의 머리를 가진 한 마리의 맹금이었다. 그 새의 몸 반쯤은 어둡고 둥근 지구에 묻혀 있었고 새는 마치 거대한 알에서 나오려는 듯 자유로워지기 위해 몸부림을 치고 있었다. 그림의 바탕은 푸른 하늘색이었다. 그림을 오랫동안 곰곰이 바라보고 있자니 점점 더 내 꿈속에서 보였던 문장(紋章), 여러 색깔로 이루어진 그 문장과 비슷해 보였다.

만일 내가 데미안의 주소를 알았다 하더라도 나는 데미안에게 편지를 쓰지 못했을 것이다. 하지만 나는 내가 그린 새매의 그림을 비록 그가 받아보지 못하더라도 그에게 보내겠다고 결심했다. 나는 당시 매사를 그렇게 꿈같은 예감에 사로잡힌 것 같은 상태에서 처리했다. 나는 그 그림 외에는 아무런 메시지도 덧붙이지 않았고 심지어 내 이름도 쓰지 않았다. 나는 커다란 봉투를 사서 그 위에 내 친구의 예전 주소를 적었다. 그리고 그것을 우편으로 부쳤다.

시험이 다가오고 있었고 평소보다 열심히 공부를 해야 했다. 내가 이전의 형편없는 생활을 청산하고 갑자기 변한 모습을 보이자 선생들도 나를 너그럽게 받아들였다. 나는 뛰어난 모범생은 아니었지만 반년 전까지만 해도 내가 퇴학당할 것이 불을 보듯 뻔한 학생이었다는 생각은 나도, 또 다른 누구도 더 이상 하지 않게 되었다.

　아버지의 편지에서도 더 이상 비난이나 위협은 사라졌고 평소의 어조가 회복되어 있었다. 하지만 아버지에게든 그 누구에게든 내가 어떻게 해서 변하게 되었는지 설명하고 싶은 생각은 들지 않았다. 나의 변화가 부모님이나 선생님들의 소망과 일치하게 된 것은 우연일 뿐이었다. 그 변화는 나를 다른 사람들에게로 이끈 것도 아니었고 남들과 더 가깝게 만든 것도 아니었다. 사실은 전보다 나를 더 고독하게 만들었다. 나의 변화는 데미안이 가리키는 방향, 아주 멀기만 한 운명을 향하고 있는 것 같았다. 나는 그 안에 깊이 휩쓸려 있었기에 나 자신도 알 수 없었다. 그 변화는 베아트리체와 함께 시작되었지만 나는 한동안 그림들과 데미안과 함께 비현실적인 세계에 살고 있었기에 그녀에 대해서도 까맣게 잊고 있었다. 나는 내 꿈에 대해서, 내가 기대하고 있는 것에 대해서, 내 안의 변화에 대해서, 설령 그 누군가에게 설명을 하고 싶어도 하지 못했을 것이다. 하지만 어찌 그걸 설명하고 싶어 할 수 있었겠는가?

제5장 새는 알을 깨고 나오기 위해 싸운다

내가 그린 꿈의 새는 내 친구를 찾아 제대로 날아갔다. 참으로 놀랍게도 답장이 내게 온 것이다.

수업과 수업 사이 쉬는 시간이었다. 나는 교실 안 내 자리의 책들 사이에 쪽지가 하나 꽂혀 있는 것을 발견했다. 그 쪽지는 수업 도중 학생들이 은밀하게 서로 쪽지를 주고받을 때 접는 방식과 똑같이 접혀 있었다. 나는 내가 그런 쪽지를 받았다는 사실 자체만으로도 놀랐다. 나는 그 어떤 학우와도 그런 식의 친분을 맺고 있지 않았기 때문이었다. 나는 무슨 장난질을 함께 해보자고 부추기는 쪽지려니 생각했다. 그런 일에 낄 생각이 있을 리 만무했기에 나는 쪽지를 읽지도 않은 채 내 책 앞에 던져 놓았다.

수업 도중에 우연히 그 쪽지에 다시 눈길이 갔다. 나는 쪽지를 만지작거리다가 아무 생각 없이 그것을 펼쳤다. 그러자 그 쪽지에 적힌 글씨가 눈에 들어왔다. 한 번 흘낏 눈길을 준 것만으로 충분했다. 단어 한 마디가 나를 얼어붙게 만든 것이다. 나는 놀라서 쪽지를 읽었다. 그리고 읽는 도중 나의 마음은 마치 큰 추위라도 만난 듯 오그라들었다.

새는 알을 깨고 나오기 위해 싸운다. 알은 세계이다. 태어나려는 자는 우선 한 세계를 깨뜨려야 한다. 새는 신에게로 날아간다. 그 신의 이름은 압락사스이다.

쪽지의 글을 여러 번 반복해서 읽은 뒤에 나는 깊은 몽상에 잠겼다. 의심의 여지가 없었다. 이건 데미안의 답장이었다. 그 말고 내 그림에 대해서 아는 사람이 있을 리 없었다. 그는 그 그림을 받고 그 의미를 파악한 것이며 내가 해석할 수 있도록 도와준 것이다. 하지만 대체 이 모든 것을 어떻게 서로 연관 지을 수 있단 말인가? 게다가 '압락사스'란 도대체 무엇인가? 내가 가장 답답해한 것은 바로 그 '압락사스'란 단어였다. 들어본 적도 읽어본 적도 없는 단어였다.

그 신의 이름은 압락사스이다.

선생의 목소리가 한 마디도 귀에 들어오지 않은 채 수업이
끝났다. 이윽고 다음 수업이 시작되었다. 오전 마지막 수업이었
다. 폴렌 선생이라는 젊은 보조 교사가 담당하는 수업이었다.
대학을 갓 졸업한 선생으로서 젊고 잰 체하지 않는다는 이유만
으로도 우리들에게 인기가 있었다.

폴렌 선생은 헤로도토스(그리스 역사가-옮긴이 주)에 대한 강독
수업을 진행하고 있었다. 내가 조금이나마 흥미를 느끼는 몇 안
되는 과목 중의 하나였다. 하지만 이번에는 헤로도토스마저 내
주의를 끌지 못했다. 기계적으로 책을 펼쳐 놓고는 있었지만 나
는 번역을 따라가지 않고 나만의 생각에 깊이 잠겨 있었다.

나는 옛날 견진성사 수업 기간 중에 데미안이 해준 말이 얼
마나 옳은가를 이미 몇 차례 확인한 바 있었다. 그 무언가를 열
렬히 갈망하면 그 무엇이든 이룰 수 있다는 말이었다. 수업 시
간에 그 무언가 나만의 생각에 몰입해 있으면 선생이 내 이름
을 호명하리라는 걱정 같은 건 할 필요가 없었다. 하지만 내가
산만하거나 멍청한 상태로 있으면 선생은 갑자기 내 옆에 와
있고는 했다. 실제로 내가 겪은 일이었다. 하지만 내가 정말로

집중해서 내 생각에 완전히 빠져 있으면 나는 보호를 받았다. 또한 나는 한 사람의 눈을 뚫어져라 바라보는 실험도 해보았고 그것이 효과가 있다는 것도 확인했다. 데미안과 함께 하던 시절에는 결코 성공하지 못했지만 이제는 날카로운 시선과 생각만으로 아주 많은 것을 이룰 수 있음을 자주 느꼈다.

그때도 나는 헤로도토스로부터도, 학교로부터도 먼 곳에 있었다. 그런데 폴렌 선생의 목소리가 갑자기 번개처럼 내 의식을 치고 들어왔다. 나는 화들짝 놀라서 깨어났다. 그의 목소리가 들렸고 그는 바로 내 옆에 서 있었다. 나는 그가 내 이름을 부른 줄 알았다. 하지만 그는 나를 보고 있지 않았다. 나는 안도의 한숨을 내쉬었다. 그때 폴렌 선생의 목소리가 다시 귀에 들어왔다. 그는 큰 소리로 '압락사스'라는 단어를 입 밖에 내고 있었던 것이다.

내가 미처 앞부분을 듣지 못했지만 선생은 그에 대해 긴 설명을 계속해 나갔다.

"우리는 어떤 섹트나 신비주의 교파들의 의견을 합리주의적 관점에서 그저 미숙하고 소박한 것으로만 여기면 안 됩니다. 우리가 오늘날 알고 있는 의미에서의 학문은 고대에는 존재하지 않았습니다. 그 대신 철학적이고 신비적인 진리에 관한 연구가 행해져 높은 발전을 이뤄냈습니다. 물론 그로부터 단지 저속한 주술이나 천박한 것에 불과한 것들이 부분적으로 흘러나와 자주 사기와 범죄로 이어지는 경우도 있었습니다. 하지만 주술에도 심오한 철학이 깃든 고결한 내력이 있습니다. 예를 들어 내가 조금 전에 소개한 '압락사스'에 관한 학설이 그렇습니다. 그 명칭은 고대 그리스에 존재했던 마술 주문과 연관되어 있다고 알려져 있으며 마술로 사람들에게 도움을 주는 존재를 가리키는 것으로 종종 간주됩니다. 또한 미개 민족들 중에는 오늘날까지 그런 존재에 대한 믿음을 간직하고 있는 곳이 있습니다. 하지만 '압락사스'에는 보다 심오한 의미가 들어 있는 것 같습니다. 우리는 그 명칭을 신적인 요소와 악마적인 요소를 결합한다는 상징적 과업 완수에 나선 어떤 '신성한 존재'를 일컫는 것으로 간주할 수 있을 것입니다."

학식이 풍부한 단신의 폴렌 선생은 열정을 담아 섬세한 설명을 계속했다. 하지만 누구도 별로 주목하고 있는 것 같지 않았으며 나도 압락사스라는 명칭이 더 이상 나오지 않자 다시 나만의 깊은 상념에 빠져들었다.

'신적인 요소와 악마적인 요소를 결합한다'라는 말이 내게 여운을 남기고 있었다. 그 말을 듣자 내게는 곧바로 연상되는 것이 있었다. 그 말은 데미안과의 대화를 통해 내게 이미 친숙해진 말이었다. 우리가 친하게 지내던 마지막 무렵에 그는 인위적으로 둘로 나눠 놓은 세계 중 반쪽만 대표하는 신을 우리가 섬기고 있다고 말했다(그것은 공식적인 세계였고 허용된 세계였으며 밝은 세계였다). 이어서 그는 우리는 세계 전체를 섬겨야 한다고 말했다. 말하자면 악마이기도 한 신을 갖거나 신에 대한 숭배와 더불어 악마에 대한 숭배도 만들어야 한다는 것이었다. 그렇다면 압락사스가 바로 신이면서 동시에 악마이기도 한 신이었다.

한동안 나는 아주 열정적으로 압락사스의 자취를 찾았다. 하지만 아무런 진전도 없었다. 심지어 압락사스가 언급된 책은 없는지 온 도서관을 아무 성과 없이 뒤지기도 했다. 하지만 기껏해야 한 줌의 모래 무게만도 못한 진실들을 찾아 이런 식으로 직접적이고 의도적인 탐사를 계속하는 일은 내 체질에 전혀 맞지 않았다.

내가 그토록 열렬하게 몰입해 있던 베아트리체의 형상도 이제 서서히 밑으로 가라앉았다. 아니, 차라리 그보다는 천천히 뒤로 물러나 지평선에 점점 더 가까워졌고 점점 더 흐려지고 멀어지면서 그 빛을 잃어갔다고 하는 것이 옳다. 그녀는 더 이상 내 영혼이 갈망하는 것을 채워주지 못했다.

이렇게 스스로 만들어낸 특이한 현존 속에서 마치 몽유병자처럼 살고 있던 내 안에 새로운 형상이 나타나기 시작했다. 삶에의 갈망이, 혹은 차라리 사랑에의 갈망이 이루어지기 시작한 것이다. 그리고 이전에 베아트리체에 대한 숭배로 승화될 수 있었던 나의 성적 욕망이 새로운 이미지와 새로운 목표를 요구하고 있었다. 비록 내 욕망이 충족된 것은 아니었지만 나의 갈망을 기만한 채 내 친구들이 행복을 찾는 여자들에게서 그 무언가를 기대한다는 것이 내게는 더욱더 불가능해졌다. 나는 다시 왕성하게 꿈을 꾸었으며 실제로는 밤보다 낮에 더 자주 꿈을 꾸었다. 이미지들, 그림들, 욕망들이 내 안에서 자유롭게 솟아올라 나를 바깥 세계와 멀어지게 했고 나는 나를 둘러싸고 있는 실제 세계보다는 내가 창조해낸 세계, 이미지들과 꿈들과 그림자들로 이루어진 이 세계와 더 실질적이고 생생한 관계를 맺으며 살았다.

내게 자주 찾아오는 꿈, 혹은 환상 하나가 내게 중요한 의미를 띠기 시작했다. 내 삶에서 가장 중요하면서도 지속적인 의미를 지니고 있는 그 꿈은 대충 다음과 같았다.

나는 아버지의 집으로 돌아가고 있다. 대문 위에서 문장(紋章)의 새가 푸른 바탕 위에서 노란색으로 빛나고 있다. 집 안에서 어머니가 나를 맞으러 나오신다. 하지만 내가 안으로 들어가 어머니를 포옹하려 했을 때 내가 안으려던 것은 어머니가 아니라 한 번도 본 적이 없는 인물이었다. 키가 크고 건장했으며 데미안, 혹은 내가 그린 그림과 닮았다. 그러면서도 달랐다. 힘이 셌지만 완전히 여성적이었다. 그 인물이 나를 끌어당겨 힘껏 포옹했고 나는 전율했다. 나는 환희와 공포가 뒤섞인 기분을 느꼈다. 그 포옹은 신을 향한 예배인 동시에 범죄였다. 나를 포옹하고 있는 형상에는 어머니를 연상시키는 것들과 내 친구 데미안을 연상시키는 것들이 너무 많이 섞여 있었다. 그 포옹은 모든 숭배감에 대한 철저한 모독이면서 동시에 지고의 행복이기도 했다. 나는 가끔 한편으로는 더없이 깊은 황홀감을 느끼며, 또한 다른 한편으로는 마치 내가 무슨 무서운 범죄라도 저지른 듯 치명적인 공포와 무시무시한 양심의 가책을 느끼며 잠에서 깨어나곤 했다.

오로지 아주 느리게, 그리고 무의식적으로 이 내면의 이미지들이 내가 추구하는 신에 대한 암시, 밖으로부터 내게 오는 암시와 연결되기 시작했다. 그리고 그 연결 고리가 점점 더 가까워지고 점점 내밀해지면서 나는 이 꿈처럼 다가온 예감 내에서 내가 바로 압락사스를 부르고 있음을 느꼈다. 환희와 공포, 남성과 여성이 뒤섞인 모습, 성스러운 것과 추악한 것이 뒤얽힌 모습, 지극한 청순함을 통해 죄가 빛을 발하는 모습, 그것이 나의 사랑에 대한 꿈 이미지의 겉모습이었고 압락사스 또한 그러했다. 사랑은 이제 더 이상 내가 처음에 공포와 함께 경험했던 어두운 동물적 충동이 아니었다. 또한 그것은 이제 더 이상 내가 베아트리체의 영상에 바친 경건한 모습도 아니었다. 그것은 그 둘 다였으며, 그 이상이었다. 사랑은 천사의 이미지이자 악마였으며 남녀 한 몸이었고, 인간과 야수, 지고의 선과 극단의 악이었다. 이 양극단을 살아가는 것, 그것이 내게 미리 점지된 운명 같았다. 나는 그것을 갈망하면서 동시에 두려워했다. 그 운명은 끊임없이 내 위를 떠돌며 늘 거기에 있었다.

이듬해 봄이면 나는 김나지움을 떠나 대학에 진학해야 했다. 하지만 어느 전공을 택해 무슨 공부를 해야 할지는 아직 정하지 못한 상태였다. 옅은 콧수염이 나기 시작했고 온전한 성인이 되었지만 나는 완전히 무력했고 삶의 목표도 없었다. 다만 한 가지, 내 안의 목소리, 그리고 꿈의 이미지만은 확실했다. 나는 그 목소리가 나를 어디로 인도하건 그 목소리를 따라가야 하는 것이 내 임무라고 느꼈다. 하지만 그것은 쉽지 않은 일이었고 매일 나는 그 목소리에 새롭게 반항했다. 어쩌면 내가 미친 건지도 몰라, 라고 나는 가끔 생각했다. 나는 아마 다른 사람들과는 다른 건지도 몰라, 라고 나는 생각했다.

하지만 나는 그럭저럭 다른 친구들이 통상적으로 하는 것들을 해낼 수 있었다. 약간 힘들여 노력하면 플라톤을 읽을 수 있었고 삼각법 과제를 풀 수 있었으며 화학 분석을 따라갈 수도 있었다. 하지만 내가 도저히 남들처럼 할 수 없는 것이 딱 한 가지 있었다. 바로 내 안에 숨겨져 있는 비밀스러운 인생의 목표를 억지로 끄집어내어 남들처럼 내 앞에 내세우는 일이었다. 남들처럼 장차 교수, 변호사, 의사, 예술가 등 자신이 원하는 일을 정확히 알아내는 일, 자신이 원하는 바를 성취하려면 어느 정도 걸리는지, 그 일 앞에 어떤 어려움과 유리한 점이 있는지 정확히 알아내는 일, 바로 그것을 나는 전혀 할 수 없었다. 어쩌면 나도 그 비슷한 무엇이 될 수도 있겠지만 어떻게 그게 무엇인지 정확히 알 수 있단 말인가? 어쩌면 나는 여러 해 동안 연달아 찾고 또 찾다가 아무것도 되지 못하고 목표에 이르지 못할 수도 있겠지. 혹은 목표에 도달할 수도 있겠지. 하지만 만일 목표했던 것이 악이고 위험하고 무시무시한 것으로 드러난다면?

나는 오로지 나의 진정한 나로부터 솟아나는 것, 그것에 맞춰 살기를 원했다. 그런데 그것이 왜 그토록 어려웠던가?

나는 자주 내 꿈속에 나타나는 강력한 사랑의 모습을 그려보려고 했었다. 하지만 단 한 번도 성공하지 못했다. 만일 성공했다면 나는 그 그림을 데미안에게 보냈을 것이다. 그가 어디에 있는지 나는 알지 못했다. 나는 다만 우리가 서로 연결되어 있다는 것만 알고 있었다. 우리가 언제 다시 만나게 될까?

베아트리체 시절 맞이했던 몇 주, 혹은 몇 달간의 달콤한 안정은 그리 오래 지속되지 못했다. 당시 나는 안전한 항구, 평화의 섬에 도착했다고 느꼈다. 하지만 늘 그렇듯이 내 상황에 익숙해지자마자, 내 꿈이 내게 희망을 주자마자 그것들은 곧 시들해져버렸고 별 쓸모없이 되었다. 잃어버린 것의 뒷모습을 바라보며 슬퍼하는 것은 부질없는 짓이었다. 나는 이제 좀처럼 채워지지 않는 열망의 불길 속에 살고 있었으며 팽팽한 기다림 속에 살고 있었다. 그리고 그것은 이따금 나를 완전히 난폭하게 만들었다.

꿈속의 연인의 모습이 실제로 살아 있는 연인보다 훨씬 또렷하게, 눈앞의 내 손보다 더 분명하게 자주 내게 보였으며 나는 그 모습과 이야기하고, 그 앞에서 울고, 그 모습을 저주했다. 나는 그 모습을 어머니라고 부르며 그 앞에서 무릎을 꿇고 눈물을 흘렸다. 나는 그 모습을 연인이라고 부르며 그 연인과의 성숙한, 모든 것을 완전히 충족시키는 키스를 예감했다. 나는 그 모습을 악마, 매춘부, 흡혈귀, 살인자라고 불렀고 그러면 그 모습은 나를 달콤한 사랑의 꿈, 파렴치하기 그지없는 짓으로 나를 유혹했다. 그 모습에서는 그 어느 것도 지나치게 선하거나 귀하지 않았고, 그 어느 것도 지나치게 사악하거나 추잡하지 않았다.

　그해 겨울 내내 나는 끊임없이 불어오는 내면의 폭풍 속에서 지냈다. 나는 그런 나의 내면의 모습을 묘사하기 힘들다. 나는 오랫동안 고독에 익숙해 있었기에 고독 때문에 힘들 일은 없었다. 나는 데미안과 함께, 새매와 함께, 나의 숙명이면서 동시에 내 연인이기도 한 내 꿈속의 강력한 이미지와 함께 살았다. 그것들만으로도 나는 충분히 지탱해 나갈 수 있었다. 그 모든 것들이 위대함과 광대함을 향하고 있었으며 그 모든 것들이 압락사스를 가리키고 있었다. 하지만 그중 어느 꿈도, 그 어느 생각도 내게 복종하지 않았으며 내 마음대로 다룰 수 없었고 그것들에 내 마음대로 색깔을 줄 수도 없었다. 그것들이 와서 나를 취했으며 나는 그것들에 의해 지배되었고, 그것들이 이끄는 삶을 영위했다.

　하지만 외부 세계에 대하여 나는 안전지대에 있었다. 나는 사람들을 두려워하지 않았다. 내 학우들도 그 사실을 알고 가끔 나를 존경하는 투로 대해서 나를 미소 짓게 만들었다. 나는 원하기만 하면 그들을 꿰뚫어 볼 수 있었으며 이따금씩 그들을 깜짝 놀라게 해주기도 했다. 하지만 별로 그러고 싶지 않았고 실제로 그런 적도 거의 없었다. 나는 늘 나 자신에게 몰입해 있었던 것이다.

나는 이번만은 정말로 삶다운 삶을 살아보기를 간절히 열망하고 있었다. 나로부터 나온 그 무언가를 이 세상에 줄 수 있기를, 이 세계와 관계를 맺고 이 세계와 싸울 수 있기를 간절히 열망하고 있었다. 이따금 저녁에 거리를 걸으면서 나는 초조한 마음에 자정이 다 되도록 집으로 돌아가지 못한 적이 있었다. 그럴 때면 나는 바로 그 순간 나의 꿈속의 연인이 나를 만나러 오고 있을 것이라고, 다음 모퉁이에서 스쳐 지나가게 될 거라고, 가까운 창문에서 나를 부를 것이라고 느끼곤 했다. 또 어떤 때는 이 모든 것이 너무 견딜 수 없이 고통스러워서 자살을 결심하기도 했다.

바로 그러던 때에 나는 이른바 '우연히' 이상한 은신처를 발견했다. 하지만 나는 우연이라는 것이 존재한다고는 믿지 않는다. 누군가 절실하게 그 무언가를 필요로 해서 그것을 발견한다면 그건 결코 우연이 아니다. 그의 갈망과 염원이 그를 그곳으로 인도한 것이다.

나는 시내를 오가는 길에 두세 번인가 자그마한 교회에서 흘러나오는 오르간 소리를 들은 적이 있었다. 나는 멈춰 서서 귀를 기울이지는 않았다. 그런데 다음번에 다시 교회 앞을 지나게 되었을 때 여전히 음악 소리가 들렸고 나는 그 음악이 바흐의 곡임을 알았다. 나는 교회 문을 향했다. 문은 잠겨 있었다. 거리에는 오가는 사람이 거의 없었기에 나는 교회 옆의 보도 연석(緣石)에 앉아 외투 깃을 세우고 귀를 기울였다. 대형 오르간은 아니었지만 소리는 좋았다. 그런데 그 연주에 지극히 특이하면서도 개인적인 의지와 집요함이 담겨 있어 마치 기도를 듣는 것만 같았다. 내게 이런 느낌이 들었다. '저 연주자는 음악 안에 보물이 숨겨져 있다는 것을 알고 있다. 그는 마치 자신의 삶을 찾듯 그 보물을 찾기 위해 애원하고 문을 두드리고 싸움을 하고 있다.' 나는 기술적인 면에서는 음악에 대해 아는 게 별로 없다. 하지만 유년기부터 음악을 직관적으로 이해할 수 있었으며 음악을 내 안에 들어 있는 그 무언가 자명한 것처럼 느끼고 있었다.

오르간 연주자는 현대 음악도 연주했다. 막스 레거의 곡 같왔다. 교회 안은 거의 어둠에 잠겨 있었고 내가 앉아 있는 곳 옆의 창문을 통해 희미한 빛줄기 하나가 스며들고 있을 뿐이었다. 나는 음악이 끝날 때까지 기다렸다. 이어서 잠시 문밖에서 이리저리 서성이고 있자니 연주자가 나오는 모습이 보였다. 나보다는 나이가 들었지만 아직 젊은 사람이었으며 땅딸막한 키에 어깨가 떡 벌어져 있었다. 그는 힘차 보이면서도 내키지 않는 듯한 걸음걸이로 급히 그곳을 떠났다.

그날 이후 나는 저녁 시간이면 그 교회 앞에 앉아 있거나 그 앞을 어슬렁거렸다. 그런데 한번은 교회 문이 열려 있는 것을 발견했다. 나는 안으로 들어가 반 시간 동안 신도석에 앉아 있었다. 추위에 몸은 떨렸지만 연주자가 높이 매달린 흐릿한 가스 등불 아래서 연주하는 동안에는 행복했다. 나는 그가 연주하는 음악에서 그의 개성을 알아볼 수 있었을 뿐 아니라 그가 연주하는 곡들이 서로 유사한 곡들이라는 것, 은밀하게 서로 연관되어 있다는 것도 알 수 있었다. 그가 연주하는 모든 곡들에 신앙과 헌신과 경건함이 담겨 있었다. 하지만 교회 신도들이나 목사식의 경건함이 아니라 중세의 순교자나 탁발 수사들에게서 볼 수 있는 경건함이었다. 또한 모든 신앙고백들을 초월하는, 보편적이고 전 세계적인 감정에 대한 무조건적인 헌신이며 경건함이었다.

그는 바흐 이전의 곡도 연주했으며 옛 이탈리아인들의 곡도 연주했다. 그가 연주하는 모든 곡들이 같은 것을 말하고 있었으며 그 음악가의 영혼에 담긴 것을 표현하고 있었다. 갈망, 이 세계와 내밀하게 조화를 이룬 듯하다가 갑자기 다시 찾아온, 세계와의 난폭하기 이를 데 없는 결별, 자신의 어두운 영혼에의 처절한 귀 기울임, 기적적인 것을 향한 취한 듯한 헌신과 깊은 호기심……

그러던 어느 날 나는 그 오르간 연주자가 교회 문을 나서자 그를 따라갔다. 그가 교외에 있는 어느 작은 술집으로 들어가는 모습이 보였다. 나는 호기심에 그를 따라 들어갈 수밖에 없었다. 처음으로 그의 모습을 똑똑히 볼 수 있었다. 그는 작은 술집 한구석에 앉아 있었다. 그는 까만 펠트 모자를 쓰고 있었으며 그의 앞에는 포도주 한 잔이 놓여 있었다. 그의 얼굴 모습은 거의 내가 예상하고 있던 그대로였다. 추남이었으며 약간 거칠어 보였고, 탐색적이고 완고해 보였으며, 변덕스러우면서도 단호해 보였다. 하지만 입은 부드럽고 어린아이 같은 면이 있었다. 그의 남성적인 강인함은 모두 눈과 이마에 집중되어 있었으며 반대로 아래 얼굴 부분은 예민하면서 미숙해 보였고 자유

분방해 보이면서 동시에 어딘가 부드러웠다. 우유부단해 보이고 어린애 같은 턱은 이마와 눈과는 눈에 띄게 대조를 이루고 있었다. 나는 자부심과 적개심에 가득 찬 그 짙은 갈색의 눈이 마음에 들었다.

나는 한마디 말도 없이 그의 맞은편에 앉았다. 술집 안에 우리 두 사람 외에는 아무도 없었다. 그는 마치 나를 쫓아내려는 듯 나를 쏘아보았다. 하지만 나는 꿈쩍도 않은 채 그를 똑바로 바라보았다. 마침내 그가 언짢은 투로 툴툴거리듯 말했다.

"대체 뭣 때문에 나를 그렇게 쏘아보는 거요? 뭐, 내게 원하는 거라도 있소?"

"아뇨, 선생님께 원하는 건 아무것도 없습니다." 내가 말했다. "벌써 제게 많은 것을 주셨는데요."

그는 이맛살을 찌푸렸다.

"그렇다면 음악 애호가란 말이로군. 나는 음악에 미친 친구들을 보면 구역질이 나는데……."

나는 그가 계속 협박하도록 내버려두지 않았다.

"저기 교회에서 선생님 연주를 자주 들었습니다. 귀찮게 해드릴 생각은 없습니다. 다만 뭔가를, 뭔가 특별한 것을 찾을 수도 있으리라고 생각했을 뿐입니다. 그게 어떤 건지는 저도 잘 모르겠습니다. 하지만 그런 제게 신경 쓰실 필요는 없습니다. 교회에서 선생님 연주를 들을 수 있으니까요."

"하지만 언제나 문을 잠가 놓는데……."

"얼마 전에 문 잠그는 걸 잊으셨지요. 그래서 안으로 들어가 앉아 있었습니다. 평소에는 밖에 서 있거나 연석(緣石) 위에 앉아 있습니다."

"그래요? 다음번에는 안으로 들어오구려. 안이 한결 따뜻하니까. 노크를 하기만 하면 되오. 세게 두드려야 할 거요. 연주 중에는 노크하지 말고. 각설하고, 그래, 내게 하고 싶은 이야기가 뭐요? 아직 아주 젊군. 분명히 대학생이겠군. 음악가요?"

"아뇨. 그냥 음악 듣는 걸 좋아합니다. 하지만 선생님이 연주한 곡 같은 것들만 좋아합니다. 아무런 제약이 없는 음악, 한 인간이 천국과 지옥을 흔들고 있다는 느낌을 주는 음악 말입니다. 저는 그런 음악을 좋아합니다. 그런 음악에는 도덕이란 것이 존재하지 않으니까요. 그 밖의 모든 것들은 도덕적입니다. 저는 그렇지 않은 것을 찾고 있습니다. 제게 늘 도덕적인 것은 도저히 참아내기 어렵게 느껴졌거든요. 어떻게 표현해야 할지 모르겠습니다. 혹시 신이면서 동시에 악마인 그런 신이 있다는 것을 아시나요? 그런 신이 있었다는 이야기를 들은 적이 있습니다."

음악가는 넓은 모자를 뒤로 약간 젖히고 눈가의 머리칼을 흔들어 헤치면서 나를 뚫어져라 바라보았다. 그는 탁자 너머 내게로 고개를 숙이면서 나지막하면서도 호기심에 찬 목소리로 내게 물었다.

"당신이 방금 말한 신의 이름이 뭐요?"

"유감스럽게도 이름만 알 뿐 그 이상은 전혀 모릅니다. 그의 이름은 압락사스입니다."

음악가는 누가 엿듣기라도 하는 듯 의심스러운 눈초리로 주변을 둘러보았다. 이어서 그는 내게로 더 바싹 몸을 당기면서 속삭이듯 말했다.

"그럴 줄 짐작했어. 당신 누구요?"

"김나지움 학생입니다."

"대체 압락사스 이야기는 어디서 들은 거요?"

"우연히 들었습니다."

그가 갑자기 탁자를 탁 쳤고 그 바람에 잔에 있던 술이 쏟아졌다.

"우연이라고! 그런 엉터리 같은 소리는 하지 마! 압락사스 이야기는 우연히 들을 수 있는 게 아니야! 그걸 잊지 마! 내가 그에 대해 좀 더 말해주지. 내가 약간은 알고 있어."

그는 입을 다물더니 의자를 뒤로 당겼다. 내가 잔뜩 기대에 찬 눈으로 그를 바라보자 그는 얼굴을 찌푸렸다.

"여기서는 말고. 다음번에. 그때 듣도록 하시오."

그는 벗지 않고 있던 외투 주머니에서 군밤 몇 개를 꺼내더니 내게 던졌다. 나는 말없이 그것들을 받아서 먹었다. 마음이 뿌듯했다.

잠시 후 ㄱ가 다시 속삭이듯 말했다.

"그래, 어디서 알았소? 그에 대해서……."

나는 주저 없이 대답했다.

"한때 저는 고독했고 절망에 빠져 있었습니다. 그때 나보다 아는 게 훨씬 많다고 느껴왔던 옛 친구 한 명이 생각났습니다. 저는 그때 그림을 하나 그렸습니다. 지구를 뚫고 나오려는 새였습니다. 저는 그에게 그 그림을 보냈습니다. 얼마 뒤 기대도 않고 있었는데 다음과 같은 글이 적힌 쪽지를 그에게서 받았습니다. '새는 알을 깨고 나오기 위해 싸운다. 알은 세계이다. 태어나려는 자는 우선 한 세계를 깨뜨려야 한다. 새는 신에게로 날아간다. 그 신의 이름은 압락사스이다'라는 글이었습니다."

그는 아무런 대꾸도 하지 않았다. 우리는 밤껍질을 벗겨 포도주와 함께 먹었다.

"한잔 더 할까?" 그가 물었다.

"아뇨, 술을 별로 좋아하지 않습니다."

그가 조금 실망한 듯 웃었다.

"좋을 대로. 나는 좀 다르거든. 난 좀 더 있을 테니 가고 싶으면 먼저 가보시게."

다음번 그의 오르간 연주가 끝나고 그를 다시 만났을 때 그는 별로 말이 없었다. 그는 나를 어느 골목길로 데려가더니 낡았지만 범상치 않은 어느 집 위층의 방으로 나를 안내했다. 어둡고 지저분한 방이었다. 피아노 한 대 외에는 음악가의 방이라는 것을 암시하는 물건은 아무것도 없었다. 하지만 커다란 책장과 책상은 어딘가 학자적인 분위기를 풍기고 있었다.

"책이 정말 많군요!" 내가 감탄해서 말했다.

"일부는 아버지 장서요. 내가 아버지 집에 살고 있는 거지. 그래, 젊은 친구, 나는 부모님과 함께 살고 있어. 하지만 당신을 부모님께 소개해줄 수는 없소. 이 집에서는, 내가 알고 지내는 사람들이 별로 환영을 받지 못하거든. 나는 이 집안의 두통거리야. 우리 아버지는 지독하게 존경을 받고 있는 양반이지. 이

도시에서 아주 중요한 목사이자 설교가란 말씀이야. 툭 까놓고 하는 말이지만 나는 그분의 능력 있고 전도양양한 아들이었다가, 길을 잘못 들어 조금은 돌아버린 놈이지. 나는 신학교 학생이었어. 하지만 국가고시 직전에 그 대단한 대학을 때려치웠소. 그렇다고 완전히 때려치웠다고 볼 수는 없지. 적어도 개인적으로 연구하는 분야를 놓고 본다면 말이오. 내게는 아직 사람들이 그때그때 어떤 신들을 고안해 냈는지가 가장 중요한 관심사니까. 그리고 지금 나는 음악가이기도 하오. 어디선가 오르간 연주자 일자리를 얻게 될 것도 같소. 그러면 다시 교회로 되돌아가는 셈이 되겠지."

나는 작은 스탠드 불빛에 의지해서 책장에 꽂힌 책들을 죽 훑어보았다. 그리스어, 라틴어, 히브리어 제목이 붙은 책들이 진열되어 있었다. 내가 그러는 사이 그는 방바닥에 엎드려 뭔가에 몰두해 있었다.

"자, 이리 와 봐요." 얼마 후 그가 말했다. "우리 철학을 좀 해봅시다. 철학이란 입 닥치고 배 깔고 엎드려 생각하는 걸 말하는 거니까."

그는 성냥을 켜더니 그가 엎드려 있는 곳 바로 앞에 있는 벽난로의 종이와 나무에 불을 붙였다. 불꽃이 치솟자 그는 아주 조심스럽게 불을 쑤셔 불길을 키웠다. 나는 그의 옆 낡은 카펫 위에 엎드렸다. 그는 불을 응시하고 있었다. 우리들은 말없이 배를 깔고 대충 한 시간 정도 그렇게 불 앞에 엎드려 있었다. 우리는 불길이 훨훨 타오르면서 숙숙거리다가 가라앉았다가 다시 피어오르면서 깜빡이고 뒤틀리는 모습, 그리고 마침내 차분한 불꽃으로 조용히 가라앉는 모습을 바라보았다.

이윽고 그가 혼잣말을 하듯 중얼거렸다.

"배화(拜火)는 절대로 인간이 창안해 낸 것 중에 가장 어리석은 게 아니었어."

이어서 다시 침묵이 이어졌다. 나는 꿈과 정적에 침잠한 채 불꽃에 눈길을 고정하고 있었다. 그러자 연기 속에서, 재 속에서 형상들이 보였다. 그러다가 나는 깜짝 놀랐다. 옆에 있던 친구가 이글거리는 불 속에 한 조각 송진 덩어리를 던져 넣은 것이다. 가느다란 불꽃이 피어올랐고 나는 그 속에서 노란 새매 머리의 그 새 모습을 알아보았다. 불길이 사그라지면서 빨갛고 노란 실들이 얽혀 그물을 형성하더니 문자들이 나타났고 얼굴들, 동물들, 식물들, 벌레들과 뱀들에 대한 추억들이 나타났다.

나는 몽상에서 문득 깨어나 옆의 친구를 바라보았다. 그는 턱을 두 주먹에 고인 채 마치 뭔가에 사로잡혀 있는 듯 재 속을 응시하고 있었다.

"이제 가봐야겠습니다." 내가 부드럽게 말했다.

"그렇게 하시오. 또 봅시다."

그는 일어나지 않았다. 등불은 꺼져 있었다. 나는 어두운 방과 복도, 계단들을 더듬으며 그 마법에 걸린 집에서 겨우 빠져나올 수 있었다. 밖으로 나오자 나는 멈춰 서서 그 낡은 집을 올려다보았다. 어느 창에도 불빛이 없었다. 주석으로 만든 작은 문패가 가로등 불빛을 받아 만째이.7 있었다. 문패에는 '주임 목사 피스토리우스'라고 적혀 있었다.

집으로 돌아와서 저녁을 먹은 후 내 작은 방에 앉았을 때야 비로소 나는 압락사스에 대해서도 피스토리우스 자신에 대해서도 아무 말도 듣지 못했다는 사실이 생각났다. 우리는 겨우 열 마디 정도의 말밖에는 주고받지 않은 것이다. 하지만 나는 그 방문이 매우 만족스러웠다. 게다가 그는 다음번에 만나면 아주 멋진 고전 음악인 북스테후데(17세기 독일 바로크 음악의 거장이자 뛰어난 오르간 연주자-옮긴이 주)의 「파사칼리아」를 연주해주겠다고 약속했다.

나는 전혀 의식하지 못했지만, 우리가 그의 음울한 은둔자의 방에서 불 앞에 엎드려 있을 때 오르간 연주자 피스토리우스는 내게 첫 번째 수업을 해준 셈이었다. 불을 응시하고 있던 것, 그것은 내게는 일종의 정신적 강장제 역할을 했다. 그것을 통해 나는 내가 내 속에 언제나 지니고 있으면서도 계발하지 못했던 나의 성향들을 확인할 수 있게 된 것이다. 나는 차츰차츰 그것들을 정확히 이해할 수 있게 되었다.

어린아이였을 때부터 나는 기묘한 자연 현상들을 응시하는 버릇이 있었다. 나는 단순히 그것들을 바라보는 것이 아니라 그것들의 마력, 그것들이 전하는 혼란스럽고도 심오한 언어에 사로잡혔다. 울퉁불퉁 꼬인 긴 나무뿌리, 바위들에 나 있는 형형색색의 결들, 물 위에 떠 있는 기름얼룩, 유리에 난 금, 이 모든 것들이 내게 커다란 마력을 발휘했던 것이다. 그리고 특히 물과 불, 연기, 구름, 먼지들이, 그리고 무엇보다도 눈을 감자마자 내 눈앞에서 소용돌이치면서 떠오르는 자그마한 색색 반점들이……

피스토리우스를 방문한 그날부터 이 모든 것들이 다시 내게 떠오르기 시작했다. 나는 그날 저녁 이후 힘과 활기를 느꼈고 자아에 대한 인식이 더욱 강해진 것을 느꼈다. 그리고 그 모든 것이 오로지 오랫동안 불을 바라본 덕분임을 나는 깨달았다.

불을 바라보면서 나는 격려를 받았고, 내 마음속이 풍요로워지는 느낌을 받았다.

내 삶의 진정한 목표를 향해 가는 길에 내게 도움을 주었던 몇 안 되는 경험들에 새로운 경험이 추가되었다. 그런 형상들을 유심히 관찰하는 것, 자연의 비이성적이고 혼란스러운 형태들에 몰입하는 것……. 그런 것들을 바라보고 몰입해 있다 보면 이 현상들을 낳은 힘과의 내면적 일치감을 우리들 안에서 느끼게 된다. 그리고 그 모든 것들을 우리들이 부린 변덕으로, 우리가 창조한 것으로 생각하고 싶은 유혹에 사로잡히게 되며, 우리들과 자연을 가르고 있는 경계들이 흔들리고 사라지는 것을 보게 된다. 그리고 마침내 우리의 망막에 떠오른 이미지들이 외부로부터 받은 인상의 결과인지, 아니면 내부로부터 온 인상의 결과인지 구분할 수 없는 마음 상태에 이르게 되고 그 상태에 익숙해진다.

우리가 그 얼마나 창조적인지, 우리의 영혼이 이 세상의 끊임없는 창조 행위에 그 얼마나 긴밀하게 참여하고 있는지를 이런 훈련처럼 이토록 쉽고 간단하게 발견하게 해줄 수 있는 것은 없다. 우리를 통해서도, 그리고 자연 속에서도 불가분의 동일한 신성이 활동하고 있는 것이다. 비록 외부 세계가 파괴된다 하더라도, 우리들 중 단 한 명만으로도 그 세계를 다시 세울 수 있다. 산과 강, 나무와 나뭇잎, 뿌리와 꽃, 아니, 자연의 모든 형태들이 우리들 안에 잠재해 있으며 우리의 영혼에서 비롯되는 것이니 그 영혼의 본질은 바로 영원이다. 우리는 그 본질에 대해서 알지 못한다. 하지만 그 본질은 사랑의 힘, 창조의 힘으로서 종종 그 모습을 넌지시 드러낸다.

몇 년이 지나서야 나는 나의 이러한 관찰 결과들을 입증해줄 수 있는 근거를 발견했다. 바로 레오나르도 다빈치가 쓴 책에서였다. 그는 많은 사람들이 침을 뱉어놓은 담벼락을 바라보는 것이 그 얼마나 쓸모가 있고 얼마나 유혹적인지 적어놓았다. 그는 축축한 벽 위의 얼룩들을 바라보면서 피스토리우스와 내가 불 앞에서 느꼈던 것과 같은 것을 느꼈을 것이다.

다음번에 우리가 함께 있게 되었을 때 오르간 연주자가 내게 설명을 해주었다.

"우리는 우리의 개성의 경계를 너무 좁게 그어 놓고 있어. 일반적으로 우리는 우리를 개별적 특성을 지닌 존재로 인식할 수 있게 해주는 것만, 혹은 규범적인 것에서 벗어난 존재로 인식할 수 있게 해주는 것만 우리의 개성이라고 생각하지. 하지만 우리는, 우리 각각은 이 세상을 이루고 있는 모든 것들로 이루어진 총체적 존재야. 우리의 몸이 물고기로부터, 혹은 그 훨씬 이전으로부터 이어진 진화의 계보를 품고 있듯이 우리 각각의 정신 속에는 인간들 영혼 속에서 살아 있던 모든 것들이 포함되어 있어. 그리스, 중국, 혹은 아프리카의 줄루족 내에 존재했던 모든 신과 악마가 우리들 안에 잠재적 가능성으로, 소망으로, 혹은 출구로 존재하고 있는 거야. 인류가 지구상에서 멸망하고, 아무런 교육도 받지 않고 재능도 어중간한 그런 아이 하나만 살아남았다고 치지. 그 아이는 진화의 모든 단계를 다시 발견할 것이고 모든 것을 단번에 만들어낼 수 있을 거야. 신과 악마, 낙원, 계율과 금기, 구약과 신약 등 모든 것을……."

"좋아요, 알겠어요." 내가 반박했다. "하지만 그 경우 개인의 가치라는 게 뭐지요? 만일 모든 것이 우리들 안에 이미 갖추어져 있다면 우리는 왜 계속해서 노력하는 거지요?"

"그만!" 피스토리우스가 격하게 외쳤다. "우리들 안에 세계를 단순히 품고 있느냐와 그것을 알고 있느냐 사이에는 엄청난 차이가 있는 거야. 미친 사람이 플라톤을 연상시키는 말을 뱉어놓을 수도 있고 신학교에 다니는 보잘것없는 경건한 학생이 영지(靈智)파나 조로아스터교에 나타나는, 모든 것이 연계되어 있다는 심오한 신화적 사유를 다시 생각해낼 수도 있어. 하지만 그들은 그것이 자기 안에도 존재한다는 것은 몰라. 그것을 의식하지 못하는 한 그들은 나무나 돌, 기껏해야 동물일 뿐이야. 하지만 그의 내부에서 인식의 불꽃이 번쩍이기 시작하는 순간 그는 비로소 인간존재가 되는 거야. 자네는 저 길에서 만나는 두 발 달린 모든 것들을 그들이 직립 보행한다는 이유만으로, 새끼를 아홉 달 동안 배 속에 품고 있다는 이유만으로 모두 인간으로 간주하지는 않겠지? 그들 중 얼마나 많은 사람이 물고기나 양인지, 벌레나 거머리인지, 개미나 벌인지 알고 있나? 맞아! 그들 각각은 모두 인간이 될 가능성을 품고 있어. 하지만 그 가능성을 예감할 때만, 부분적으로는 심지어 그 가능성을 스스로 인식할 수 있는 법을 배움으로써만 비로소 인간이 되는 거야. 그럴 때만 그 가능성이 그의 것이 되는 거야."

우리의 대화는 대충 이런 식이었다. 뭔가 새롭거나 놀라운 것이 화제로 떠오르는 일은 드물었다. 하지만 아무리 평범한 대화라 할지라도 마치 내 속의 한 지점을 꾸준히 부드럽게 망치로 두드리는 것 같았다. 모든 대화가 나 자신을 형성해 나가는 데 도움이 되었으며 내가 허물을 벗는 데, 내가 알껍데기를 깨는 데 도움이 되었다. 그리고 대화가 매번 나를 두드릴 때마다 나는 머리를 좀 더 높이, 좀 더 자유롭게 쳐들었으며 마침내 이 지구라는 땅덩어리의 부서진 껍데기 밖으로 나의 노란색 새가 그 아름다운 맹금의 머리를 불쑥 내밀게 되었던 것이다.

우리들은 자주 우리들의 꿈에 대해서도 이야기를 나누었다. 피스토리우스는 꿈을 해석할 줄 알았다. 그중 하나가 지금도 내 기억에 남아 있다. 나는 내가 날 수 있게 된 꿈을 꾸었다. 하지만 마치 그 무언가 나를 공중에 발사해버린 듯 나는 통제력을 잃고 있었다. 하늘을 난다는 느낌은 상쾌하기 그지없었다. 하지만 점점 더 높이 날아가며 날아갈수록 점점 더 무력함을 느끼게 되면서 그 상쾌함은 두려움으로 변했다. 순간 나는 한 가지 기술을 터득하고 안도했다. 숨을 깊이 들이마셨다가 내뿜는 식으로 상승과 하강을 조종할 수 있게 된 것이다.

내 꿈 이야기를 듣고 피스토리우스는 다음과 같이 해석했다.

"자네를 날 수 있게 만든 그 힘, 그건 인간이 지니고 있는 위대한 재산이야. 누구나 그 재산을 지니고 있어. 그것은 자신이라는 존재가 힘의 뿌리와 연결되어 있다는 느낌 바로 그것이야. 하지만 인간은 곧 그 느낌에 대하여 두려움을 갖게 돼. 너무나 위험하거든! 그래서 대부분의 사람들은 날개를 접고 땅 위를 걸으며 법에 복종하는 길을 택하게 되는 거야. 하지만 자네는 그렇지 않아. 자네는 계속 날고 있어. 젊은이라면 의당 그래야 하는 식으로 말이야. 자, 보게나! 자네는 자신이 조금씩 나는 법을 터득하고 있다는 것을 발견한 거야. 자네를 저 위로 잡아당기는 저 거대하고 보편적인 힘에 자네의 섬세하고 작은 힘을, 자네의 기관을, 방향키를 덧붙이고 있는 거야. 오, 정말 대단한 거야! 그것이 없다면 자네는 무기력하게 그저 저 공중으로 증발해버리고 말 거야. 미친 사람들이 그러듯이 말일세. 그들은 땅에 묶여 있는 사람들보다는 보다 깊은 예감을 지니고 있어. 하지만 그들에게는 열쇠나 방향키가 없어서 저 바닥없는 무한 속으로 빨려 들어가버리지.

하지만 싱클레어 자네는, 제대로 잘하고 있어. 어떻게? 자네 자신도 모를 거야. 자네는 새로운 기관, 자네만의 호흡 조절기를 방향키로 사용하고 있는 거야. 이제 자네는 자네의 영혼이 궁극적으로는 전혀 '개인적'이지 않다는 것을 알 수 있겠지? 그런 식의 개성으로는 결코 이런 조절기를 발명할 수 없단 말이야! 그건 새로운 것이 아니야! 자네는 수천 년간 존재해오던 것을 빌렸을 뿐이야. 그 기관은 물고기들이 평형을 유지하기 위해 사용하던 기관 바로 그거야. 그래, 부레 바로 그거야. 실제로 부레가 허파 구실까지 하는, 진화가 덜 된 물고기가 아직 존재하고 있어. 한마디로 말하자면 자네가 꿈속에서 하늘을 나는 부레로 사용한 자네의 허파와 완전히 똑같은 거지."

　그는 동물학 책을 한 권 가져와 아직 종이 유지되고 있는 그 고대 물고기의 이름과 모습을 내게 보여주기까지 했다. 나는 기이한 전율과 함께 진화 초기 단계의 기관 하나가 내 안에 여전히 살아 있음을 느꼈다.

제6장 야곱의 싸움

　괴짜 음악가 피스토리우스가 압락사스에 대해 내게 해준 이야기를 짧게라도 다시 들려주기는 어렵다. 하지만 무엇보다 중요한 것은 내가 그로부터 배운 것이 나 자신을 향한 길 위의 또 다른 한 걸음이 되었다는 사실이다. 당시 나는 예사롭지 않은 열여덟 살의 청년이었다. 나는 수백 가지 일에서 조숙했고, 반면에 또 다른 수백 가지 일에서는 미숙하고 무력했다. 나는 자신을 다른 아이들과 비교하면서 때로는 자부심을 느끼고 우쭐했지만 때로는 창피했고 기가 죽기도 했다. 이따금 나는 자신이 천재처럼 여겨졌지만 꼭 그만큼 자신이 반쯤 미친 것 같기도 했다. 나는 내 또래 아이들의 삶에는 끼어들 수 없었으며 온갖 자책과 불안에 시달렸다. 나는 도리 없이 그들과 유리되어 있었으며 삶으로부터 추방되어 있었다.

완숙한 괴짜였던 피스토리우스는 내가 용기와 자긍심을 갖도록 나를 가르쳤다. 그는 언제나 내가 말한 것, 내가 꿈꾼 것, 나의 환상과 생각에서 가치 있는 것을 찾아내서 그것들을 진지하게 평함으로써 나의 모델이 되었다.

그는 말하곤 했다.

"자네는 음악이 도덕적이지 않아서 좋다고 말했지. 그런 건 네게는 아무래도 좋이. 하지만 자네의 경우에는 자네 자신이 도덕주의자가 되지 않으려는 노력도 함께 해야 해. 자네 자신을 남들과 비교하지 마. 자연이 자네를 박쥐로 만들었다면 타조가 되려고 애써서는 안 돼. 자네는 가끔 자신이 이상한 존재라고, 남들과는 다른 길을 가고 있다고 스스로를 비난하지. 그런 생각을 버려야 해. 불을 응시하고, 구름을 바라봐. 이어서 내면의 목소리가 들리자마자 자신을 그 목소리에 맡겨버려. 무엇보다 그것이 허용된 것인지, 그것이 선생님이나 아버지, 혹은 그 어떤 신의 마음에 들 것인지 묻지 마. 그렇게 하면 자신을 망칠 뿐이야. 그렇게 되면 자네는 땅에 묶인 세속적 존재, 땅에 뿌리를 박은 존재가 되어버려. 싱클레어, 우리의 신의 이름은 압락사스야. 그는 신이면서 동시에 악마이고 밝은 세계와 어두운 세계를 동시에 품고 있어. 압락사스는 자네의 생각, 자네의 꿈들 중 그 어느 것에도 이의를 제기하지 않아. 그걸 잊으면 안 돼. 자네가 언젠가 나무랄 데 없는 정상적인 인간이 되면 그 신이 자네를 떠날 걸세. 자신의 생각을 담을 새로운 그릇을 찾아 떠나는 거지."

내가 꾸는 꿈들 중에서 사랑에 대한 어두운 꿈이 가장 집요했다. 나는 그 얼마나 자주 문장(紋章)의 새 아래로, 우리 집 안으로 들어가는 꿈을 꾸었던가! 나는 어머니를 포옹하려 했다. 하지만 내가 안은 것은 절반은 남자이고 절반은 어머니였다. 나는 그 존재가 두려우면서 동시에 격렬하게 그 존재에게 이끌렸다. 나는 이 꿈만은 내 친구에게 털어놓을 수 없었다. 나는 그에게 다른 것은 모두 말해주었지만 이 꿈만은 내 안에 간직했다. 그것은 나만의 구석이었고, 나만의 비밀이었으며 나만의 은신처였다.

기분이 우울할 때면 나는 피스토리우스에게 북스테후데의 「파시칼리아」를 연주해달라고 부탁했다. 그럴 때면 나는 먼지 자욱한 교회에 앉아 이 내밀한 음악, 마치 자기도취에 취해 있는 듯한 이 기묘한 음악에 완전히 몰입됐다. 마치 스스로에게 귀를 기울이고 있는 것 같은 그 음악은 매번 내게 위안이 되었으며 나 자신의 내면의 목소리에 귀를 기울일 수 있게 해주었다. 때로는 연주가 끝난 뒤에도 우리는 교회에 머물러 있었다. 우리는 뾰족한 아치형의 높은 창문을 통해 희미한 빛이 스며들어 교회 안에서 스러지는 것을 바라보았다.

피스토리우스가 말했다.

"내가 한때 신학도였고 목사가 될 뻔했다는 게 이상하게 들리겠지. 하지만 나는 형식상의 오류를 저질렀을 뿐이야. 성직자가 되었다는 것은 여전히 내 과업이고 목표야. 하지만 나는 압락사스를 알기 전에 너무 여호와에 만족했고 자신을 그분에게 맡겼어. 아, 그래, 그 어떤 종교건 모든 종교는 다 훌륭해. 기독교 성찬식에 참여하든, 메카로 순례를 떠나든 종교는 모두 영혼이야."

"그렇다면," 내가 끼어들었다. "당신이 목사가 될 수도 있었던 것 아닌가요?"

"아니야, 싱클레어. 만일 그랬다면 거짓말을 할 수밖에 없었을 거야. 우리의 종교는 마치 종교가 아닌 그 무엇인 것처럼 행해지고 있어. 마치 인간 지성의 산물인 것처럼 여겨지고 있어. 최악의 경우 가톨릭 신부가 될 수는 있었겠지. 하지만 프로테스탄트 목사는 아니야! 진짜 프로테스탄트 신봉자들은―내가 그런 사람 몇몇을 알고 있지—자구(字句) 해석에 목을 매달고 있어. 예를 들어, 그 사람들 앞에서, 그리스도는 한 명의 인물이 아니라 하나의 영웅, 하나의 신화라고, 인류 전체가 영원성의 벽에 그려놓은 엄청난 그림자 이미지라고 말할 수는 없어. 또한 뭔가 몇 마디 재치 있는 이야기를 듣기 위해, 그저 의무를 행하기 위해, 혹은 그 어느 것도 놓칠 수 없다는 욕심에서 교회에 가는 여타 사람들 앞에서 내가 무슨 말을 할 수 있겠어? 그들을 개종시키면 될 것 아니냐고 말하고 싶지? 하지만 그럴 생각은 없어. 사제란 남들을 개종하려 하는 사람이 아니야. 다만 신자들과 어울려서, 자신과 비슷한 사람들과 어울려서 살고 싶을 뿐인 거야. 우리의 신을 창조한 바로 그 감정을 보여주는 도구가 되고 그 감정을 표현하는 존재가 되고 싶을 뿐인 거야."

그가 스스로 말을 끊었다. 그러더니 말을 이었다.

"이보게, 우리가 압락사스라는 이름으로 찾은 새로운 종교는 훌륭한 거야. 지금 우리가 가진 최상의 종교야. 하지만 이제 갓 태어나고 있을 뿐이야. 아직 날개가 자라지 않았어. 그리고 외로운 종교는 아직 진정한 종교가 아니야. 공동체가 있어야 하고, 예배와 도취, 축제와 신비 의식 등이 있어야 해."

말을 마친 그는 몽상에 잠겼다.

데미안

186

내가 그에게 조심스럽게 말했다.

"신비 의식은 혼자서라도, 혹은 아주 작은 그룹들 사이에서도 행해질 수 있는 것 아닌가요?"

"그럴 수 있지." 그가 고개를 끄덕였다. "나는 오래전부터 홀로 그것을 행하고 있어. 나는 나만의 예배를 드리고 있어. 만일 사람들이 알게 된다면 몇 년간 교도소에 갇혀 있어야만 할 내용이야. 하지만 아직 그 짓이 옳지 않다는 것도 나는 알고 있어."

그가 갑자기 내 어깨를 쳤다. 나는 흠칫 놀랐다.

그가 진지하게 말했다.

"이보게, 자네도 자네만의 신비 의식을 가질 수 있어. 나는 자네가 내게 말해주지 않는 꿈을 꾸고 있다는 걸 알아. 그걸 알고 싶지는 않아. 하지만 이런 말은 해줄 수 있어. 그 꿈들을 살라고, 그 꿈들과 어울려 놀고, 그 꿈들에 제단을 세워주라고……. 그것들은 아직 이상(理想)이 아니지만 올바른 길을 가리키고 있어. 언젠가 자네나 나, 혹은 몇몇 소수의 사람들이 이 세상을 새롭게 할 수 있을지도 몰라. 하지만 그 전에 우리는 매일매일 우리 안의 세상을 새롭게 해야 해. 그렇지 않으면 우리는 진지한 존재가 될 수 없어. 그 사실을 명심해야 해! 싱클레어, 자네는 열여덟 살이야. 그런데 자네는 창녀에게 가지 않지. 자네는 사랑에 대한 꿈을 간직해야 하고 소망을 지녀야만 해. 어쩌면 자네는 그것이 두려울 수도 있어. 하지만 두려워하지 마. 그런 것들이 자네가 지닐 수 있는 최선의 것들이니까. 나를 믿어도 돼. 나는 자네 나이일 때 그 사랑의 꿈들을 능욕함으로써 많은 것을 잃었어. 그러면 안 돼. 자네가 압락사스에 대해 그 무언가 알게 되었을 때 자네는 더 이상 그럴 수 없게 된 거야. 그 어떤 것도 두려워하면 안 되게끔 된 것이고, 자네의 영혼이 갈망하는 것을 그 어떤 것이건 금지된 것으로 여길 수 없게 된 거야."

나는 놀라서 그에게 반박했다.

"하지만 당신도 마음에 떠오른 것을 모두 행동으로 옮길 수는 없잖아요! 그 누군가를 증오한다고 해서 그를 죽일 수는 없잖아요!"

그가 내게 몸을 바싹 기울이며 말했다.

"상황에 따라서는 그래도 돼. 다만 대부분의 경우 그것은 잘못된 행동일 수가 있어. 내 말은 머리에 떠오르는 생각은 뭐든 행동으로 옮길 수 있다는 뜻이 아니야. 그럴 수 없지. 내 말은 이치에 맞는 생각들을 지레 몰아내거나 도덕적으로 판단해서 그 생각을 손상시키거나 없애버리지 말라는 뜻이야. 자신이나 그 누군가를 십자가에 못 박기 전에 성배의 술을 직접 마시고 희생의 신비에 대해 심사숙고해보라는 뜻이야. 그런 과정은 생략하더라도 어쨌든 자네의 욕구, 혹은 이른바 충동이라고 하는 것들을 존경과 사랑으로 다룰 수는 있어. 그러면 그것들이 그 의미를 드러내게 되지. 그 모든 것들에는 의미가 있거든. 자네에게 뭔가 정말로 미친 생각이나 죄스러운 생각이 다시 떠오른다면, 누군가를 죽이고 싶거나 극악한 범죄를 저지르고 싶어진다면, 싱클레어, 바로 그 순간, 생각해봐. 자네 안에서 압락사스가 그 환상의 날개를 펼친 것이라고! 자네가 죽이고 싶어 하는 것은 실제로 존재하는 인간 아무개 씨가 아니야. 실제의 인간 아무개 씨는 단지 겉모습일 뿐이야. 우리가 누군가를 증오한다면 우리는 그 사람 안에 들어 있는 그 무언가를 증오하는 것이고, 그 무언가는 자네 안에도 들어 있어. 우리들 속에 들어 있지 않은 것은 우리를 자극하지 않는 법이야."

피스토리우스가 내게 해준 말 중에 이보다 더 내 마음에 깊은 감동을 준 말은 없었다. 나는 대답을 할 수 없었다. 하지만 그가 해준 말이 데미안이 해준 말, 내가 몇 해 동안 가슴에 간직하고 있던 말과 너무 비슷하다는 사실에 나는 강하게 충격을 받았다. 그들은 서로 알지 못하는 사이이면서도 같은 말을 내게 해주었던 것이다.

피스토리우스가 부드러운 어조로 말을 이어나갔다.

"우리 눈에 보이는 것들은 우리들 안에 그대로 들어 있어. 우리가 우리들 안에 지니고 있지 않은 현실이란 건 없어. 바로 그 때문에 많은 사람들이 그렇게 비현실적으로 사는 거야. 그들은 바깥에 보이는 이미지들만 현실로 생각하고 자기 내부의 세계가 자기주장을 할 수 없게 만들어버려. 그런 식으로 행복할 수는 있겠지. 하지만 일단 다른 식의 해석에 대해 알게 되면 더 이상 다른 많은 사람들을 따르겠다는 선택은 할 수 없게 돼. 싱클레어, 많은 사람들이 따르는 길은 쉬운 길이야. 하지만 우리들의 길은 어려운 길이야. 우리는 그 길을 함께 가는 거야."

이후 나는 그를 만나려 했으나 두 차례 허탕을 쳤다. 그 며칠 뒤 저녁 늦게 길거리에서 그의 모습을 볼 수 있었다. 바람이 부는 추운 날이었다. 술에 만취한 그는 비틀거리며 마치 바람에 날리듯 길모퉁이를 휘청휘청 걸어가고 있었다. 나는 그를 부르고 싶지 않았다. 그는 나를 보지 못하고 곁을 스쳐 지나갔다. 그는 멍하면서도 빛나는 눈으로 자기 앞을 응시하고 있었다. 마치 미지의 것으로부터 오는 어두운 부름을 따라가고 있는 것 같았다. 나는 한동안 그를 따라갔다. 그는 마치 보이지 않는 줄에 매달려 이끌리듯, 마치 유령처럼 무엇에 사로잡힌 듯하면서

도 느슨한 걸음걸이로 걸어갔다. 무언가 슬픈 마음으로 나는
집으로 돌아와서 이루지 못한 꿈속에 빠졌다.

'그래, 그는 저런 식으로 자기 안의 세계를 새롭게 하고 있구
나!'라는 생각이 내게 들었다. 그리고 동시에 그런 내 생각이 저
열하고 도덕적인 발상이라고 느꼈다. 내가 그의 꿈에 대해 도대
체 무엇을 알고 있단 말인가! 그는 아마도 그러한 취기 속에서
불안에 휩싸인 꿈속의 나보다 더 확실한 길을 걸어갔으리라.

수업 시간 사이 쉬는 시간에, 내가 한 번도 눈여겨보지 않았
던 한 친구가 나와 친해지려고 애쓰고 있다는 것을 나는 알게
되었다. 가냘프고 허약해 보이는 모습에, 적갈색의 눈을 하고
있었으며 눈빛이나 행동에 뭔가 심상치 않은 구석이 있는 친구
였다.

어느 날 저녁 하굣길에 그가 나를 기다리고 서 있었다. 그는
내가 지나가도록 내버려 두더니 내가 집 앞에 이를 때까지 나
를 따라왔다.

"나한테 무슨 할 말이 있는 거니?" 내가 그에게 물었다.

"그냥 너랑 한번 이야기를 해보고 싶었어." 그가 수줍게 말했
다. "잠깐 나랑 함께 걷지 않을래?"

나는 그를 따라갔다. 그가 흥분해 있으며 기대에 차 있음을 느낄 수 있었다. 그의 손이 떨리고 있었다.

"너 심령술사니?" 그가 느닷없이 물었다.

"아니, 크나우어." 내가 웃으며 말했다. "절대로 아니야. 왜 그런 생각을 하게 된 거니?"

"그렇다면 너는 접신론자겠구나?"

"아니."

"그렇게 발뺌하지 마! 네겐 뭔가 특별한 게 있다고 느껴진단 말이야. 네 눈에는 뭔가가……. 네가 영(靈)들과 이야기를 나누는 것 같아. 싱클레어, 그냥 심심풀이로 물어보는 게 아니야. 나도 나 자신을 찾고 있어. 그리고 너도 알겠지만, 나는 외로워."

"그래? 어디 계속해볼래." 내가 그를 격려했다. "난 영에 대해서는 별로 아는 게 없어. 나는 내 꿈속에서 살고 있을 뿐이야. 아마 네가 그걸 느낀 거겠지. 다른 사람들도 꿈속에서 살긴 해. 하지만 그건 자기 자신의 꿈이 아니야. 바로 그게 차이이지."

"그럴지도 모르지." 그가 나직이 말했다. "하지만 나는 다른 사람들이 어떤 꿈을 꾸고 있는지는 관심 없어. 너, '백(白)마술'이라는 거에 대해 들어본 적 있어?"

나는 아니라고 대답해야 했다.

그러자 그가 계속했다.

"그건 자기 자신을 통제할 수 있게 되는 걸 말하는 거야. 죽지 않을 수도 있고 사람들에게 마법을 걸 수도 있게 된대. 너, 그런 연습 해본 적 없어?"

내가 그 연습이 어떤 거냐고 묻자 그는 뭔가 숨기려는 게 있는 듯 입을 다물었다. 내가 이만 돌아가겠다고 몸을 돌리자 그가 마침내 입을 열었다.

"예를 들어 내가 잠들고 싶은 때, 혹은 뭔가에 집중하고 싶을 때 그 연습을 하곤 해. 단어나 이름, 혹은 기하학적인 도형을 생각하는 거지. 그러고는 그것들을 애를 써서 내 안에 집어넣어. 그것이 내 머리에 실제로 들어갔다고 느껴질 때까지 계속 상상하는 거야. 그런 다음 목 안에 들어 있다고 생각하고, 계속 그런 상상을 하면서 마침내 내 온몸이 그것으로 가득 차게 만드는 거야. 그렇게 되면 나는 마치 돌로 변한 듯 단단해져서 그 무엇도 나를 더 이상 흩어놓지 못해."

그가 무슨 말을 하는지 어렴풋이 알 것 같았다. 하지만 그가 정작 하고 싶은 말은 따로 있다는 느낌이 들었다. 그는 이상할 정도로 흥분해 있었고 불안해했던 것이다. 나는 그가 편하게 말을 할 수 있도록 그를 진정시켜주려고 애썼으며 마침내 그가 자신의 진짜 관심사를 털어놓았다.

"너도 금욕하고 있지? 그렇지?" 그가 내게 마지못한 듯 물어보았다.

"무슨 뜻이야? 성적인 것 말이니?"

"맞아. 나는 금욕주의에 대해 알고부터 2년째 금욕을 하고 있어. 그전에는 타락한 짓을 했어. 무슨 말인지 알겠지? 넌 여자랑 자본 적 없지?"

"없어." 내가 대답했다. "적당한 상대를 못 만났어."

"그렇다면 적당한 여자를 만나면 그녀랑 잘 거야?"

"당연하지. 그녀가 반대만 하지 않는다면." 나는 약간 비웃는 투로 대답했다.

"오, 너도 잘못된 길을 가고 있구나! 완전한 금욕을 실천해야만 내면의 힘을 단련시킬 수 있어. 나는 2년 동안 그렇게 하고 있어. 2년하고도 한 달 정도 더 되었어. 아주 어려운 일이야. 때로는 도저히 더 이상 견딜 수 없게 되기도 해."

"이봐, 크나우어. 나는 금욕이 그토록 중요하다고는 믿지 않아."

"나도 알아." 그가 반박했다. "다들 그렇게 말하지. 하지만 너는 다르게 말할 줄 알았는데. 더 높은 정신의 길을 가려면 완전히 정결한 상태로 있어야 해."

"좋아, 그렇다면 그렇게 해! 하지만 왜 자신의 성적 욕망을 눌러야만 다른 사람보다 정결한 사람이 될 수 있다는 건지 나는 잘 모르겠다. 너는 네 생각이나 꿈에서 성적인 것을 완전히 몰아낼 수 있다고 생각하니?"

그는 절망적인 시선으로 나를 바라보았다.

"아니, 내가 말하고자 하는 건 그게 아니야. 오, 맙소사, 하지만 니는 그래야만 해, 나는 밤에 스스로에게도 말할 수 없는, 그런 꿈을 꿔. 정말 무서운 꿈이야."

그때 피스토리우스가 해준 말이 생각났다. 나는 그가 해준 말이 옳다고 느끼고 있으면서도 그 말을 크나우어에게 전해줄 수 없었다. 나의 고유한 체험에서 나오지 않은 말을, 아직 그 말을 따를 힘이 내게 없으면서 남에게 충고랍시고 해줄 수는 없었다. 나는 내게서 충고를 구하려는 사람에게 아무런 해줄 말이 없다는 사실이 부끄러워서 입을 다물 수밖에 없었다.

"온갖 시도를 다해봤어." 크나우어가 탄식하듯 옆에서 말했다. "할 수 있는 건 다해봤어. 냉수마찰도 해봤고 눈으로 몸을 비비기도 했고 운동과 달리기 등 안 해본 게 없어. 하지만 아무 소용없었어. 밤에는 생각조차 해서는 안 되는 것들을 꿈꾸다가 화들짝 깨어나곤 해. 무엇보다 끔찍한 건 그러다 보면 내가 배우고 익혀놓았던 모든 정신적인 것들을 차츰 잊어버리게 된다는 거야. 다시 정신을 집중하려 해도 안 되고 다시 잠이 오지도 않아. 때로는 밤새 깨어 있는 채로 누워 있기도 해. 더 이상 이런 식으로 이어질 수는 없어. 내가 싸움에서 져버린다면, 결국 내가 항복하고 다시 불순하게 된다면 나는 그런 싸움을 해보지 않은 사람보다 더 사악하게 될 거야. 이해할 수 있겠니?"

나는 고개를 끄덕였지만 아무 말도 해줄 수 없었다. 그가 지루해지기 시작했고 나는 그의 절실한 욕망, 그의 절망이 내게 별로 깊은 감응을 주지 않는 데 대해 스스로 놀랐다. 나의 유일한 느낌은, 나는 너를 도울 수 없어, 라는 것뿐이었다.

마침내 그가 기운이 다한 듯 슬픈 목소리로 말했다.

"그래, 넌 아무것도 모르겠다는 거니? 전혀 아무것도? 하지만 어딘가 길은 있을 것 아니니? 너라면 어떻게 하겠니?"

"크나우어, 네게 해줄 말이 아무것도 없어. 우리는 남을 도울 수 없어. 마찬가지로 남이 우리를 도울 수도 없어. 네 스스로 끝까지 가보는 수밖에 없어. 그리고 네 마음 가장 깊은 곳에서 요구하는 것을 행해야 해. 다른 길은 없어. 네가 그것을 발견하지 못한다면 영(靈)들도 찾아낼 수 없을 거야."

그 자그마한 친구는 실망한 눈으로 말문을 닫은 채 나를 바라보았다. 이어서 그의 눈이 증오로 이글거리더니 얼굴을 찡그리며 비명이라도 지르듯 외쳤다.

"흥! 정말로 성자(聖者) 나셨네! 너도 죄를 지을 거야! 내가 다 알아! 넌 겉으로는 현명한 척하면서 우리들과 마찬가지로 더러운 데 매달려 있어! 넌 나랑 마찬가지로 돼지야, 돼지! 우리는 모두 다 돼지야!"

나는 그를 내버려둔 채 몸을 돌려 그의 곁을 떠났다. 그는 두세 발자국 나를 따라오더니 몸을 돌려 달려가버렸다. 나는 동정심과 혐오감에 구토가 나올 것 같았다. 다시 내 방으로 돌아와 내 작은 방에서 내 그림들 몇 개에 둘러싸여 나만의 꿈에 다시 잠길 때까지 그 느낌은 떠나지 않았다. 즉각 현관과 문장, 어머니와 낯선 여성에 대한 꿈이 다시 나를 찾아왔다. 그녀의 모습이 너무 뚜렷하게 떠올라 나는 바로 그날 저녁부터 그 그림을 그리기 시작했다.

며칠간의 작업 끝에 그림이 완성되자 나는 마치 의식이 사라진, 꿈꾸는 듯한 상태에서 마지막 사력을 다해 색칠을 했다. 나는 그 그림을 벽에 걸어놓고 그 앞에 등불을 놓았다. 그리고 마치 끝까지 싸움을 벌여야 하는 유령 앞에 서 있듯 그 앞에 서 있었다. 그 얼굴은 전에 그린 그림과 비슷했으며 대체로 내 친구 데미안과 비슷했고, 몇몇 특징들은 나와 비슷했다. 한쪽 눈이 다른 쪽 눈보다 약간 높았고 자신에 침잠해 있는 그 시선, 엄격하면서 운명에 가득 찬 그 시선은 나를 넘어 어디론가 향해 있었다.

그림 앞에 서서 나는 팽팽한 긴장감으로 마음이 얼어붙기 시작했다. 나는 그림에게 물었고, 그림을 호되게 꾸짖었으며, 그림을 애무하고 그림에게 기도했다. 나는 그것을 어머니라 불렀고, 매춘부라 불렀으며, 그것을 연인이라고 불렀고 압락사스라고 불렀다. 그사이 피스토리우스가 해준 말—아니면 데미안이 해준 말이었던가?—이 문득 떠올랐다. 누가 해준 말인지 기억할 수는 없었지만 그 말이 다시 또렷하게 들렸다. 야곱과 천사와의 싸움에 대해 해준 말이었다.

"내게 축복을 내려주지 않으면 너를 보내지 않겠다"라는 말.

램프 불빛을 받고 있는 그림 속 얼굴은 그때그때의 요청에 따라 모습이 바뀌었다. 환하게 밝아졌다가 컴컴하게 어두워졌으며 죽어가는 눈처럼 눈꺼풀을 닫았다가 다시 눈꺼풀을 열고 이글거리는 빛을 쏟아내기도 했다. 그것은 여성이었고 남성이었으며 소녀였고 어린애였으며 동물이었다. 그림은 작은 색들로 흐려졌다가 다시 커지면서 뚜렷해졌다. 마침내 강한 충동에 사로잡힌 나는 눈을 감고 내 안의 그림을 바라보기 시작했다. 그 그림은 더욱 강렬하고 강력했다. 나는 그 그림 앞에 무릎을 꿇으려 했다. 하지만 그 그림은 이미 나 자신의 일부가 되어 나와 분리할 수 없었다. 그림이 나 자신의 에고가 되어버린 것 같았다.

그때였다. 마치 봄의 폭풍우를 만난 듯 어둡고 무거운 포효 소리가 들렸다. 나는 이루 묘사할 수 없는 새로운 공포를 느끼고 몸을 떨었다. 별들이 내 앞에서 번쩍 빛을 발하다가 꺼졌다. 저 잊혀진 유년기로부터, 심지어 진화의 초기 단계에서의 내 전생으로부터 기억들이 몰려와 스쳐 흘러갔다. 하지만 내게 내 삶의 비밀을 다시 보여주는 것 같은 기억들은 과거와 현재에 머물지 않았다. 그것들은 미래를 비추면서 그 너머까지 나아갔으며 나를 현재에서 낚아채 새로운 삶의 형태 속으로 집어넣었다. 그 새로운 삶의 이미지들은 엄청나게 밝고 눈부셨다. 하지만 그 어느 것도 나중에 기억이 나지 않았다.

나는 한밤중에 깊은 잠에서 깨어났다. 나는 옷을 입은 채로 침대에 비스듬히 누워 있었다. 나는 불을 켰다. 뭔가 중요한 일을 기억해내야 할 것처럼 느꼈지만 몇 시간 전의 일이 조금도 기억나지 않았다. 어렴풋이 생각이 나기 시작했다. 나는 그림을 찾았다. 그림은 벽에도 탁자 위에도 없었다. 그러자 그 그림을 불태웠다는 것이 어렴풋이 생각나는 것 같았다. 아니면 내가 그것을 내 손으로 불태우고 그 재를 삼켜버린 꿈을 꾸었던 것일까?

큰 불안감이 나를 엄습했다. 나는 마치 무슨 명령이라도 받은 듯 모자를 쓰고 집 밖으로 나가 골목길을 지나쳤다. 나는 마치 폭풍에 이끌리듯 수많은 거리들과 광장들을 빠르게 걸었다. 내 친구의 어두운 교회 앞에서 귀를 기울였고 극도의 위기감에 휩싸여 그 무언가를 찾고 또 찾았다. 하지만 그것이 무엇인지는 알 수 없었다. 나는 아직 여기저기 불이 켜져 있는 사창가를 지나갔다. 그곳을 지나 더 멀리 가니 신축 공사장이 나왔다. 여기저기 기왓장 더미가 놓여 있었고 우중충한 눈이 그것들을 덮고 있었다. 마치 몽유병자처럼 알 수 없는 힘에 이끌려 이 황량한 곳을 헤매다 보니 옛날 나의 고문자 크로머가 셈을 하자며 나를 끌고 갔던 고향 도시의 공사장이 생각났다. 이 어두운 밤 속에 비슷한 건물들이 검은 문들을 벌린 채 내 앞에 서 있었다. 그 검은 문들이 나를 안으로 끌어들였다. 나는 물러서려다 모래와 쓰레기들에 걸려 비틀거렸다. 나를 안으로 끌어들이는 힘이 더 강했다. 나는 들어가야 했다. 판자들과 벽돌들을 밟으며 나는 비틀비틀 황량한 공간으로 들어섰다. 축축하고 서늘한 시멘트 냄새가 났다. 모래 더미가 있었고 어두운 가운데 잿빛의 점 같은 것이 보였다. 바로 그때 겁에 질린 외침이 들렸다.

"오, 싱클레어! 대체 어디서 나타난 거야?"

바로 옆 어둠 속에서 작고 마른 사내 한 명이 유령처럼 몸을 일으켰다. 놀란 가운데 나는 그가 내 학우 크나우어임을 알아보았다.

"여길 어떻게 온 거야?" 그가 흥분해서 제정신이 아닌 듯 물었다. "나를 어떻게 찾은 거야?"

나는 무슨 소리인지 알 수 없었다.

"너를 찾고 있던 게 아니야." 나는 어안이 벙벙해서 말했다. 말 한마디 한마디가 너무 힘이 들어 얼어붙다시피 한 입에서 겨우 나올 수 있었다.

그가 나를 뚫어져라 바라보았다.

"나를 찾은 게 아니라고?"

"응. 뭔가에 이끌려서 오게 된 거야. 네가 나를 불렀니? 그래, 네가 나를 불렀던 게 틀림없어. 그런데 여기서 뭘 하던 거니? 이, 오밤중에."

그가 야윈 팔로 나를 격하게 껴안았다.

"그래, 한밤중이야. 곧 아침이 되겠지. 오, 싱클레어, 나를 용서해줄 수 있겠니?"

"뭘 용서해주라는 거야?"

"내가 너무 심하게 굴었잖아."

그제야 우리가 나누었던 대화가 생각났다. 불과 사나흘 전이었던가? 마치 그로부터 한평생이 지나간 것 같았다. 그런데 갑자기 모든 것이 이해가 되었다. 우리 사이에 무슨 일이 일어난 것인지 뿐만 아니라 내가 왜 이곳에 왔고 크나우어가 이곳에서 무슨 일을 하려던 것인지 홀연 깨달을 수 있었던 것이다.

"그러니까, 너 자살하려던 거구나, 크나우어."

그는 추위와 두려움에 몸을 떨었다.

"맞아. 그러려고 했어. 하지만 정말 그럴 수 있었는지는 모르겠어. 아침이 될 때까지 기다리려고 했어."

나는 그를 밖으로 데려갔다. 잿빛 여명 속에서 첫 새벽빛이 차갑게 어렴풋이 빛을 발하고 있었다. 나는 얼마 동안 그의 팔을 잡고 걸어갔다. 내 귀에 내 말소리가 들렸다.

"자, 집으로 가. 누구에게도 아무 말도 하지 마! 그냥 길을 잃고 헤맸을 뿐이야. 우리는 네가 생각하듯 돼지가 아니야. 우리는 인간존재야. 우리는 신들을 만들고 신들과 싸워. 그리고 신들이 우리에게 축복을 내려줘."

우리는 말없이 더 걷다가 한마디 말도 없이 헤어졌다. 집에 오자 날은 이미 훤히 밝아 있었다.

성 **시에 머문 그날들에서 내가 취할 수 있었던 최선의 것들은 바로 피스토리우스와 오르간 앞에서, 혹은 불 앞에서 지낸 시간들이있다. 우리는은 압라사스에 대한 그리스어 텍스트를 함께 읽었다. 그는 내게 베다 경전 번역본의 일부분을 읽어주기도 했으며 신성한 '옴'에 대해 어떤 식으로 말해야 하는지도 가르쳐주었다. 하지만 내게 내면의 양식이 되었던 것은 그런 것들에 대한 지식이 아니었다. 자아를 발견하는 길에 진전이 있었던 것, 자신의 꿈과 생각, 예감에 대해 더욱 신뢰를 갖게 되었다는 것, 내가 내 안에 지니고 있는 힘에 대해 점점 더 잘 알게 되었다는 것, 바로 그런 사실들이 나를 기분 좋게 해주었다.

피스토리우스와 나는 어떤 식으로건 서로를 이해할 수 있었다. 그에 대해 강하게 생각만 하면 되었다. 그러면 나는 그가, 혹은 그가 전하는 메시지가 내게 오리라고 확신할 수 있었다. 나는 마치 데미안에게 그랬듯이 실제로 그와 직접 대면하지 않고도 그에게 무엇이든 물을 수 있었다. 그의 모습을 그려보고 생각을 집중해서 그를 향해 질문을 보내면 되었다. 그러면 나의 질문에 담은 모든 정신의 힘이 대답이 되어 내게 돌아왔다. 다만, 마음에 떠올려 말을 건 것은 피스토리우스라는 인물이나 데미안이라는 인물이 아니었다. 내가 불러낸 것은 내가 꿈꾸고 그린 그림, 반은 남자이고 반은 여자인, 내 꿈속 다이몬의 이미지였다. 그 존재는 이제 더 이상 내 꿈들에만 살고 있지 않았으며, 단지 내 그림 속에 묘사되어 있지도 않았고 나의 이상으로서, 승화된 나의 자아로서 내 안에 살고 있었다.

자살을 기도하려 했던 크나우어와 내가 맺게 된 관계는 매우 특이했으며 때로는 우스꽝스럽기도 했다. 내가 그에게로 이끌렸던 그날 밤 이래로 그는 마치 충직한 하인이나 개처럼 내게 매달렸다. 그는 그의 삶을 나와 묶기 위해 온갖 노력을 다했고 나를 맹목적으로 따랐다. 그는 놀라운 질문들과 요구 사항들을 갖고 내게 왔으며 영(靈)들을 보고 싶어 했고 카발라(신비 철학-옮긴이 주)에 대해 배우고 싶어 했다. 내가 그 모든 것에 대해 아는 게 아무것도 없다고 단언해도 그는 믿지 않았다. 그는 내가 뭐든 할 수 있다고 믿고 있었다. 하지만 신기하게도 그가 그런 당혹스럽고 어리석은 질문들을 갖고 나를 찾아왔을 때는 나 자신이 뭔가 곤혹스러운 문제와 씨름하고 있을 때가 많았다. 그리고 종종 그의 그 기발한 개념들과 질문들이 내가 안고 있는 문제에 대한 해결의 실마리가 되기도 했다. 나는 그가 귀찮아서 종종 그를 억지로 쫓아버리기도 했다. 하지만 나는 그 역시 내게 끌려서 온 사람이라는 것을, 내가 그에게 준 것이 배(倍)가 되어 내게 되돌아온 것임을, 그 역시 내게는 하나의 인도자, 혹은 최소한 하나의 길잡이임을 느끼고 있었다. 그가 구원의 길을 찾기 위해 내게 가지고 온 신비주의 책들과 글들은 부지불식간에 내게 많은 것을 가르쳐주었던 것이다.

얼마 후 크나우어는, 아는 새 모르는 새, 내 삶에서 사라졌다. 우리 둘은 단 한 번도 다툰 적이 없었다. 전혀 그럴 이유가 없었던 것이다. 하지만 피스토리우스와는 달랐다. 성 **시에서 나의 김나지움 시절이 끝나갈 무렵 우리는 또 한 번 특이한 경험을 했다.

악의 없는 인간이라 할지라도 세상을 살아가다 보면 한두 번은 경건함과 감사라는 미덕과 갈등 관계에 빠지기 마련이다. 또한 누구든 조만간 자신을 아버지와 스승과 갈라놓는 발걸음을 떼어야만 한다. 그리고 누구나 지독한 외로움을 겪기 마련이다. 물론 대부분의 사람들은 그것을 견딜 수 없어 곧바로 다시 엉금엉금 기어 되돌아가 버린다. 나는 부모님들과 그들의 세계, 저 밝은 세계와 격렬한 싸움을 통해 결별하지는 않았다. 나는 거의 눈에 띄지 않을 정도로 서서히 그 세계로부터 멀어진 것이다. 나는 그것이 슬펐고 집으로 돌아가 있을 때면 마음이 편치 않았다. 하지만 그 때문에 깊은 상처를 받지는 않았고 견딜 만했다.

그러나 습관적으로가 아니라 자신의 자유 의지에 의해 사랑과 존경을 주었던 바로 그곳, 자기가 진심으로 그 제자였으며 친구였던 바로 그곳에서, 자기가 가장 사랑했던 것으로부터 자기 자신을 떼어내려는 물결이 자기 내부에서 일고 있음을 알아차리게 되는 순간, 우리는 비통해지고 무서움에 휩싸인다. 그럴 때면 친구와 스승을 거부하는 생각들이 마치 독침처럼 우리의 가슴을 찌르며, 방어를 위해 내민 주먹 하나하나가 자신의 얼굴을 가격한다. 그리고 자신이 도덕적으로 건전하다고 생각하고 있던 사람의 귓가에 '변절', '배은망덕'이라는 단어가 마치 야유나 낙인처럼 울린다. 그리고 두려움에 사로잡힌 놀란 가슴은 다시 유년기의 미덕이라는 아늑한 골짜기로 도망쳐버리면서, 대체 왜 이런 결별이 있어야 한다는 것인지, 왜 이 끈이 끊어져야만 한다는 것인지 믿을 수 없게 된다.

시간이 흐르면서 내 마음속에서 피스토리우스를 절대적인 스승으로 인정하기 싫다는 느낌이 고개를 들기 시작했다. 그와의 우정, 그의 충고, 그가 내게 준 위안, 그의 친근함은 내 청소년기의 가장 중요한 몇 달 동안 내가 겪은 경험들 중에 가장 중요한 경험이었다. 신이 그를 통해 내게 말을 건넸다. 그의 입술을 통해 내 꿈들이 명확히 밝혀지고 해석이 되어 내게 되돌아왔다. 그는 나 자신에 대한 믿음을 선사했고 내가 용기를 내어 나 사신에게 돌아갈 수 있게 해주었다. 그런데 이제 차츰차츰 그에 대해 저항하기 시작하는 자신의 모습을 감지하게 된 것이다. 그의 말에 지나치게 많은 교훈적인 것이 담겨 있다고, 그가 나의 한 부분만을 온전히 이해하고 있을 뿐이라고 느끼게 된 것이다.

우리들 사이에 다툼이나 볼만한 장면이 연출된 것도 아니었고 무슨 결별 같은 것이 이루어진 것도 아니었다. 단지 별로 해롭다 할 것도 없는 한마디 말을 내가 했을 뿐이었다. 하지만 그 한마디 말이 입 밖으로 나오는 순간 환상이 깨어져 흩어졌다. 사실은 그런 일이 일어나리라는 예감이 한동안 모호하게나마 나를 짓누르고 있었다. 그러던 중 어느 일요일 그의 낡은 서재에서 그 예감이 분명한 느낌으로 구체화되었다.

우리는 불 앞에 엎드려 있었고 그는 신비 의식과 종교 형태들에 대한 이야기를 하고 있었다. 그는 그것들을 연구 중이었고 그것들의 미래 가능성에 대해 몰입해 있었다. 그런데 내게는 그 모든 것이 그냥 기이하고 모호해 보이기만 했지 그다지 중요해 보이지 않았다. 그리고 거기에는 뭔가 현학적인 것이 들어 있었다. 마치 지나간 세계의 폐허를 집요하게 헤집고 있는 것만 같았다. 그러자 갑자기 그의 모든 태도, 그의 신화에 대한 숭배, 간접적으로 전해 들은 신앙 양식들을 갖고 이렇게 저렇게 짜 맞추는 듯한 그의 놀이에 거부감이 느껴졌다.

"피스토리우스." 내가 갑자기 말했다. 나 스스로도 놀랄 만큼 악의가 담겨 있는 말투였다. "언젠가 내게 꿈 이야기를 해줘야 해요. 당신이 밤에 꾼 진짜 꿈 이야기 말이에요. 당신이 지금 해주는 이야기들에서는 온통 빌어먹을 골동품 냄새가 나요."

그는 내게서 그런 이야기를 결코 들어본 적이 없었다. 나는 순간적으로 번개처럼 내가 그에게 화살을 쏘아버렸음을, 그 화살이 그의 심장을 정통으로 맞추었음을, 그리고 그 무기는 바로 그의 무기고에서 꺼낸 것임을 부끄러움과 두려움을 느끼며 알아차렸다. 그가 스스로를 향해 반쯤 냉소적으로 던지던 비난을 내가 그를 향해 날린 것이다.

그는 한동안 침묵에 빠졌다. 나는 두려움에 사로잡혀 그를 바라보았다. 그의 얼굴이 무서울 정도로 창백해져 있었다. 길고도 무거운 침묵 끝에 그가 새로운 장작을 불 위에 얹은 다음 차분하게 말했다.

"싱클레어, 자네가 옳아. 자네는 똑똑한 친구야. 이제부터 그런 고리타분한 이야기는 하지 않겠어."

그는 매우 차분하게 말했지만 상처를 받았음이 분명했다. 내가 무슨 짓을 한 거지? 눈물이 나올 것만 같았다. 정말로 그의 마음 가까이 가고 싶었고 그에게 용서를 빌고 싶었으며 내가 그를 얼마나 좋아하고 있는지 그에게 얼마나 감사하고 있는지 확인시켜주고 싶었다. 감동적인 말들이 마음에 떠올랐다. 하지만 그 말들을 입 밖에 낼 수 없었다. 나는 그저 불을 바라보며 말없이 엎드려 있었다. 그도 말이 없었으며 우리는 불길이 사그라질 때까지 그대로 엎드려 있었다. 그렇게 사그라지는 불길과 함께 나는 뭔가 아름답고 친밀한 것이 함께 타버려 사라지는 것 같은 느낌이었다.

"내 말을 오해하셨을까 봐 두려워요." 마침내 내가 억지로 입을 열어 떠듬떠듬 말했다. 마치 잡지 연재소설을 낭독하듯 어리석고 무의미한 말들이 기계적으로 내 입술에서 흘러나왔다.

"아니, 자네 말을 정확히 이해했네." 피스토리우스가 나직이 말했다. "자네가 옳아."

나는 그의 말을 기다렸다. 그는 잠시 뜸을 들인 후 다시 말을 이었다.

"어떤 사람이건 다른 사람에게 그렇게 맞설 수 있는 법이니까."

'아니에요! 절대 아니야! 내가 틀린 거예요!' 나는 마음속으로 외쳤다. 하지만 나는 더 이상 아무 말도 할 수 없었다. 나는 나의 보잘것없는 몇 마디 말이 그의 본질적인 약점을, 그의 상처를 건드려 부상을 입힌 것을 알았다. 나는 그가 스스로를 불신하는 바로 그 지점을 정확히 건드린 것이다.

그의 이상(理想)에서는 골동품 냄새가 났고 그는 과거를 탐색하고 있었으며 낭만적이었다. 나는 갑자기 마음 깊이 깨달았다. 피스토리우스가 내게 보여준 모습은 결코 그가 그렇게 될 수 없는 모습이었으며, 그가 내게 주었던 것은 바로 그가 자기 자신에게는 줄 수 없었던 것임을…… 그는 인도자인 자신을 넘어서는 길, 인도자인 자신을 남겨놓고 멀어져버릴 길로 나를 인도했음을…….

내 입에서 어떻게 그런 말이 나올 수 있었는지 신이라면 알 수 있었을까? 나는 전혀 나쁜 의도를 품고 있지 않았으며 이런 파국을 빚으리라고는 전혀 예상할 수 없었다. 내가 무슨 뜻이 담긴 말을 하고 있는지도 모르는 상황에서 그런 말이 나와버린 것이다. 나는 약간 재치를 부리려는 충동에, 약간은 심술을 부리고 싶다는 나약한 충동에 굴복해버린 것이며 그것이 운명이 되어버렸다. 나는 부주의하게 사소한 폭력을 저지른 것이고, 그는 그것을 심판으로 받아들인 것이다.

당시 나는 그가 화를 내주었으면, 자신을 옹호하고 나를 꾸짖었으면 하고 그 얼마나 간절히 원했던가! 하지만 그는 그 어떤 것도 하지 않았다. 그 모든 것을 나 혼자 해야만 했다. 아마 그럴 수만 있었다면 그는 미소를 지었을 것이다. 하지만 그는 그러지 못했으며, 바로 그것이 그가 얼마나 마음 깊이 상처를 입었는지 보여주는 증거였다. 그는 나로부터 입은, 이 방자하고 배은망덕한 제자로부터 받은 그 타격을 말없이 받아들임으로써, 내가 옳았다고 인정함으로써, 내 말을 그의 운명으로 받아들임으로써, 나로 하여금 스스로를 증오하게 만들었고 나를 훨씬 더 경솔하게 만들었다. 내가 그를 가격했을 때 나는 강인하고 방어 태세가 잘된 사람을 공격했다고 생각했다. 하지만 그 사람은 조용하고 수동적이며 무방비적인 사람이었고, 아무런 저항 없이 항복을 선언한 것이다.

꽤 오랫동안 우리는 꺼져가는 불 앞에 그대로 엎드려 있었다. 불 속에서 반짝이는 형상마다, 휘어지며 재가 되는 나뭇가지 하나하나마다 우리들의 행복하고 아름답고 풍요롭던 시절을 떠올렸고, 내가 피스토리우스에게 그 얼마나 큰 빚을 지고 있는지 죄스러운 마음이 점점 더 커지게 만들었다. 마침내 더 이상 견딜 수 없는 지경이 되었다. 나는 자리에서 일어나 그곳을 떠났다.

나는 한참을 그의 방문 앞에 서서, 그리고 계단에 서서, 심지어 밖으로 나와 문 앞에서도 그가 혹시 따라 나오지나 않는지 귀를 기울였다. 이윽고 나는 등을 돌리고 도시를, 교외를, 공원과 숲을 저녁이 될 때까지 몇 시간 동안 돌아다녔다. 그렇게 걸어 다니면서 나는 처음으로 내 이마에서 카인의 표지를 느꼈다.

나는 아주 천천히 오늘 벌어진 일을 되새겨볼 수 있었다. 처음에는 온통 피스토리우스를 옹호하고 자신을 비난하겠다는 생각뿐이었다. 하지만 모든 것이 그 반대로 되어버렸다. 나는 수천 번도 넘게 후회할 준비가 되어 있었고 내 거친 말을 주워 담을 준비가 되어 있었다. 하지만 내가 한 말은 사실이었다. 그리고 그제야 나는 비로소 피스토리우스를 완전히 이해하고 그의 꿈 전체를 내 앞에 그려볼 수 있었다.

그의 꿈은 사제가 되어 새로운 종교를 선언하고, 새로운 형태의 찬양과 사랑과 예배를 받아들이는 것, 그리고 새로운 상징을 세우는 것이었다. 하지만 그것은 그의 힘으로 될 일도 아니었고 그의 본분도 아니었다. 그는 너무 편하게 과거에 머물러 있었으며 과거에 대해 너무 정확하게 알고 있었다. 그는 이집트에 대해, 인도에 대해, 미트라와 압락사스에 대해 너무 많은 것을 알고 있었다. 그의 사랑은 전에 지상에 이미 존재했던 이미지에 매여 있었니. 하지만 그는 새로운 것은 진정으로 새롭고 다른 것이어야 한다는 것, 그것은 새로운 토양에서 솟아나는 것이어야지 박물관이나 도서관에서 끄집어내면 안 된다는 것을 마음 깊은 곳에서 잘 느끼고 있었고 잘 알고 있었다. 그의 본분은 아마도 그가 나를 이끌었듯 사람들을 스스로에게로 이끄는 것일지도 모른다. 그들에게 전에 존재하지 않던 새로운 신을 마련해주는 것은 그의 본분이 아니었다.

여기까지 생각이 미치자 갑자기 날카로운 자각이 마치 불꽃처럼 내 안에서 반짝 빛을 발했다. 누구에게나 자신의 본분은 있다. 하지만 그가 그것을 택하고 규정하고 자기 마음대로 수행할 수는 없다. 새로운 신들을 갈망하는 것은 틀린 일이다. 그리고 이 세상에 무언가 주겠다는 것은 완전히 틀린 생각이다. 각성한 인간에게는 오로지 하나만의 임무가 있었다. 자신만의 길을 찾는 것, 내적인 확신에 도달하는 것, 그 길이 어디로 향하건 자신의 앞길을 더듬어 나가는 것, 그것만이 유일한 임무였다.

그 자각이 나를 깊이 흔들었다. 그것이 바로 이번 경험이 준 열매였다. 나는 자꾸 미래의 이미지들을 그렸었다. 나는 내게 예비되어 있을지도 모를 역할들, 시인, 혹은 예언자, 혹은 화가나 그 비슷한 역할들을 꿈꾸었다. 하지만 그런 것은 다 소용이 없었다. 나는 시를 쓰거나 설교를 하거나 그림을 그리거나 혹은 다른 그 무엇이 되려고 존재하는 것이 아니었다. 그 모든 것은 부수적일 뿐이었다. 모든 사람에게는 단 하나의 진정한 본분이 있을 뿐이었다. 자기 자신에게 이르는 길을 찾는 것! 내가 종국에는 시인이나 광인이 될 수도 있고, 예언가가 될 수도 있고 범죄자가 될 수도 있다. 하지만 그건 내가 관여할 일도 아니었고 궁극적으로 중요한 일도 아니었다. 나의 과업은 아무래도 좋은 것이 아닌 자신만의 운명을 찾아내는 것, 그것을 살아내는 것, 전적으로, 그리고 단호하게 자신 안에서 그 운명을 살아내는 것이었다. 다른 모든 것은 반쪽에 불과했다. 그와 다른 모든 것은 어디론가 빠져나가려는 시도일 뿐이었고 집단적 이상으로의 재도피이며 순응이고, 자기 자신에 대한 두려움이었다.

새로운 비전이 내 앞에서 솟아올랐다. 전에 수백 번 예감했던 것이고 아마 전에도 표현됐을지 모르지만 지금 처음으로 내가 체험한 것이었다. 나는 자연이 시험 삼아 던진 존재였다. 나는 불확실성 속으로 던져졌을 수도 있고 새로운 목적을 위해 던져졌을 수도 있으며 혹은 무(無)로서 던져졌을 수도 있다. 나의 유일한 임무란 그 측량할 길 없는 원초적 깊이가 행한 이 놀이를 그대로 수락하는 것, 그 의지를 내 속에서 느끼고, 그리고 그것을 온전히 내 것으로 믿는 것이었다. 오로지 그것만이!

나는 이미 큰 고독을 맛보았었다. 그런데 이제 내게 더 깊은 고독이 밀려왔으며 나는 거기서 벗어날 수 없음을 예감했다.

나는 피스토리우스와의 화해를 시도하지 않았다. 우리는 여전히 친구로 지냈지만 그 관계는 변했다. 하지만 딱 한 번 우리는 앞서의 문제에 대해 이야기를 나누었다. 실은 피스토리우스 혼자 그 문제를 거론한 것이었다.

그가 말했다.

"자네도 알다시피 나는 사제가 되려는 욕망을 품고 있네. 무엇보다 나는 자네와 내가 수없이 자주 예감했던 새로운 종교의 사제가 되고 싶어. 하지만 그건 내 역할이 아니야. 나는 지금 그것을 알고 있고, 실은 스스로 그 사실을 인정하지 않았을 때도 알고 있던 셈이야. 대신 나는 다른 식으로 사제로서의 임무를 행하려 하네. 오르간 연주일 수도 있고 다른 것일 수도 있겠지. 하지만 나는 늘 내 주변에 아름답다고 신성하다고 느껴지는 것들과 함께 할 거라네. 오르간 음악이건 신비 의식이건 상징이건 신화건…… 나는 그것들이 필요하고 그것들을 버릴 수 없어. 그것이 바로 나의 약점이야.

싱클레어, 나는 이따금 그런 소망조차 가져서는 안 된다는 것을, 그것들은 나약함이며 사치라는 것을 느낀다네. 아무런 유보도 없이 운명에 자신을 맡기는 게 훨씬 고결하고 올바른 일이라는 것을 아는 거야. 하지만 나는 그럴 수 없어. 그럴 능력이 없어. 자네라면 언젠가 그럴 수 있을지 몰라. 그렇게 운명에 자신을 맡기는 것, 그건 어려운 일이야. 진정으로 어려운 유일한 일이야. 나도 가끔 그럴 수 있기를 꿈꾸긴 하지만 그럴 수가 없어. 나 역시 온기와 음식을 필요로 하는, 때로는 다른 인간들과 함께 하면서 얻을 수 있는 위안을 필요로 하는 불쌍하고 나약한 존재일 뿐이야.

자신의 운명 외에는 그 어떤 것도 추구하지 않는 자, 그에게는 동료가 있을 수 없고 완전히 홀로 서 있어야만 해. 주변에는 오로지 차가운 우주뿐이지. 겟세마네 동산의 예수가 바로 그런 존재야. 기꺼이 십자가에 못 박히려는 순교자들은 있을 수 있어. 하지만 그들은 영웅이 아니고 해방된 것이 아니야. 그들은 그들이 좋아하게 된 그 무언가를, 혹은 그들에게 익숙해진 그 무언가를 원하고 있기 때문이야. 그들에게는 모델이 있고 이상이 있기 때문이야. 하지만 오로지 자신의 운명만을 추구하는 사람은 모델도 없고 이상도 없어. 소중한 것도 없고 위안이 되는 것도 없어! 그리고 우리가 가야 할 길은 사실은 그런 길이야. 자네나 나 같은 사람들은 정말로 무척 외롭지. 하지만 우리는 여전히 각자 서로 상대방을 지니고 있고, 남들과 다르다는, 반역한다는, 비범한 것을 원한다는 은밀한 만족감을 지니고 있어. 만일 자네가 끝까지 제 길을 가기 원한다면 그것 또한 버려야 해. 또한 혁명가나 전범(典範), 혹은 순교자가 되겠다는 생각도 버려야 해. 상상할 수조차 없는 그런 경지지!"

그렇다, 그런 경지란 상상조차 불가능했다. 하지만 꿈꿀 수는 있었고 예감할 수 있었으며 느낄 수 있었다. 완벽한 정적 속에서 나는 가끔 그것을 미리 맛보았다. 그럴 때면 나는 나를 응시하며 내 운명의 이미지를 마주한다. 그 눈은 지혜로, 광기로 가득 차 있으며 사랑, 혹은 깊은 악의로 빛나기도 했다. 하지만 아무래도 상관없었다. 우리에게는 그들 중 어느 편을 고르거나 소망할 권리가 없었다. 우리가 소망할 수 있는 것, 그것은 오로지 우리의 운명뿐이었다. 여기에 이르기까지 피스토리우스가 나를 안내한 것이다.

당시 나는 마치 눈이 먼 것처럼 이리저리 헤매었다. 마치 내 마음속에 폭풍이 불어오는 것 같았다. 한 걸음 한 걸음이 새로운 위험이었다. 내 눈앞에는 깊이를 잴 수 없는 어둠만이 있었고, 그 안으로 들어서는 순간 이제까지 내가 걸어온 길은 무너지고 사라져버렸다. 그리고 내 안에서 스승의 이미지가 보였다. 그 이미지는 데미안을 닮았으며 그 눈에 내 운명이 쓰여 있었다.

나는 종이에 글을 썼다.

한 인도자가 나를 떠났습니다. 나는 어둠에 싸여 있습니
다. 한 발자국도 혼자 옮길 수 없습니다. 도와주십시오.

나는 그 쪽지를 데미안에게 보내고 싶었지만 그러지 않았다. 그러려고 할 때마다 어리석고 무의미해 보였다. 하지만 나는 나의 그 기도를 마음 깊이 새겼고 자주 속으로 되뇌었다. 그 기도는 언제고 나와 함께 했다. 그리고 나는 그 기도를 이해하기

시작했다.

　나의 사춘기 학창 시절은 그렇게 끝이 났다. 나는 방학 동안 여행을 할 예정이었다. 아버지의 아이디어였다. 그런 후 나는 대학교에 입학할 예정이었다. 하지만 나는 내가 무엇을 전공할 것인지 알지 못했다. 나는 한 학기 동안 철학을 들을 수 있게 되었다. 아마 다른 과목을 듣게 되었더라도 만족했을 것이다.

제7장 에바 부인

방학 중에 한 번인가 나는 몇 해 전 막스 데미안이 어머니와 함께 살고 있던 집에 가보았다. 어떤 늙수그레한 부인이 정원을 거닐고 있는 것을 보고 그녀에게 말을 걸었고 나는 그 집이 그 부인의 집인 것을 알 수 있었다. 나는 데미안 가족에 대해 물었다. 그녀는 그들을 잘 기억하고 있었지만 지금 그들이 어디 살고 있는지는 말해주지 못했다. 내 관심이 크다는 것을 알아차린 그녀는 나를 집 안으로 데리고 들어가더니 가죽 앨범을 가져와 데미안의 어머니 사진을 내게 보여주었다. 그녀를 한 번도 본 적이 없으니 내가 그녀의 모습을 알아볼 리는 없었다. 하지만 그 작은 사진을 보는 순간 심장의 고동이 거의 멈추는 것 같았다. 그것은 바로 나의 꿈속의 이미지였던 것이다. 그렇다, 바로 그녀였다. 큰 키에 아들과 닮은 거의 남자 같은 여성, 어머니 같은 표정에 엄격성과 열정이 함께 하고 있는 모습! 아름답고 유혹적이지만 결코 접근할 수 없는 모습, 다이몬이면서 동시에 어머니, 운명이자 연인! 분명히 바로 그녀였다!

내가 꿈꾸던 이미지가 실제로 존재하고 있음을 이런 식으로 알게 되자 나는 마치 기적이라도 만난 듯 충격을 받았다. 나의 이미지를 닮은 여인, 내 운명의 모습을 지닌 여인이 존재하고 있었던 것이다! 그렇다면 그녀는 어디에 있을까? 어디에? 그런데 그녀가 바로 데미안의 어머니였던 것이다!

그 얼마 뒤 나는 곧바로 여행을 떠났다. 얼마나 이상한 여행이었던가! 나는 그때그때의 충동에 따라 이 여인을 찾아 쉴 새 없이 이곳저곳을 돌아다녔다. 어떤 날들은 만나는 사람마다 그녀를 상기시키는 것 같았고 그녀를 반영하는 것 같았으며 그녀를 닮은 것 같아서 나는 그 모습을 좇아 마치 얽히고설킨 꿈속인 양 낯선 도시의 거리를 헤매었고, 기차역을 찾아가 기차 안에 몸을 실었다. 또 어떤 날들은 내가 얼마나 부질없는 짓을 하고 있는지 깨닫기도 했다. 그런 날이면 나는 공원이나 어느 호텔 정원에, 혹은 대합실에 한가롭게 앉아 내 마음을 들여다보았고 내 안의 영상을 되살리려 애쓰곤 했다. 하지만 그 영상은 마치 부끄러운 듯 달아나버렸다. 나는 잠을 이룰 수 없었다. 다만 기차 안에 몸을 실었을 때 미지의 풍경들을 스쳐 지나며 잠시 졸았을 뿐이었다.

한번인가 취리히에서 예쁘긴 하지만 뻔뻔스럽게 생긴 한 여자가 내게 다가왔다. 나는 마치 그녀가 존재하지도 않는 듯 그녀에게 눈길도 주지 않은 채 계속 길을 갔다. 단 한순간이라도 다른 여자에게 관심을 보이느니 차라리 그 자리에서 죽어버리는 게 나을 것 같은 심정이었다. 나는 내 운명이 나를 끌어들이고 있음을 느꼈고, 성취의 순간이 가까이 왔음을 느꼈으며 그럼에도 불구하고 내가 아무것도 할 수 없다는 사실에 초조감으로 미칠 것만 같았다. 한번인가, 아마도 인스부르크 역이었던 것 같은데, 방금 떠난 기차 안에서 그녀를 상기시키는 모습을 보았다. 나는 며칠 동안 비참했다. 그런데 어느 날 밤 꿈속에서 그 영상이 다시 나타났다. 잠에서 깨어나자 나는 이 추적이 얼마나 부질없는 짓인지 깨닫고 부끄러웠으며 동시에 낙담했다. 나는 곧바로 집으로 돌아왔다.

몇 주일 뒤 나는 H대학에 등록했다. 모든 것이 실망스럽기만 했다. 철학사 강의는 마치 대부분의 학생들의 행태처럼 활력이 없었고 상투적이었다. 모든 것이 낡은 틀을 따라 돌아가는 것 같았으며 누구나 똑같은 짓을 하는 것 같았다. 또한 젊은 학생들의 얼굴에 떠오른 즐거운 모습도 공허해 보였고 기성품 같았다.

하지만 최소한 나는 자유로웠다. 나는 온 하루를 나 자신을 위해 썼다. 나는 교외 근처의 낡은 집에서 조용히 평화롭게 지냈으며 내 책상 위에는 니체의 책들이 몇 권 놓여 있었다. 나는 그와 함께 살면서 그의 영혼의 고독을 느꼈으며 그를 냉혹하게 몰아간 그의 운명의 냄새를 맡았다. 나는 그와 함께 괴로워했고 자신의 운명을 그토록 가차 없이 따라갔던 사람이 존재했다는 사실에 행복했다.

어느 날 늦은 저녁, 나는 한가롭게 시내를 어슬렁거리고 있었다. 가을바람이 불어오고 있었고 술집에서 학생들이 왁자지껄 떠드는 소리가 들렸다. 열린 창문을 통해 담배 연기가 뭉게뭉게 피어나오고 있었으며 그와 함께 노랫소리도 쏟아져 나왔다. 크고 요란한 노랫소리였지만 활기와 생명이 없이 획일적이었다.

나는 어느 길모퉁이에 서서 귀를 기울였다. 두 군데 술집으로부터 마치 미리 정확하게 연습이라도 한 것 같은 젊은이들의 쾌활함이 흘러나와 어둠 속에 울리고 있었다. 어디에든 잘못된 모임이 있었고, 어디에든 운명에 대한 의무를 훌훌 벗어버리는 행태가, 따뜻한 아궁이로 도피하는 행태가 있었다.

그때였다. 내 뒤로 남자 두 명이 천천히 지나갔다. 그들의 대화 몇 마디가 귀에 들어왔다.

"흑인 부락의 젊은이들 모이는 곳이나 똑같지 않아요?" 그들 중 한 명이 말했다.

"다 똑같아요. 게다가 문신이 우리들의 유행입니다. 이게 바로 젊은 유럽이지요."

어딘가 이상했으며 뭔가 타이르듯 하는 게 내 귀에 무척 익은 목소리였다. 나는 어두운 골목길에서 그 두 사람을 따라갔다. 그중 한 명은 일본인이었다. 작고 기품이 있었다. 가로등 불빛 아래를 지날 때 미소를 띠고 있는 그의 얼굴이 보였다.

그때 함께 가던 사람이 다시 입을 열었다.

"당신네 일본에서도 별로 나을 것 같지 않은데요. 패거리 뒤를 좇지 않는 사람들은 어디서나 드물기 마련이니까요. 이곳에도 드물게 눈에 띨 뿐입니다."

그의 말 한마디 한마디마다 나는 놀람과 기쁨을 동시에 느꼈다. 나는 그를 알고 있었다. 그는 바로 데미안이었다. 나는 바람이 불어오는 어둠 속에서 그들을 뒤따랐다. 어두운 골목을 지나면서 나는 그들의 대화에 귀를 기울였고 데미안의 목소리를 맛보았다. 옛날의 음색 그대로였다. 옛날처럼 확신과 평온함으로 나를 압도하는 힘을 지니고 있었다. 이제 모든 것이 다 잘된 것이다. 내가 그를 찾아낸 것이다.

교외 어느 거리 끝에서 일본 사람이 작별 인사를 하고 자기 집 현관문을 열었다. 데미안은 몸을 돌려 되돌아왔다. 나는 길 한복판에 서서 그를 기다렸다. 갈색 레인코트를 입고 팔에 가느다란 단장을 건 채 꼿꼿하고 탄력 있게 나를 향하여 걸어오는 그의 모습을 보고 있자니 나는 가슴이 사정없이 뛰었다. 그는 변함없는 걸음걸이로 내 바로 앞까지 와서 걸음을 멈추었다. 그는 모자를 벗고 그의 환한 얼굴, 꽉 다문 입에 넓은 이마가 특이하게 빛나는 그 환한 얼굴을 내게 드러냈다.

"데미안!" 내가 외쳤다.

"그래, 싱클레어, 너구나! 너를 기다리고 있었어."

"내가 여기 있다는 걸 알고 있었어?"

"정확히는 몰랐어. 하지만 네가 있다는 확신을 갖고 그러길 바랐지. 오늘 저녁 처음으로 네 모습을 본 거야. 너는 저녁 내내 우리 뒤를 따라왔지."

"나를 금세 알아봤단 말이야?"

"물론이지. 네가 좀 변하긴 했어. 하지만 표지는 여전히 지니고 있더군."

"표지? 무슨 표지를 말하는 거야?"

"전에 우리는 그걸 카인의 표지라고 부르곤 했지. 아직 기억할 수 있겠지? 그건 우리들의 표지야. 너는 그걸 언제나 지니고 있었어. 바로 그 때문에 우리는 친구가 된 거고. 그런데 이제 조금 떠 또렷해졌구나."

"난 몰랐어. 하지만 실제로는 알았는지도 몰라. 한번은 형 모습을 그렸어. 그리고 그 그림이 나를 닮아서 놀랐거든. 그게 바로 표지일까?"

"맞아, 그거야. 네가 와서 기쁘다. 어머니도 기뻐하실 거야."

나는 깜짝 놀랐다.

"형 어머니? 여기 계셔? 어머니는 나를 모르시잖아."

"하지만 어머니는 너에 대해서는 알고 계셔. 네가 누구인지 말해주지 않아도 알아보실걸. 우리는 오랫동안 네 소식을 듣지 못했어."

"가끔 편지를 하려고 했어. 하지만 그럴 필요 없었어. 언젠가 곧 형을 찾게 되리라는 걸 알고 있었거든. 매일 그때가 오길 기다렸어."

그는 내 팔짱을 끼더니 나와 함께 걸었다. 그에게서 평온함이 흘러나와 내게로 스며들었다. 곧이어 우리는 예전처럼 이야기를 나누었다. 우리들은 우리들의 학창 시절, 견진성사 수업, 방학 동안의 저 불행했던 만남에 대해 이야기를 했다. 하지만 우리를 처음으로 가깝게 맺어주었던 크로머에 대한 이야기는 한마디도 하지 않았다.

우리의 대화는 갑자기 이 세상이 드러내 보이는 나쁜 전조에 대한 이야기로 옮아갔다. 네미인이 일본인과 나누었던 대화를 상기하며 대부분의 학생들이 이끌어가고 있는 생활에 대하여 이야기했고 이어서 그런 것과는 아주 멀리 동떨어져 있는 것처럼 보이는 이야기까지 하게 되었던 것이다. 그런데 데미안의 말 가운데서 그 모든 것들이 서로 긴밀하게 연결되었다. 그는 유럽의 정신과 이 시대의 표지들에 대해 이야기했다. 그는 어디서나 떼거리 본능을 볼 수 있다고 말했고 자유와 사랑은 실종되었다고 말했다. 그는 대학생 동아리들로부터 합창단 모임까지, 그리고 국가에 이르기까지 그 모든 것들은 공포와 두려움과 당황함으로부터 태어난 공동체들이며 겉보기와 달리 그 안은 썩고 남루해졌으며 와해 직전에 처해 있다고 말했다.

"진정한 연대(連帶)란 아름다운 거야." 데미안이 말했다. "하지만 지금 도처에서 우리 눈에 보이는 것은 그것과는 전혀 거리가 멀어. 진정한 연대란 사람들은 모두 제각각 따로 떨어져 있는 존재라는 것을 각자 알게 됨으로써 새롭게 생성될 수 있는 것이고, 그래야 한동안 세상을 바꾸어 놓을 수 있어. 지금 우리들에게 보이는 연대란 다만 떼거리 본능의 표출일 뿐이야. 사람들은 서로가 두려워서 서로에게로 도피하고 있어. 고용주들은 고용주들끼리, 노동자들은 노동자들끼리, 학자들은 학자들끼리!

그런데 그들은 왜 두려워하는 걸까? 누구나 자기 자신과 조화를 이루지 못할 때 두려움을 느끼는 거야. 사람들은 한 번도 자기 자신의 것이 되어보지 못해서 두려운 거야. 사회 전체가 자기 안에 들어 있는 미지의 존재에 대해 두려워하는 사람들로 이루어져 있어. 그들은 자신들이 따르던 법칙이 이제 더 이상 유효하지 않음을, 자신들이 낡은 법률에 의해 살고 있음을 느끼고 있어. 그들의 종교도, 그들의 도덕도 오늘날의 우리 요구에 적합하지 않아. 유럽은 100년에 걸쳐, 혹은 그 이상의 세월 동안 연구하고 공장을 짓는 일 외에는 한 것이 없어! 사람 한 명을 죽이는 데 몇 그램의 화약이 필요한지는 정확히 알지. 하지만 신에게 기도하는 법은 모르고 단 한 시간도 만족한 채 행복하게 지낼 줄도 몰라. 저기, 대학생들의 술집을 한번 봐. 아니면 부자들이 출입하는 유흥장을 한번 보던지. 희망이 없어.

이봐, 싱클레어, 이 모든 것들로부터는 진정으로 유쾌한 것이 나올 수 없어. 두려움 때문에 서로 뭉친 사람들은 온통 공포와 악의에 가득 차 있고 아무도 다른 사람을 신뢰하지 않아. 그들은 더 이상 이상(理想)이라고 할 수 없는 것에 매달려서 새로운 이상(理想)을 세우려는 사람을 못살게 굴 뿐이야. 나는 곧 갈등이 있으리라는 것을 느낄 수 있어. 싸움이 벌어질 거야. 나를 믿어. 그것도 곧. 물론 그 싸움이 세상을 개선하지는 못할 거야. 노동자들이 기업가들을 죽이건, 독일이 러시아와 전쟁을 하건, 그건 단지 주인이 바뀌는 것만 뜻할 뿐이야. 하지만 완전히 헛된 싸움만은 아닐 거야. 최소한 오늘날의 이상이 무너지는 모습은 볼 수 있겠지. 석기 시대의 신들을 쓸어버리게 되겠지. 지금 있는 대로의 세상은 죽기를, 멸망하기를 원하고 있어. 그리고 그렇게 될 거야.”

“그러면 그 싸움이 있는 동안 우리들은 어떻게 될까?”

“우리? 오, 어쩌면 우리도 함께 멸망하겠지. 우리 같은 사람들을 때려죽일 수도 있겠지. 다만 우리들은 그들처럼 쉽게 처리되지는 않을 거야. 우리들 중 남은 것, 혹은, 우리들 중 살아

남은 자들 주변에 미래의 의지가 집결될 거야. 우리 유럽이 자신의 기술과 열망에 열광해서 내지르는 고함 소리에 묻혀 들리지도 보이지도 않던 인류의 의지가 다시 우리 앞에 모습을 드러낼 거야. 그러면 인류의 의지라는 것은 오늘날의 사회들, 국가들, 민중들, 협회들, 교회들의 의지와는 전혀 다르다는 것, 한번도 같아본 적이 없다는 것이 분명해지겠지. 그래, 자연이 인간에게 원하는 것, 그것은 개개인들 속에 지워지지 않은 채 적혀 있어. 네 안에, 그리고 내 안에. 예수 속에 적혀 있고 니체 속에 적혀 있어. 이 새로운 경향들, 오로지 단 하나 중요한 것이면서 또한 매일매일 그 모양이 바뀌고 있는 이 새로운 경향들을 위한 공간들이, 오늘날의 공동체들이 와해되고 난 다음에 생겨날 거야."

우리들은 상당히 늦은 때가 되어서야 강가에 있는 어느 정원 앞에 멈춰 섰다.

"우리, 여기 살고 있어." 데미안이 말했다. "곧 한번 찾아와야 해. 우리들이 너를 기다리고 있어."

나는 의기양양해서 이제 무척 쌀쌀해진 밤공기를 들이마시며 먼 거리를 걸어 집으로 돌아왔다. 여기저기서 학생들이 시끌벅적 소리를 내며 휘청휘청 제 갈 길을 가고 있었다. 나는 가끔 그들의 거의 코믹하다고 할 쾌활함과 나의 외로운 삶이 그 얼마나 대조적인가를 느꼈으며, 그럴 때마다 때로는 냉소를 날리기도 했고 때로는 상실감을 느끼기도 했었다. 하지만 그런 것들이 나와는 아무 상관도 없다는 것을, 그들의 세계는 나와 멀리 떨어져 있으며 죽어 있는 세계와 같다는 것을 오늘처럼 차분하게, 은밀하면서도 강렬하게 느껴본 적은 없었다. 그러자 불현듯 내 고향의 나이 든 공무원들이 생각났다. 그들은 마치 천국으로부터 받은 기념품인 양, 술에 절어 지낸 대학 시절에 대한 추억에 매달렸으며, 시인들이나 낭만주의자들이 유년을 꾸미듯이 그들의 사라져버린 학창 시절을 예찬했다. 어디서나 똑같았다! 어디서나 그들은 흘러간 과거 속에서 자유와 행운을 찾았고 그럼으로써 자신들의 현재의 의무들과 미래의 행로에 대한 두려움에서 벗어났다. 몇 년 동안 술을 퍼마시며 흥청망청하다가 살금살금 도망쳐서는 국가에 봉사하는 근엄한 신사가 된 것이다. 그렇다, 우리 사회는 썩어 있었다. 그렇다면 학생들이 보여주는 이런 어리석은 행태는 수백 가지의 다른 어리석은 행태들에 비해 유난히 어리석거나 나쁘다고도 할 수 없었다.

하지만 내가 멀리 떨어진 내 집에 도착해서 잠자리에 들었을 때 이 모든 생각들은 말끔히 사라졌다. 내 생각은 온통 오늘 내게 선물처럼 주어진 크나큰 약속에 대한 기대에 매달려 있었다. 내가 원하기만 한다면, 당장 내일이라도 나는 데미안의 어머니를 만날 수 있다! 대학생들이 술독에 빠져 있건, 그들이 얼굴에 문신을 하건, 세상이 온통 썩어 문드러져 무너져 내리건 무슨 상관이란 말인가! 나는 오로지 한 가지만 기다리고 있었다. 나의 운명이 새로운 얼굴로 내게 다가오는 것을!

　나는 아침 늦게까지 깊이 잠을 잤다. 마치 장엄한 축제일처럼 새날이 밝았다. 유년기 이래로 경험해 보지 못한 일이었다. 나는 한껏 들떠 있었지만 불안감은 조금도 없었다. 중요한 날이 시작되었음을 나는 느끼고 있었으며 나를 둘러싸고 있는 세계가 변화했음을, 그 세계가 의미를 지닌 채 장엄하게 나를 기다리고 있음을 느꼈다. 부드럽게 내리는 가을비조차도 아름답게 보였고 행복과 신성한 음악으로 충만한 조용하고 축제적인 분위기를 그 비가 머금고 있는 것 같았다. 처음으로 외부 세계가 내 안의 세계와 완벽하게 화음을 이루었다. 그것은 살아 있음에 대한 환희였다. 그 어떤 집도, 그 어떤 쇼윈도도, 그 어떤 얼굴도 내게 거슬리지 않았다. 모든 것들이 일상의 평범하고 공허한 모습 없이, 있어야 할 모습 그대로였다. 모든 것이 자연의 일부였으며 기대감에 차서 자신의 운명을 경건하게 맞을 준비를 하고 있었다. 내가 아직 어린아이였을 때 크리스마스나 부활절 아침에 내게 드러난 세상이 꼭 그랬었다. 나는 세상이 여전히 그렇게 사랑스러울 수 있다는 것을 잊고 있었다. 나는 내 안에서 사는 데 익숙하게 자라났다. 나는 내게 외부 세계를 맛볼 수 있는 능력은 사라졌다고, 그 빛나는 색채의 상실은 내 유년기가 사라진 것과 불가분의 관계를 맺고 있다고, 영혼의 자유와 성숙함을 얻기 위해서는 이 소중한 광채를 그 대가로 지불해야 하는 법이라고, 체념하듯 믿고 있었고 그렇게 알고 있었다. 하지만 지금 나는 기쁨에 들뜬 가운데, 이 모든 것이 묻히고 흐려져 있었을 뿐,—이제 자유로워져서 유년기의 행복을 포기한 사람조차도—세상이 다시 환하게 빛나는 것을 볼 수 있음을, 어린아이처럼 짜릿한 전율을 느끼며 세상을 맛볼 수 있음을 알 수 있었다.

지난밤 막스 데미안과 헤어진 도시 끝 정원을 내가 다시 찾아가야 하는 시간이 왔다. 비에 젖은 큰 키의 나무들 뒤에 작으면서도 밝고 아늑한 집이 숨겨져 있었다. 두꺼운 판유리 뒤에 큰 키의 화초들이 꽃을 피우고 있었으며 반짝이는 창문들 뒤로는 그림들이 걸려 있었고 서가가 줄지어 있는 어두운 벽들이 보였다. 현관을 들어서자 곧바로 아담하고 따뜻한 홀로 이어졌다. 검은 옷에 흰 앞치마를 두른 늙은 하녀가 말없이 나를 맞아들이더니 내 외투를 벗겨주었다.

그녀는 나를 홀에 혼자 남겨두고 밖으로 나갔다. 나는 주변을 둘러보다가 이내 꿈 한가운데로 빠져들었다. 문 뒤, 짙은 색의 목재 벽에 걸려 있는 액자 속에 내가 잘 아는 그림이 들어 있었다. 지각(地殼)을 뚫고 나오려 애쓰고 있는, 황금빛 새매 머리의 나의 새가 그 속에 들어 있었던 것이다! 나는 깊은 감동을 받아 꼼짝 않고 그 자리에 서 있었다. 순간 나는 기쁨과 고통을 동시에 느꼈다. 바로 이 순간 내가 행한 모든 것들, 내가 경험한 모든 것들이 대답과 성취가 되어 내게 되돌아온 것 같았다. 이어서 마치 번개같이 한 무리의 이미지들이 나의 마음의 눈앞을 스쳐 지나갔다. 대문 아치 위에 문장(紋章)이 있는 부모님의 집, 그 문장을 그리고 있는 소년 데미안, 나의 적 크로머의 마술에 걸려들어 겁에 질려 있는 꼬마일 때의 나, 조용한 교실 책상에서 내 꿈속의 새를 그리던 청소년기의 나, 영혼 자체의 실 가닥에 스스로 얽혀버린 내 영혼……, 그리고 다른 모든 것들, 지금 이 순간까지의 모든 것들이 다시 한번 내 안에서 울려왔고 나 자신에 의해 다시 확인되고 다시 대답을 얻고 인가를 받았다.

나는 눈물이 글썽한 채 그림을 응시하며 내 마음속을 읽었다. 이어서 나는 눈길을 낮추었다. 새 그림 아래 열린 문에 검은 드레스를 입은 키 큰 여인이 서 있었다. 그녀였다.

나는 한마디 말도 할 수 없었다. 아들처럼 시간도 나이도 초월한, 내적인 힘이 충만한 얼굴이었다. 그 아름다운 여성이 나를 향해 위엄 있게 미소 짓고 있었다. 그녀의 시선은 성취였고 그녀의 인사는 귀향이었다. 나는 조용히 그녀에게 두 손을 내밀었다. 그녀는 내 두 손을 따뜻하고 힘 있게 마주 잡았다.

"싱클레어지요. 금세 알아봤어요. 어서 와요!"

그녀의 목소리는 깊고 따뜻했다. 나는 그녀의 목소리를 감미로운 와인처럼 들이마셨다. 나는 고개를 들어 그녀의 고요한 얼굴을, 깊이를 헤아리기 어려운 검은 눈을, 신선하고 숙성한 입술을, 표지를 품고 있는 그 맑고 당당한 이마를 바라보았다.

"얼마나 기쁜지 모르겠습니다." 나는 말을 하면서 그녀의 두 손에 입을 맞추었다. "생애 내내 길 위에 있었던 것 같습니다……. 그리고 지금, 집으로 돌아왔습니다."

그녀는 어머니처럼 미소 지었다.

"결코 집으로 완전히 돌아오지는 못하는 법이지요." 그녀가 말했다. "하지만 서로 친근한 길들이 교차하는 곳, 그곳에서 온 세상은 잠시 집처럼 보이지요."

그녀는 내가 그녀에게 오는 도중에 느꼈던 것을 표현해주고 있었다. 그녀의 목소리와 말들은 아들과 닮았지만 동시에 매우 달랐다. 모든 것이 더 성숙해 있었고 더 따뜻했으며 보다 자명했다. 그런데 데미안이 그 누구에게도 소년 같은 인상을 주지 않았던 것과 마찬가지로 그의 어머니는 장성한 아들을 둔 여성처럼 보이지 않았다. 그녀의 얼굴과 머리카락은 그토록 젊고 감미로웠으며 그녀의 금빛 피부는 그토록 팽팽하고 부드러웠고 그녀의 입은 그토록 신선했다. 그녀는 내 꿈속에서보다 더 당당하게 내 앞에 서 있었다. 그녀 곁에 있음은 사랑의 행복 그 자체였으며 그녀의 시선은 성취였다. 그녀는 내 운명이 내게 드러낸 새로운 모습이었으며 그 운명은 더 이상 가혹하지 않았고 더 이상 나를 고립시키지도 않았다. 그 모습은 신선하고 즐거웠다. 나는 결심을 하지도 않았고 맹세를 하지도 않았다. 나는 목표에, 길 위 높은 지점에 도달해 있었던 것이다. 그곳으로부터 이어지는 다음 여행길은 약속의 땅으로 향하는, 아무런 방해도 없는 경이로운 길이었다. 근처에 심어진 행복의 나무 그늘이 드리워져 있고 온갖 즐거움의 정원들에 의해 서늘해진 길이었다. 이제 내게 어떤 일이 일어나더라도 황홀함으로 충만

해 있었다. 세상에 이 여인이 존재하기만 한다면, 내가 그녀의 목소리를 마실 수 있고 그녀의 존재를 숨 쉴 수만 있다면! 그녀가 나의 어머니가 되건, 나의 연인이나 여신이 되건, 그녀가 여기 있을 수만 있다면! 내가 가는 길이 그녀 가까이 있을 수만 있다면!

그녀가 나의 그림을 가리켰다.

"막스가 이 그림을 보았을 때만큼 기뻐했던 적은 없어요." 그녀가 신중하게 말했다. "나도 마찬가지예요. 우리는 당신을 기다렸고, 그림이 왔을 때 우리는 당신이 우리들을 향해 오는 중이라는 걸 알았어요. 싱클레어, 당신이 어린 소년이었을 때 내아들이 학교에서 돌아온 후 말했어요. 이마에 표지를 지닌 소년이 한 명 있어요. 분명히 내 친구가 될 거예요, 라고요. 그게당신이었어요. 당신은 어렵게 살았겠지요. 하지만 우리는 당신을 믿었어요. 당신은 방학 때 막스를 한 번 더 만났지요? 그때당신이 아마 열여섯 살이었을 거예요. 막스가 그 이야기를 해주었어요."

내가 그녀의 말을 잘랐다.

"그 이야기를 해주었어요? 오, 내가 가장 비참하던 때인데!"

"그래요, 막스가 이렇게 말했지요. '지금 싱클레어에게 가장 어려운 때가 오고 있어요. 다시 한번 다른 사람들 사이에 숨어 버리려고 시도하고 있어요. 심지어 술집에도 드나들어요. 하지만 잘 안될 거예요. 흐려지긴 했지만 표지가 은밀히 그를 달구고 있으니까요'라고요. 그렇지 않았나요?"

"네, 맞습니다. 이후 베아트리체를 만났고 마침내 저를 제 자신에게로 이끌어준 스승을 또 만났지요. 그의 이름은 피스토리우스입니다. 그제야 저는 제 소년 시절이 왜 막스와 그토록 질기게 맺어져 있었는지, 왜 그로부터 벗어날 수 없었는지 분명히 알게 되었습니다. 부인, 아니 어머니, 저는 당시 종종 자살에 대해 생각했습니다. 누구에게나 이 길이 그토록 어려운 길인 걸까요?"

그녀가 내 머리를 가볍게 쓰다듬어주었다. 마치 바람이 스치듯 가벼운 손길이었다.

"태어난다는 것은 늘 어렵지요. 병아리가 껍데기를 얼마나 힘겹게 깨고 밖으로 나오는지 알잖아요. 한번 돌이켜 생각해봐요. '그것이 그렇게 어려웠나? 오직 어렵기만 했나?' 아름답지는 않았나요? 그보다 더 아름답고 쉬운 길을 생각해볼 수 있었나요?"

나는 고개를 가로 저었다.

"그건 힘들었어요." 나는 마치 잠꼬대처럼 말했다. "꿈이 올 때까지는 힘들었어요."

그녀는 고개를 끄덕이며 나를 꿰뚫는 눈길로 바라보았다.

"맞아요, 자신의 꿈을 발견해야 해요. 그러면 길은 쉬워지지요. 하지만 영원히 지속되는 꿈은 없어요. 하나의 꿈 뒤에는 다른 꿈이 뒤따르게 되어 있고, 누구든 그 어떤 하나의 꿈에 매달리면 안 돼요."

나는 너무 놀랐다. 나의 그 놀람은 경고였을까? 방어의 몸짓이 그토록 빨리 나온 것일까? 하지만 아무 상관없었다. 나는 그녀의 인도를 받을 준비가, 그 목적지가 어딘지 묻지 않을 태세가 되어 있었다.

"모르겠어요." 내가 말했다. "내 꿈이 얼마나 오래 지속될지……. 영원했으면 좋겠어요. 어머니 같기도 하고 연인 같기도 한 저 새 그림 아래서 운명이 저를 받아들였습니다. 제 운명만이 저의 주인일 뿐, 그 누구도 제 주인이 아닙니다."

"그 꿈이 당신의 운명인 한 당신은 그 꿈에 충실해야 해요." 그녀가 진지한 목소리로 확인시켜주었다.

한 가닥 슬픔이, 이 마법에 걸린 시간에 이대로 죽었으면 하는 소망이 나를 사로잡았다. 나는 눈물이―내가 울어본 지가 그 얼마나 오래되었던가!―걷잡을 수 없이 숫구쳐 나오는 것을, 그 눈물이 나를 압도해버리는 것을 느꼈다. 나는 갑자기 그녀로부터 등을 돌리고 창가로 다가가 멍하니 먼 곳을 바라보았다. 등 뒤에서 그녀의 목소리가 들렸다. 차분한 목소리였지만 술이 찰랑찰랑 채워진 잔처럼 애정이 넘쳐흐르고 있었다.

"싱클레어, 꼭 어린아이 같군요! 당신의 운명은 당신을 사랑해요. 당신이 당신 꿈에 변함없이 충실하다면 언젠가 당신의 운명은 온전히 당신 것이 될 거예요. 당신이 꿈꿔 왔던 대로……."

나는 겨우 마음을 추스르고 다시 그녀를 향해 몸을 돌렸다. 그녀가 내게 손을 내밀었다.

"내게 친구가 몇 명 있어요." 그녀가 웃으며 말했다. "몇 안 되는 매우 가까운 사람들이지요. 그 사람들은 나를 '에바 부인'이라고 불러요. 원한다면 당신도 나를 그렇게 부르도록 해요."

그녀는 나를 문 앞으로 데려갔다. 그녀는 문을 열더니 정원을 가리켰다.

"저기서 막스를 찾을 수 있을 거예요."

나는 멍한 상태에서 마음의 동요를 느끼며 큰 나무들 아래 서 있었다. 일찍이 그토록 깨어 있었던 적이 있었는지 혹은 그토록 꿈에 젖었던 적이 있었는지 나는 알 수 없었다. 나뭇가지들로부터 빗방울들이 가볍게 떨어지고 있었다. 나는 강을 따라 이어지고 있는 정원 안으로 천천히 발걸음을 옮겼다. 마침내 나는 데미안을 찾아냈다. 그는 문이 열려 있는 정자에서 웃통을 벗어젖힌 채, 걸려 있는 샌드백을 두드리고 있었다.

나는 놀라서 걸음을 멈추었다. 넓은 가슴에 남자다운 강인한 얼굴의 데미안은 정말 멋져 보였다. 들어 올린 팔에는 강하고 튼실한 근육이 팽팽하게 꿈틀거렸고 허리, 어깨, 팔꿈치들이 마치 솟아나는 샘물처럼 활발하면서도 부드럽게 움직이고 있었다.

"데미안," 내가 그의 이름을 불렀다. "여기서 뭐 하는 거야?"

그가 활짝 웃음을 지었다.

"연습하는 거야. 일본인과 권투 시합을 하기로 했거든. 그 친구, 몸은 작아도 고양이처럼 날쌔고 영리해. 하지만 나를 이기진 못할 거야. 내게 가벼운 모욕을 준 적이 있어서 그걸 갚아줘야 해."

그는 셔츠와 저고리를 걸쳤다.

"어머니를 만났니?" 그가 물었다.

"응. 정말 멋진 분이셔! 에바 부인이라! 정말 꼭 맞는 호칭이야! 모든 이들의 어머니 같아."

그는 잠시 생각에 잠겨 내 얼굴을 들여다보았다.

"벌써 이름을 알려주셨어? 이봐, 싱클레어, 자부심을 가져도 되겠다. 처음 만나자마자 그 이름을 말해준 건 네가 처음이야."

그날부터 나는 아들이자 형제로서, 또한 연인으로서 그 집을 드나들었다. 문을 여는 순간부터, 큰 키의 나무들이 눈에 들어오는 순간부터, 나는 행복했고 풍요로웠다. 밖에는 현실이 있었다. 그곳에는 거리와 집들이, 사람과 제도들이, 도서관과 강의실들이 있었다. 하지만 이곳 안에는 사랑과 영혼이 있었다. 이곳에서는 동화와 꿈이 살고 있었다. 하지만 그렇다고 해서 우리가 바깥세상과 단절되어 사는 것은 아니었다. 우리들의 생각과 대화들 속에서 우리는 그 세상 안에 살고 있었다. 다만 딛고 있는 곳이 다를 뿐이었다. 우리는 경계선에 의해 대다수의 사람들과 분리되어 있는 것이 아니라 다만 관점과 비전의 차이에 의해 분리되어 있을 뿐이었다. 우리의 과제는 어쩌면 하나의 전범(典範)이라고도 할 수 있는 하나의 섬을 제시하는 것이었다. 혹은 최소한 다른 식의 삶에 대한 전망을 제시하는 것이었다.

나, 오랫동안 고립된 삶을 살아온 내가, 완벽한 고독을 맛본 사람들로 이루어진 공동체가 가능하다는 것을 배우게 되었다.

나는 이제 다시는 행운을 잡은 사람들의 연회를, 행복한 사람들의 축제를 갈망하지 않을 것이다. 나는 이제 다시는 다른 사람들이 즐겁게 한데 어울리는 것을 보고 부러워하거나 향수를 느끼지 않을 것이다. 그렇게 나는 서서히 얼굴에 표지를 지닌 사람들의 비밀 속으로 입문했고 그 비밀을 전수받았다.

표지를 지닌 우리들은 세상에 의해 '기이한 자들' 취급을 받을 수도 있다. 그렇다. 심지어는 미쳤거나 위험한 자들 취급을 받을 수도 있다. 우리는 깨달은 사람들, 혹은 깨닫는 중인 사람들이었다. 우리는 조금씩 더 완벽한 깨달음에 이르기 위해 노력하고 있는 사람들이었다. 하지만 다른 사람들은 자신들의 견해, 이상, 의무, 자신들의 삶과 행복이 점점 더 다수 '군중들'의 것들과 가까워져서 그것들과 함께 묶일 수 있도록 노력하고 있었다. 물론 거기에도 노력은 있었다. 거기에도 힘이 있고 위대함이 있었다. 하지만 표지를 간직한 우리들이 새로운 것을 향한, 개성화를 향한, 미래를 향한 자연의 의지를 제시하는 데 반해, 다른 사람들은 기존의 것을 고수(固守)하려는 의지 속에 살고 있었다. 그들도 우리처럼 인류를 사랑한다고 하지만 그들에게 인류란 무언가 완성된 것, 보존되고 지켜져야 하는 것이었다. 하지만 우리에게 인류란 모든 사람들이 지향해야 할 멀리 떨어진 목표였다. 우리는 그것을 향해 가고 있는 중이며, 그 모습은 아직 아무도 모르고, 그 법칙은 아직 어디에도 쓰여 있지 않은 그러한 목표였다.

에바 부인과 막스, 그리고 나 말고도 우리 모임에는, 사람 따라 친소(親疏)의 정도에 차이는 있었지만 다양한 분야의 전문가들이 있었다. 그들 중 몇몇은 특별한 길을 걸어가는 사람들도 있었고 멀리 떨어진 곳에 목표를 설정하고 있는 사람들도 있었으며 특별한 의견들과 의무에 매달린 사람들도 있었다. 그들 가운데는 점성술사도 있었고 신비주의자도 있었으며 톨스토이 신봉자도 한 사람 있었고 온갖 종류의 부끄럼 잘 타고 상처를 잘 받는 사람들, 새로운 종파 추종자들, 열성적인 요가 찬양자, 채식주의자 등이 있었다. 우리들은 사실, 각자 다른 사람들의 이상을 존중한다는 것 외에는 아무런 정신적 유대가 없었다. 그들 중에는 우리들과 좀 더 가깝게 느껴지는 사람들도 있었다. 그들은 인류가 과거에 어떻게 신들과 새로운 이상을 추구했는지에 대해 큰 관심을 갖고 있는 사람들이었고, 그들을 보면 내게 피스토리우스가 생각났다. 그들은 책을 가지고 와서 고대 언어로 쓰인 텍스트들을 우리에게 번역해주었다. 그들은 고대 상징과 제의의 그림을 보여주면서, 인류의 이상들이라는 보고(寶庫) 전체가 그 얼마나 무의식으로부터 나온 꿈들로 이루어져 있는지, 미래의 가능성을 예감하고 그 예감을 더듬으며 따라갔던 그런 꿈들로 이루어져 있는지를 우리에게 가르쳐주었다. 그리하여 우리는 선사시대로부터 기독교로의 방향 전환이 이루어지기까지의, 수천 개의 머리를 한 채 서로 뒤엉켜 있는 것만 같았던 신들과 친숙해질 수 있었다. 고독하고 경건한 사람들의 신앙고백도 들을 수 있었고 민족에서 민족으로 이어지는 종교의 변전사도 이해할 수 있었다. 이런 식으로 축적된 지식을 통해 우리는 우리의 시대와 동시대 유럽에 대한 비판적인 이해를 할 수 있었다. 유럽은 엄청난 노력으로 인류에게 막강한 새 무기를 만들어주었으나 결국 정신의 황폐화라는 통탄할 만한 결과를 낳았다. 유럽은 전 세계를 정복했지만 결국 자신의 영혼을 잃어버리고 만 것이다.

우리들 모임에는 희망과 구원의 교리에 대한 믿음을 간직한 신자들과 신봉자들이 있었다. 유럽을 개종시키려는 불교도들이 있었고, 악에 복종할 것을 설파하는 톨스토이주의자도 있었으며 여타 다른 종파 신봉자들도 있었다. 우리들 모임 내에서 우리들은 서로에게 귀를 기울였지만 각자가 믿고 있는 교리들을 교리라기보다는 하나의 상징으로 받아들였다. 우리들, 표지를 가진 사람들은 미래가 어떤 모습일 것인가에 대해서는 관심이 없었다. 우리들에게 이 모든 신앙과 교리들은 이미 죽은 것들이었고 무효화된 것들이었다. 우리가 인정하고 있는 유일한 임무이자 운명은 우리들 각자가 완전히 자기 자신이 되는 것, 그리하여 자연이 우리들 안에 심어 놓은 씨앗의 활동에 전적으로 충실해져서 그것이 성장하는 가운데 그것과 함께 살아가면서 그 어떤 미지의 것이 우리 눈앞에 나타나더라도 놀라지 않을 준비를 갖추는 것, 바로 그것이었다.

우리들은 모두 겉으로 표명했건 안 했건 지금의 세계의 붕괴와 새로운 세계의 탄생이 임박했음을 분명히 느끼고 있었다. 데미안은 종종 내게 말하곤 했다.

"지금 오고 있는 세상은 우리가 상상조차 할 수 없는 걸 거야. 유럽의 영혼은 너무나 오랫동안 묶여 있던 짐승이야. 그 영혼이 속박에서 풀려났을 때 처음 보이는 행태는 결코 얌전한 모습이 아닐 거야. 하지만 영혼이, 그토록 오랫동안 반복해서 호도당하고 마비되어온 그 영혼이 진정으로 갈망하는 것이 무엇인지 그 모습이 드러날 수만 있다면 그 길이 어떤 길이건,— 설사 우회로라 할지라도—아무 상관이 없어. 그때 우리들의 날이 올 것이고 우리들이 필요해질 거야. 물론 지도자나 입법자로서가 아니라—우리들은 그 새로운 법을 직접 겪지 못할 거야—의지를 지닌 인간으로서, 함께 나아갈 준비가 되어 있는 인간으로서, 운명이 우리를 필요로 하는 곳이라면 어디든 향할 준비가 되어 있는 인간으로서…….

자, 봐. 모든 사람들이 자신의 이상이 위협받는 경우 믿을 수 없는 것을 행할 준비가 되어 있어. 하지만 새로운 이상, 새로우면서 어쩌면 위험하고 무시무시한 것이 꿈틀거리고 있다는 것을 피부로 느끼게 되면 아무도 그것에 얽히게 돼. 그때 준비를 하고 있다가 함께 나아갈 몇 안 되는 사람들, 그것이 바로 우리들이야. 우리들에게 카인처럼 표지가 찍혀 있는 것은 바로 그 때문이야. 공포와 분노를 불러일으켜 사람들을 그 옹색한 목가(牧歌)로부터 보다 위험한 곳으로 이끌어 내기 위해서…….

인류 역사에서 큰 영향력을 발휘했던 사람들은 단 한 명도 예외 없이 그들의 불가피한 운명을 받아들였던 사람들이야. 바로 그 덕분에 힘이 있었고 영향을 미칠 수 있었던 거야. 모세도 그랬고 부처도 그랬으며 나폴레옹도 그랬고 비스마르크도 그랬어. 자신이 어떤 움직임에 봉사하고 있는 것인지, 자신이 어느 극(極)을 향하고 있는지는 스스로 선택할 수 있는 게 아니야. 만일 비스마르크가 사회민주주의자들을 이해했고 그들과 타협을 했다면 똑똑한 사람은 될 수 있었을지 몰라도 운명의 인간은 되지 못했을 거야. 나폴레옹이건 시저건 로욜라건, 그런 류의 사람들은 모두 그랬어.

너는 언제나 이 모든 것들을 진화론적이고 역사적인 관점에서 보아야 하는 거야! 지각 변동이 일어나 뭍에 살던 동물이 물로, 물에 살던 동물이 뭍으로 던져졌을 때 자신의 운명을 따를 준비가 되어 있던 생물 종들이 전례 없던 새로운 과업을 완수할 수 있었어. 생물학적으로 새롭게 적응함으로써 자신의 종 전체를 멸망으로부터 구해낸 거지. 그들이 이전에 그 종들 사이에서 보수적이고 현상 유지적이었는지, 아니면 괴짜이고 혁명적이었는지 우리는 알 수 없어. 다만, 그들이 준비되어 있었다는 것, 그래서 자신이 속한 종 전체를 진화의 새로운 국면으로 이끌 수 있었다는 사실만 알 수 있을 뿐이야. 바로 그 때문에 우리는 준비가 되어 있으려는 거야."

이런 대화를 나눌 때 에바 부인이 종종 우리와 함께 있곤 했다. 하지만 그녀는 우리와는 다른 식으로 우리에게 참여했다. 그녀는 신뢰와 이해에 충만한 경청자로서, 각자 자신의 생각을 설명하는 사람들의 메아리로서 우리들의 대화에 참여했다. 마치 생각 전체가 그녀에게서 나와 결국 그녀에게로 되돌아가는 것 같았다. 나는 그녀 곁에 앉아 이따금 들려오는 그녀의 목소리를 듣는 것이, 그녀 주변에 감도는 풍요롭고 영혼이 충만한 분위기에 젖는 것이 행복했다.

그녀는 내게 무슨 변화가 있거나 내 마음이 흐려지면, 혹은 뭔가 새로운 것이 내 안에서 벌어지고 있으면 즉시 그것을 알아챘다. 심지어 내가 밤에 꾸는 꿈도 그녀가 영감을 불어넣어주는 것 같았다. 나는 가끔 내 꿈 이야기를 그녀에게 들려주었고, 그녀는 모든 것을 이해했으며 그녀에게는 모든 것이 자연스러웠다. 나의 꿈속에 그녀가 따라갈 수 없는 이상한 구석이라고는 없었다. 한번인가 나는 우리가 낮 동안 나누었던 대화를 그대로 옮겨놓은 듯한 꿈을 꾸었다. 세계가 혼란에 휩싸여 있었고, 나는 홀로, 혹은 데미안과 함께 긴장한 채 위대한 순간을 기다리고 있었다. 운명의 얼굴은 여전히 가려져 보이지 않았지만 어딘가 에바 부인의 표정을 지니고 있는 것 같았다. 그녀가 택한 것이건 혹은 그녀가 배척했건 그것은 운명이었다.

그녀는 가끔 미소를 띠며 말하곤 했다.

"싱클레어, 당신의 꿈은 불완전해요. 최상의 부분은 놓쳤어요."

그러면 내 꿈 중에서 어느 부분을 놓쳤는지 기억해내곤 했고 내가 그 부분을 어떻게 잊어버릴 수 있었는지 의아해하곤 했다.

나는 이따금 스스로에게 만족하지 못하고 욕망에 시달렸다. 곁에 있는 그녀를 품에 안지 않고는 못 견딜 것 같았다. 한번인가, 며칠 동안 그 집에 가지 못했다가 마음이 산란한 채 찾아가니 그녀가 나를 곁에 앉히고 말했다.

"당신이 믿지 못하는 욕망에 굴복하면 안 돼요. 나는 당신이 무엇을 욕망하는지 알아요. 하지만 당신은 그 욕망들을 버릴 줄도 알아야 해요. 혹은 그 욕망들을 완벽하게 정당화할 수 있거나. 당신이 소망하는 것을 그런 식으로 추구할 수 있게 되면 당신은 그 소망이 성취되리라고 확신할 수 있을 것이며 그 소망은 분명히 성취될 거예요. 하지만 지금 당신은 욕망과 후회 사이에서 왔다 갔다 하고 있고, 그 때문에 내내 두려운 거예요. 그 모든 것을 극복해야 해요. 당신에게 동화 하나 들려줄게요."

이어서 그녀는 별과 사랑에 빠진 한 젊은이의 이야기를 내게 들려주었다. 그는 바닷가에 서서 별을 향해 두 팔을 뻗은 채 기도하며 별을 꿈꾸었고 자신의 모든 생각을 별에 집중했다. 하지만 그는 결코 별을 안을 수 없음을 알고 있었다. 혹은 알고 있다고 생각했다. 그는 결코 이루어질 수 없다는 것을 알면서도 별을 사랑하는 것을 자신의 운명으로 여겼다. 그는 그 생각을 바탕으로 포기에 관한, 말없이 변함없는 고통, 그를 향상시키고 정화시킬 그 고통에 대한 총체적인 삶의 이야기를 썼다. 그러나 그의 모든 꿈들은 여전히 별을 향하고 있었다.

어느 날 그는 한밤중에 바닷가 절벽 위에 서서 별을 바라보며 별을 향한 사랑으로 불타고 있었다. 그리고 그리움이 절정에 달한 순간 그는 별을 향하여 허공으로 몸을 날렸다. 하지만 바로 그 순간 '이건 불가능해!'라는 생각이 번개처럼 그의 뇌리에 스쳤다. 결국 그는 바닷가에 떨어져 으스러지고 말았다. 그는 사랑하는 법을 몰랐던 것이다. 별을 향하여 몸을 날리는 그 순간에도 성취에 대한 믿음이라는 힘을 간직하고 있었다면 그는 하늘로 날아올라 별과 한 몸이 되었을지도 모른다.

"사랑은 애걸하거나 요구해서는 안 돼요." 그녀가 덧붙였다. "사랑은 그 자체 안에 확신의 힘을 지니고 있어야 해요. 그렇게 되면 사랑은 단지 끌리는 것이 아니라 그 자체 끄는 것이 됩니다. 싱클레어, 당신의 사랑은 내게 끌리고 있어요. 당신의 사랑이 나를 끌게 되면 내가 가겠어요. 나는 나를 선물로 주지 않겠어요. 나는 쟁취되겠어요."

다음번에 그녀는 다른 동화를 들려주었다. 아무런 희망도 없이 한 여인을 사랑하게 된 한 젊은이의 이야기였다. 그는 자신의 영혼 안에 칩거한 채 자신의 사랑이 자신을 모두 태워버리고 있다고 생각했다. 그에게는 세상 자체가 실종되어버렸다. 그는 더 이상 푸른 하늘도, 푸른 숲도 바라보지 않았고 개울물 소리도 들리지 않았으며 하프 소리도 그에게는 울리지 않았다. 세상 전체가 가라앉아 버렸고 그는 가엾고 비참해졌다. 그런데도 그의 사랑은 커져만 갔다. 그는 이 아름다운 여인을 소유하겠다는 희망을 포기하느니 차라리 죽어버리거나 파멸해버리고만 싶었다. 그는 자신의 열정이 자신 안에 들어 있는 나머지 모든 것들을 불태워버렸다고 느꼈다.

그러자 그의 열정이 그토록 강해져서 아름다운 여인이 끌려갈 수밖에 없는 자력(磁力)을 지니게 되었다. 그녀가 그에게로 왔으며 그는 팔을 벌린 채 그녀를 품에 안을 준비를 하고 서 있었다. 그의 앞에 선 그녀의 모습은 완전히 변해 있었다. 그는 자신이 전에 잃어버린 모든 것들을 다시 끌어당긴 것임을 보고, 느끼며, 전율했다. 그녀는 그의 앞에 서서 자신을 그에게 온전히 넘겨주었다. 하늘이, 숲이, 시냇물이 새롭고 화려한 색으로 단장한 채 한꺼번에 그에게로 와서 그의 소유가 되었으며, 그의 언어로 그에게 말을 걸었다. 단순히 한 여인이 아니라 그는 세상 전체를 품에 안은 것이며, 하늘의 모든 별들이 그의 내부에서 반짝이고 그의 영혼 안에서 환희의 불꽃을 피우게 된 것이다. 그는 사랑을 함으로써 자신을 발견한 것이다. 하지만 대부분의 사람들은 사랑을 하면서 자신을 잃어버린다.

에바 부인을 향한 내 사랑이 내 삶 전체를 채우고 있는 것 같았다. 하지만 그 사랑은 매일 다른 모습으로 나타났다. 가끔 나는 내가 끌리고 있는 것, 내 전 존재를 바쳐 열망하고 있는 것은 그녀라는 인물이 아니라는 것, 그녀는 단지 나의 내면의 상징으로 존재한다는 것, 오로지 나를 보다 더 깊숙이 나 자신으로 이끌기 위한 상징으로 존재한다는 것을 분명히 느꼈다. 그녀가 내게 해주는 말들이 나를 괴롭히고 있는 질문들에 대해 내 잠재의식으로부터 들려오는 답처럼 들리기도 했다.

때로는 그녀 곁에 앉아 관능적인 사랑에 불타오르는 적도 있었다. 그럴 때면 나는 그녀가 건드린 물건들에 입을 맞추었다. 그리고 조금씩, 조금씩 관능적인 사랑과 영적인 사랑이, 실재와 상징이 서로 겹쳐졌다. 또한, 집에서 내 방에 조용한 가운데 홀로 있으면서 그녀가 내 손을 잡고 있다고, 그녀의 입술이 내 입술과 포개져 있다고 느끼기도 했다. 혹은 내가 그녀의 집에서 그녀의 얼굴을 보고, 그녀와 말을 하고, 그녀의 목소리를 듣고 있으면서도 그녀가 실재의 인물인지 꿈인지 분간이 안 될 때도 있었다.

나는 서서히 어떻게 해야 사랑을 변함없이, 또한 영원히 소유할 수 있는지 느끼기 시작했다. 어떤 책을 읽으면서 그런 통찰이 찾아왔는데 그것은 마치 에바 부인의 입맞춤을 받았을 때의 느낌과 비슷했다. 그녀는 내 머리를 쓰다듬으며 내게 향기롭고 다정한 미소를 보내주었고 그때 나는 스스로 자신의 내면을 향하여 한 걸음 더 나아갔다고 느꼈다. 내게 의미가 있으며 운명으로 가득 차 있는 것 같은 모든 것들이 그녀의 형태를 띠게 되었다. 그녀는 나의 어떤 생각으로도 변모할 수 있었으며 내 모든 사고들은 그녀로 변모할 수 있었다.

나는 부모님 댁에서 보내기로 되어 있던 크리스마스 휴가가 두려웠었다. 2주일 내내 에바 부인과 멀리 떨어져 지내야 한다는 것은 고통스러울 것이라고 생각한 때문이었다. 하지만 실제로는 전혀 그렇지 않았다. 집에 있으면서 그녀를 생각한다는 것은 아주 멋진 일이었다. H시로 돌아가서도 나는 이틀 동안 그녀의 집 방문을 미루었다. 이 안정감, 그녀라는 실질적 존재로부터의 독립을 즐기기 위해서였다. 또한 나는 나와 그녀와의 결합이 새로운 상징적 행동으로 이루어지는 꿈을 꾸었다. 그녀는 대양이었고 나는 그곳으로 흘러들고 있었다. 그녀는 별이었고 나는 그녀를 향해 가는 또 다른 별이었다. 우리는 서로 잡아

당겼고 각각 상대의 주변을 돌았다. 그녀를 다시 찾아갔을 때 나는 그녀에게 그 꿈 이야기를 해주었다.

"아름다운 꿈이에요." 그녀가 조용히 말했다. "그 꿈을 실현시켜요."

이른 봄 어느 날이었다. 나는 그날을 결코 잊을 수 없다. 나는 홀 안으로 들어섰다. 창문은 열려 있었고 바람이 히아신스의 깊은 향을 신기 와 퍼뜨렸다. 아무도 보이지 않아 나는 2층 데미안의 서재로 들어갔다. 나는 평소처럼 가볍게 문을 톡톡 두드린 후 대답도 듣지 않고 안으로 들어섰다.

방은 어두웠고 커튼이 모두 드리워져 있었다. 옆방으로 통하는 작은 문이 열려 있었다. 막스는 그 방을 화학 실험실로 차려놓고 있었다. 그 방만이 봄날 환한 태양 빛을 받아 빛나고 있었다. 나는 아무도 없으리라 생각하고 커튼 한 자락을 젖혔다.

그곳 방 안, 커튼이 쳐진 창가에 막스 데미안이 기묘하게 변한 모습으로 앉아 있었다. 번개처럼 한 가지 생각이 스쳐 지나갔다. 전에도 그런 모습을 본 적이 있었던 것이다! 그는 두 팔을 힘없이 늘어뜨리고 고개를 약간 숙인 채 두 손을 무릎 위에 올려놓고 있었다. 두 눈은 뜨고 있었지만 마치 죽은 듯 시선이 느껴지지 않았다. 그의 눈동자에서는 마치 유리 조각에서처럼 한 줄기 작고 날카로운 빛이 반짝였다. 창백한 얼굴은 스스로에 침잠해 있었고 엄격하게 굳어 있을 뿐 다른 표정은 없었다. 그는 마치 사원 현관에 있는 태곳적 동물의 가면 같았다. 그는 숨조차 쉬지 않는 것 같았다.

한 가지 기억이 떠올라 나는 전율했다. 저런 모습을 여러 해전, 내가 아직 소년이었을 때 한 번 본 적이 있었다. 그때도 두 눈은 꼭 저렇게 내면을 향해 굳어 있었다. 그때도 두 손은 마치 생명이 없는 듯 나란히 놓여 있었고 파리 한 마리가 그의 얼굴 위를 기어가고 있었다. 그때도, 아마 여섯 해 전쯤인 그때도 그 얼굴은 바로 저렇게 늙고 시간을 초월한 듯 보였었다. 얼굴의 주름 하나하나가 지금과 똑같았다.

나는 무서운 생각에 조용히 방에서 물러 나와 아래층으로 내려갔다. 홀에서 나는 에바 부인을 만났다. 그녀는 창백했고 지쳐 보였다. 전에 그녀에게서 결코 볼 수 없던 모습이었다. 그때 그림자 하나가 창문 옆을 스쳐 지나갔다. 하얀 태양 빛이 갑자기 사라졌다.

"막스에게 갔었어요." 나는 재빨리 속삭였다. "무슨 일이 있었지요? 자고 있는 건지 자기 안에 잠겨 있는 건지 모르겠어요. 전에도 저런 모습을 본 적이 있어요."

"깨우지 않았지요?" 그녀가 급히 물었다.

"아뇨. 제 소리를 듣지도 못했어요. 곧바로 그 방을 떠났어요. 어떻게 된 건지 말해주세요."

그녀가 손등으로 이마를 쓸어내렸다.

"싱클레어, 걱정 말아요. 그 애에겐 아무 일도 없을 거예요. 자신에게로 돌아가 있는 거예요. 오래 걸리지 않을 거예요."

그녀가 몸을 일으키더니 비가 내리기 시작했는데도 정원으로 나갔다. 나는 그녀가 내가 따라오는 것을 원치 않는다고 느끼고는 홀을 서성였다. 나는 아찔한 히아신스 향기를 들이켰으며 문 위에 걸려 있는 새 그림을 바라보았고 그날 아침 이 집 전체를 채우고 있는 질식할 것 같은 공기를 호흡했다. 도대체 이게 무엇인가? 도대체 무슨 일이 일어난 걸까?

얼마 지나지 않아 에바 부인이 돌아왔다. 그녀의 검은 머리에 빗방울이 맺혀 있었다. 그녀는 안락의자에 앉았다. 피곤해 보였다. 나는 그녀에게 다가가서 몸을 숙이고 그녀의 머리카락에 입을 맞추어 빗방울들을 떼어냈다.

"막스에게 가서 어떤지 살펴보고 올까요?" 내가 그녀에게 나지막이 물었다.

"어린아이처럼 굴지 말아요, 싱클레어." 그녀가 마치 자신 안의 마력을 깨뜨리려는 듯 큰 목소리로 내게 경고했다. "지금은 그냥 갔다가 나중에 다시 와요. 지금은 당신에게 말해줄 수 없어요."

나는 반은 걷고 반은 뛰면서 그 집에서 멀어졌고 시내를 지나쳐 산으로 갔다. 가느다란 빗방울이 비스듬히 얼굴을 때렸고 구름이 마치 두려움에 짓눌린 듯 흘러가고 있었다. 땅 가까이는 바람이 전혀 불고 있지 않았지만 높은 곳에서는 폭풍이 불고 있는 것 같았다. 이따금 이글거리는 태양이 금속빛 어두운 구름 사이로 짧게 반짝였다.

그때 노란빛의 흩어진 구름 한 조각이 떠오르는 것이 보였다. 구름은 잿빛 구름들 벽에 막혀 더 이상 가지 못하고 멈춰 섰다. 잠시 후 바람이 불어와 이 노랗고 청회색인 덩어리로 무슨 형상 하나를 만들었다. 거대한 새의 모습이었다. 그 새는 푸른 금속색의 혼돈을 떨치고 커다란 날갯짓을 하며 하늘 속으로 날아가 사라졌다. 이어서 천둥소리가 들리고 우박이 섞인 비가 후드득 소리를 내며 내리기 시작했다. 짧은 천둥 번개가 믿을 수 없을 정도로 무서운 소리를 내며 비 채찍을 맞고 있는 풍경 위로 떨어져 내렸다. 이어서 곧바로 한 줄기 햇빛이 구름을 뚫고 내리비쳤다. 가까운 곳 산에서는 창백하고 비현실적인 눈(雪)이 갈색 숲 너머로 반짝이고 있었다.

몇 시간 뒤, 바람을 맞으며 젖은 몸으로 돌아오니 데미안이 직접 현관문을 열어주었다.

그는 나를 자기 방으로 데려갔다. 실험실에 가스 등불이 밝혀져 있었고 종이들이 바닥에 흩어져 있었다. 무슨 작업을 하고 있던 게 틀림없었다.

"앉아." 그가 말했다. "피곤이 샜다. 정말 험한 날씨로군. 밖에 정말 오래 있었구나. 곧 차를 가져올 거야."

"오늘 무슨 일인가 있는 거지?" 내가 주저하며 말했다. "단순한 천둥 번개가 아니야."

그가 나를 미심쩍은 눈길로 바라보았다.

"너, 뭔가 봤구나."

"응, 구름 속에서 그림을 봤어. 한동안 아주 또렷했어."

"무슨 그림?"

"새였어."

"새매? 네 꿈속의 새?"

"맞아. 내가 그린 새매였어. 노란색의 거대한 새였어. 검푸른 구름 사이로 사라졌어."

데미안은 깊게 한숨을 내쉬었다. 노크 소리가 났다. 늙은 하녀가 차를 가져왔다.

"차를 들어, 싱클레어. 네가 그 새를 본 게 우연은 아닐 거야."

"우연? 그런 것들을 우연히 볼 수도 있어?"

"그래, 절대로 우연이 아니지. 뭔가 뜻이 있는 거야. 너, 무슨 뜻인지 알겠니?"

"모르겠어. 다만 뭔가 놀랄 만한 일을 의미한다는 것, 운명 속의 한 걸음이라는 것만 느낄 수 있을 뿐이야. 우리들 모두와 관련 있는 일인 것 같아."

그는 흥분한 듯 이리저리 오갔다.

"운명 속의 한 걸음!" 그가 큰소리로 외쳤다. "나는 지난밤에 비슷한 걸 꿈꿨어. 어머니도 어제 그 무언가 예감했고. 같은 메시지였어. 나는 나무줄기, 혹은 탑 위로 올라가는 꿈을 꾸었어. 꼭대기에 올라가니 화염에 불타고 있는 광경이 보였어. 수없이 많은 도시와 마을들이 보이는 거대한 평지였지. 지금 네게 모두 이야기해줄 수는 없어. 아직 뭔가 분명하지 않거든."

"개인적인 문제에 관한 꿈인 것 같아?"

"물론이지. 그 누구든 자신과 관련 없는 문제에 대한 꿈을 꾸지는 않아. 하지만 그 꿈은 내게만 관련이 있는 게 아니야. 네가 잘 본 거야. 나는 오로지 내 영혼 속의 움직임을 보여주는 꿈들과 그와는 다른 종류의 꿈, 말하자면 전 인류의 운명을 암시하는 꿈을 분명하게 구별할 수 있어. 그런 꿈을 꾸는 경우는 매우 드물고 그것이 그 무언가의 성취에 대한 예언이라고 말할 수 있는 꿈은 한 번도 꾼 적이 없어. 해석은 너무나 불분명하거든. 하지만 오로지 나에게만 관계되는 꿈이 아니라는 것은 분명히 알 수 있어. 그 꿈은 내가 이전에 꾸었던 꿈들과 연결되어 있어. 말하자면 숙편 깊은 기시. 싱클레어, 비류. 그런 꿈들에서 나는 내가 이미 말한 예감 같은 것을 느꼈던 거야. 우리 둘 다 이 세계가 너무 썩었다는 건 알고 있어. 하지만 그것이 무슨 몰락 같은 것을 예언할 근거는 될 수 없어. 그런데 나는 수년 전부터 낡은 세계의 붕괴가 임박했다고 결론 내릴 수 있는, 혹은 그것을 느낄 수 있는 꿈들을 꾸어 왔어. 처음에는 아주 약하고 흐린 예감이었지. 하지만 점점 더 강해지고 점점 더 또렷해졌어. 하지만 나는 아직, 뭔가 엄청난 일이 벌어지려 하고 있다는 것, 나 자신도 연관이 있는 뭔가 무서운 일이 벌어지려 하고 있다는 것 외에는 아무것도 몰라. 싱클레어, 우리는 우리가 자주 이야기했던 이 큰 사건에 참여하게 될 거야. 세상이 스스로 새로워지기를 원하고 있어. 공기 중에서 죽음의 냄새가 나. 그 무엇이

든 새로운 것이 오려면 우선 죽지 않으면 안 돼. 하지만 그것은 내가 생각했던 것보다 훨씬 무시무시할 거야."

나는 아연해서 그를 바라보았다.

"꿈의 나머지 부분은 이야기해줄 수 없어?" 나는 머뭇거리며 물었다.

그는 고개를 가로저었다.

"그럴 수 없어."

문이 열리고 에바 부인이 들어왔다.

"여기 함께 있구나. 슬퍼하지 않았으면 좋겠다."

그녀는 다시 기운을 차린 듯 피곤한 모습은 사라지고 없었다. 데미안이 미소를 지었고 그녀는 놀란 아이들에게 다가가듯 우리에게로 왔다.

"어머니, 우리는 슬프지 않아요. 단지 이 새로운 전조를 풀어 보려고 했을 뿐이에요. 하지만 그래 봤자 별 소용이 없어요. 일어날 일은 갑자기 우리 곁으로 오게 되어 있으니까요. 그렇게 되면 우리가 알고자 했던 게 어떤 건지 알게 되겠지요."

나는 잔뜩 기가 꺾인 채 그 집을 떠났다. 혼자 홀을 지나가자니 히아신스 냄새가 풍겼다. 잔뜩 김빠진 것 같은 냄새였다. 우리들 위로 그림자가 드리워졌다.

제8장 종말의 시작

　나는 여름 학기도 H시에 머물 수 있도록 부모님을 설득했다. 나의 친구들과 나는 대부분의 시간을 집 안이 아니라 강가 정원에서 보냈다. 권투 시합에서 보기 좋게 진 일본인은 떠났고 톨스토이 추종자도 가버렸다. 데미안은 거의 매일 말을 타고 돌아다녔고 나는 자주 그의 어머니와 단둘이 있었다.

　나는 가끔 내 삶이 평화롭게 흘러가는 것에 대해 놀라곤 했다. 나는 오랫동안 고독에, 자기 부정의 삶을 사는 데 익숙해 있었으며 고통스러운 문제들과 힘겹게 싸우는 데 익숙해 있었기에 H시에서의 이 몇 달이 마치 꿈속에서 만난 마술의 섬, 아름답고 쾌적한 환경에 둘러싸인 안락하고 황홀한 삶이 보장되어 있는 그런 마술의 섬에서 함께 지내는 것 같았다. 나는 우리들이 그토록 자주 그려왔던 보다 드높은 새로운 공동체를 미리 맛보고 있다는 것을 예감하고 있었다. 하지만 나는 이런 행복을 맛보는 매 순간마다 일종의 우수를 느꼈다. 나는 그것이 그다지 오래 지속될 수 없다는 것을 알고 있었다. 충일함과 안락을 숨 쉬는 것은 나의 운명이 아니었다. 내게는 박차가 필요했고 고통 속에서 서둘러 그 무언가를 추구하는 것이 필요했다. 나는 어느 날 이렇게 사랑스런 아름다움의 영상에서 깨어나 다시 고독과 투쟁만이 존재하는 차가운 세계에 외롭게 서 있게 되리라고 느꼈다. 평화와 휴식이라고는 없는, 함께 어울려 사는 그런 삶이 존재하지 않는…….

당시 나는 내 운명이 아직 이 아름답고 평온한 모습을 하고 있다는 사실에 기뻐하며 한결 배가 된 애정을 지닌 채 에바 부인 곁에 둥지를 틀었다. 여름 몇 주일이 빠르고 평온하게 흘러갔다. 여름 학기가 끝나가고 있었고 곧 이별의 순간이 다가올 것이다. 나는 그 생각은 몰아낸 채, 마치 나비가 꿀이 있는 꽃에 매달리듯 그 아름다운 나날들에 매달려 있었다. 그때가 나의 행복했던 시절이었다. 삶이 처음으로 성취되었으며 내가 이 친근하고 선택받은 동맹에 받아들여진 시기였다. 그다음에는 무엇이 올 것인가? 나는 다시 한번 싸우게 될 것이며, 외롭게 그리움으로 고통받을 것이며 꿈을 꾸게 되리라.

　어느 날 나는 그 무언가 강한 예감에 사로잡혔고, 그 때문인지 에바 부인을 향한 내 사랑이 고통스럽게 내 안에서 불꽃처럼 타올랐다. 오오, 나는 이제 곧 그녀를 떠나야 할 것이다. 더 이상 그녀가 당당하게 집 안을 걸어 다니는 소리를 듣지 못하게 될 것이며 내 책상 위에서 그녀가 꺾어서 꽂아준 꽃을 볼 수 없게 될 것이다! 그런데 내가 이룬 것은 무엇인가? 나는 그녀를 얻는 대신, 그녀를 영원히 내게로 끌어오려 에쓰는 대신, 단지 꿈을 꾸었을 뿐이었으며, 꿈속에서 행복에 잠겨 만족하고 있었을 뿐이었다! 그녀가 내게 진정한 사랑에 대해 해주었던 말들이 모두 떠올랐다. 수많은 다정한 충고들, 수많은 유혹들, 그리고 아마도 약속 같은 것들……. 그런데 나는 그것들로 무엇을 이루었는가? 아무것도 없었다. 전혀 아무것도 이룬 것이 없었다!

　나는 내 방 한가운데로 가서 모든 의식을 에바 부인에게 집중한 채 서 있었다. 그리고 그녀가 나를 사랑하도록 그녀를 내게 끌어오도록 내 온 영혼의 힘을 다 발휘했다. 그녀가 와야 하고, 나의 포옹을 간절히 원해야 했다. 내 입맞춤이 그녀의 입술 위에서 탐욕스럽게 떨려야만 했다.

나는 그렇게 선 채로, 싸늘한 냉기가 내 손가락들과 발가락들에 밀려올 때까지 모든 에너지를 집중하고 있었다. 내게서 힘이 빠져나가는 느낌이 왔다. 얼마 동안 나는 그 무언가 응축된 것이, 수정처럼 밝고 서늘한 것이 내 가슴에 들어 있는 것처럼 느껴졌다. 나는 그것이 나의 자아임을 알았다. 냉기가 가슴까지 차올라왔다.

무서운 긴장에서 풀려났을 때 나는 무슨 일인가 일어났음을 느꼈다. 나는 극도로 탈진되어 있었지만 에바 부인이 흥분한 채 환한 빛을 발하며 방 안으로 들어서는 것을 맞을 준비가 되어 있었다.

그때 길을 따라 점차 가까워지는 말발굽 소리가 들렸다. 점점 더 가까워지는 금속성 소리……. 이윽고 소리가 멈췄다. 나는 창가로 달려갔다. 데미안이 말에서 내리는 것이 보였다. 나는 달려 내려갔다.

"데미안, 무슨 일이야? 혹시 어머니께 무슨 일이?"

그는 내 말을 귀담아 듣지 않았다. 매우 창백해 있었으며 뺨 위로 땀이 흘러내리고 있었다. 그는 김을 내뿜고 있는 말의 고삐를 정원 울타리에 맨 다음 내 팔을 잡더니 나를 거리로 이끌었다.

"소식 들었니?"

나는 아무것도 들은 것이 없었다. 데미안은 내 팔을 누르며 눈길을 내게로 돌렸다. 어두우면서도 연민에 가득 찬 이상한 눈길이었다.

"그래, 이제 시작된 거야. 너 러시아와 문제가 있다는 이야기는 듣고 있었지?"

"뭐야? 전쟁인 거야?"

그는 근처에 아무도 없었지만 목소리를 낮춰 말했다.

"아직 전쟁이 선포되지는 않았어. 하지만 전쟁이 벌어질 거야. 네게 그 이야기는 해주지 않았지. 너를 걱정시키고 싶지 않아서였어. 하지만 그 전부터 세 번에 걸쳐 그 조짐을 볼 수 있었어. 이 세상 끝도 아니고, 지진도 아니고 혁명도 아니야. 바로 전쟁이야. 얼마나 큰 동요를 가져올지 볼 수 있게 될 거야. 사람들은 전쟁이 터진 걸 좋아하게 될 거야. 뭔가 충격적인 것이 찾아오기를 기대하고 있거든. 삶이 그만큼 맥 빠져버린 거지. 하지만 싱클레어, 이건 단지 시작에 불과할 뿐이야. 새로운 세계가 시작되는 것이고, 낡은 세계에 매달려 있는 사람들에게는 무시무시하게 보일 거야. 너는 어떻게 할 거니?"

나는 아연해 있었다. 그 모든 것이 낯설고 있을 법하지 않은 것처럼 들렸던 것이다.

"모르겠어. 형은?"

그는 어깨를 으쓱했다.

"동원령이 내리면 곧바로 징집될 거야. 난 소위야."

"소위! 난 정말 몰랐어."

"그래, 그게 나의 타협의 한 방식이야. 내가 남들 주의를 별
로 끌고 싶어 하지 않는 걸 알지? 그리고 나는 언제나 거의 극
단적인 방향을 택하기에 정확한 뜻을 전달하지 못하는 편이야.
아마 한 주일 내로 전선에 있게 될 거야."

"오, 맙소사!"

"그렇게 감상에 젖을 필요 없어. 살아 있는 존재에게 총을 발
사하라고 명령을 내리는 게 유쾌한 일일 리 없어. 하지만 그건
부차적이야. 우리는 모두 거대한 사건의 사슬에 묶인 거야. 너
도 곧 징집될 거야."

"그러면 어머니는, 데미안?"

그제야 비로소 약 15분 전에 내게 일어났던 일이 생각났다.
오, 그사이 세상은 그 얼마나 변한 것인가! 나는 가장 감미로운
이미지를 끌어내기 위해 온 힘을 모았었다. 그런데 지금 운명
이 갑자기 새롭게 위협적이고 무시무시한 가면을 쓰고 나를 바

라보고 있었던 것이다.

"어머니? 걱정할 필요 없어. 어머니는 안전하셔. 이 세상 누구보다 더 안전하셔. 너, 어머니를 그토록 사랑하니?"

"형도 알고 있었어?"

그는 가볍게 미소를 띠며 말했다.

"물론이지. 어머니를 사랑하지 않으면서 에바 부인이라고 부르는 사람은 아무도 없어. 네가 오늘, 나를, 혹은 어머니를 이리로 부른 거지?"

"그래, 불렀어. 에바 부인을 불렀어."

"어머니가 그걸 느끼셨어. 그녀가 너에게 가봐야 한다며 갑자기 나를 부르셨어. 내가 러시아에 대한 소식을 들려드린 참이었지."

우리는 거리를 거닐며 몇 마디 대화를 더 나누었다. 데미안은 말고삐를 풀더니 말 위에 올랐다.

위층 내 방으로 돌아오자 나는 내가 데미안이 전해준 소식 때문에, 그보다는 그 전에 처해 있던 긴장 때문에 얼마나 녹초가 되었는지를 깨달았다. 하지만 에바 부인이 내가 부르는 소리를 들었다! 나의 생각이 그녀의 가슴에 전달된 것이다. 그녀가 내게 올 수도 있었다. 만일……, 이 얼마나 진정으로 신기하고 아름다운 일인가! 그런데 이제 전쟁이 벌어지려 하고 있다. 우리가 그토록 자주 이야기를 나누었던 것이 실제로 시작되려 하고 있었다. 데미안은 이미 그에 대해 많은 것을 알고 있었다. 세상의 물결이 우리를 더 이상 그냥 스쳐 지나가지 않고 우리의 가슴 한복판을 관통해 가리라는 것이, 조만간 이 세상이 우리를 필요로 하는 순간이 오리라는 것이, 세상이 스스로 변모를 도모하는 순간이 오고 있다는 것이 그 얼마나 신기한 일인가! 데미안이 옳았다. 우리는 그에 대해 감상적이 되면 안 된다. 우리가 유일하게 주목해야 할 것은 내가 나의 지극히 개인적인 운명을 수없이 많은 다른 사람들과, 혹은 사실상 이 세상과 함께 하고 있다는 사실이다. 그렇다면 기꺼이!

나는 준비가 되어 있었다. 내가 저녁에 시내를 지나갈 때 거리 구석 구석마다 들끓고 있었으며 어디서나 전쟁이라는 단어가 들렸다. 나는 에바 부인에게 갔다. 우리는 정자에서 저녁 식사를 했다. 내가 유일한 손님이었다. 우리 중 그 누구도 전쟁에 대해서 한마디도 하지 않았다. 다만 내가 그녀 곁을 떠날 때가 되자 그녀가 이렇게 말했을 뿐이었다.

"사랑하는 싱클레어, 당신이 오늘 나를 불렀지요. 내가 왜 직접 가지 못했는지 알 거예요. 하지만 잊지 말아요. 당신은 이제

부름을 알게 된 거예요. 언제고 표지를 지닌 사람이 필요하면 내게 부름을 보내요."

그녀가 자리에서 일어나 정원의 어스름 속으로 앞서 걸어갔다. 큰 키의 그녀는 당당하게 조용히, 나무들 사이를 걸어갔다. 그녀의 머리 위로는 사랑스러운 작은 별들이 무수히 반짝이고 있었다.

이제 나의 이야기를 끝낼 때가 되었다. 그때부터 모든 것이 빠르게 진행되었다. 곧 전쟁이 터졌고 데미안은 군복을 입은 어색한 모습으로 우리를 떠났다. 나는 그의 어머니를 집까지 바래다주었다. 곧이어 나도 그녀와 작별했다. 그녀는 내 입술에 키스를 하고는 잠시 나를 가슴에 안았다. 그녀의 커다란 두 눈이 가까이서 불타오르며 내 눈 안으로 당당하게 들어왔다.

모든 사람들이 하룻밤 사이에 형제가 된 것 같았다. 사람들은 '조국'에 대하여, 명예에 대하여 이야기했다. 하지만 그것들 뒤에 놓여 있는 것은 베일을 벗어버린, 그들이 한순간 흘낏 그 얼굴을 보게 된 그들의 운명이었다. 젊은이들이 병영에서 나와 기차에 몸을 실었다. 그리고 나는 많은 얼굴들에서 표지를 보았다. 그것은 우리들의 표지가 아니었지만 역시 아름답고 위엄

이 있는, 사랑과 죽음의 표지였다. 나 역시 전에 한 번도 본 적이 없는 사람들의 포옹을 받았다. 나는 그 몸짓을 이해했고 그에 답했다. 그들은 운명의 부름에 의해 그렇게 한 것이 아니라 도취에 의해 그렇게 한 것이었다. 하지만 그 도취도 신성(神聖)했다. 도취의 순간 그들은 짧고 무서운 시선, 그 불안한 시선으로 그들의 운명의 눈을 들여다 본 것이다.

내가 전선에 갔을 때는 이미 거의 겨울이었다. 처음에는 총격 소리에 흥분했음에도 불구하고 나는 모든 것에 실망했다. 예전에 나는 왜 이상을 위하여 살 수 있는 사람들이 그토록 드문 것인지 곰곰이 생각에 잠기곤 했다. 이제 나는 많은 사람들이, 아니 거의 대부분의 사람들이 이상을 위하여 죽을 수 있음을 알았다. 하지만 그것은 한 개인이 자유롭게 선택한 이상이 아니었다. 그것은 개인에게 주어진 공통의 이상이었다.

시간이 흐름에 따라 나는 내가 인간들을 과소평가해 왔음을 알았다. 제아무리 공통적인 임무와 위험 앞에서 획일화된 집단이 되어 있더라도, 살아 있는 사람, 죽어가는 사람들의 운명의 의지가 대단한 위엄을 지닌 채 그들에게 다가오는 것을 보았다. 많은 사람들이, 아주 많은 사람들이 공격 때뿐만 아니라 매 순간 순간마다 그들의 눈에 먼 곳을 향한 확고한 시선, 그 무엇엔가 사로잡힌 듯한 시선을 하고 있었다. 그 눈들은 목적이 무엇인지 모르는 채 그 무언가 엄청난 것에 완전히 몰입해 있었다. 그들이 무엇을 생각하고 믿건, 그들은 자신이 그 무언가에 쓰일 수 있도록, 그들 자신이 미래에 형성될 그 무엇을 위한 재료가 될 수 있도록 준비가 되어 있었다. 이 세계가 더 일치단결하여 전쟁과 영웅주의로, 명예와 이상으로 집중되면 될수록, 순수한 인간성의 목소리는 그만큼 더 멀어지고 존재할 수 없는 것처럼 보인다. 하지만 겉보기에만 그럴 뿐이었다. 마찬가지로 전쟁의 외적이고 정치적인 목적 역시 피상적일 수밖에 없다. 저 깊은 곳에서는 그 무언가가 형성되고 있었다. 새로운 인간성과 비슷한 그 무엇이……. 나는 많은 사람들이, 곁에서 죽어가는 사람들이, 미움과 분노, 살육과 파괴는 결코 그 목적에 부합하지 않음을 쓰리게 깨닫는 경우를 많이 보았다. 그렇다, 겉에 내세워진 그 목적과 목표는 완벽하게 우연히 주어진 것일 뿐이었다. 가장 원시적이고 가장 야만적이라고 할 감정도 적을 향하고 있지 않았다. 그들이 피를 흘리는 것은 오로지 그의 내부에서 분열된 영혼, 그 영혼을 방사하기 위해서였고 그것이 그들의 과업이었다. 그들은 새로 태어나기 위하여 격노했고 죽였으며 죽어갔다. 거대한 새가 알에서 나오려고 싸우고 있었다.

알은 세계였고 세계는 부서져야 했다.

이른 봄 어느 날 밤, 나는 우리가 점령한 농가 앞에서 보초를 서고 있었다. 미풍이 간헐적으로 불어오고 있었다. 플랑드르의 하늘 높이 구름이 흘러가고 있었고 구름들 뒤에 달이 떠 있음을 알 수 있었다. 나는 하루 종일 불안했다. 그 무언가 알지 못할 걱정이 밀려왔던 것이다. 나는 어두운 초소에 서서 내 삶의 이미지들을 열심히 떠올리고 있었고 에바 부인과 데미안 생각을 했다. 나는 한 그루 포플러 나무에 기대어 떠다니는 구름을 응시하고 있었다. 하늘의 빛이 신비스럽게 그 모습을 비틀더니 곧이어 일련의 거대한 소용돌이 모양으로 변했다. 나의 맥박이 기이하게 약해졌고 내 피부가 바람과 비에 둔감해졌으며 의식이 이상하게 또렷해졌다. 나는 나의 인도자가 내 곁에 가까이 왔음을 느낄 수 있었다.

구름 속에서 거대한 도시가 보였으며 그곳으로부터 수백만의 사람들이 쏟아져 나와 떼를 지어 넓은 풍경 속으로 흘러들었다. 그들 가운데 산맥처럼 거대한 강력한 형상이, 신처럼 생긴 형상이 나왔다. 머리에서 별들이 빛나고 있었으며 에바 부인의 모습을 하고 있었다. 그 모습 속으로 사람들의 행렬이 마치 거대한 동굴 속으로 들어가듯 그녀 안으로 빨려들더니 시야에서 사라졌다. 여신은 바닥에 주저앉았다. 그 이마에 표지가 빛나고 있었다. 하나의 꿈이 그녀를 지배하고 있는 것 같았다. 그녀는 눈을 감더니 고통으로 얼굴이 일그러졌다. 그녀가 갑자기 비명을 질렀고 그녀의 이마에서 수천 개의 별들이 튀어 나오더니 찬란한 포물선을 그리며 저 검은 하늘 너머로 뛰어올랐다.

별들 중 하나가 나를 향해 맑은 소리를 내며 곧장 날아왔다. 마치 나를 찾고 있는 것 같았다. 이어서 별은 요란한 굉음을 내며 수천 개의 불꽃으로 쪼개지더니 나를 들어올렸다가 다시 바닥에 내동댕이쳤다. 이 세상이 천둥소리를 내며 내 위에서 산산이 부서졌다.

부상당한 나는 흙더미를 뒤집어 쓴 채 포플러 나무 곁에서 발견되었다.

나는 어느 지하실에 누워 있었다. 머리 위로 포성이 들려오고 있었다. 이어서 나는 수레 위에 누워 빈 벌판을 지나가고 있었다. 나는 잠이 들기도 했고 의식을 잃기도 했다. 하지만 깊은 잠에 빠지면 빠질수록 그 무언가 나를 잡아 끌어당기고 있음을, 어떤 힘이 나를 지배하고 있음을 강렬하게 느꼈다.

나는 어느 마구간 짚 더미 위에 누워 있었다. 어두운 가운데 누군가 내 손을 밟고 갔다. 하지만 내 안의 그 무언가가 내게 더 나아가길 원하고 있었고 나는 전보다 더 강하게 끌렸다. 나는 다시 수레 위에 누워 있었고 이어서 들것, 혹은 사다리 위에 놓였다. 나는 전보다 더 강력하게 그 무언가가 나를 소환하고 있음을 느꼈고 종국에는 그곳에 도달하고야 말겠다는 충동 외에는 아무것도 느끼지 못했다.

마침내 나는 목적지에 도달했다. 밤이었고 내 의식은 말짱히 깨어 있었다. 나는 바로 전에 내 안에서 강렬하게 끄는 힘을 느낀 참이었다. 이제 나는 넓은 홀 마루에 누워 있었다. 마치 나를 소환한 곳에 도착해 있는 느낌이었다. 나는 고개를 돌렸다. 내가 누워 있는 매트리스 옆에 다른 매트리스가 바싹 붙어 있었고 누군가가 그 위에 누운 채 고개를 숙이고 나를 바라보고 있었다. 그의 이마에 표지가 있었다. 막스 데미안이었다. 나는 말을 할 수 없었다. 그도 말을 할 수 없거나 혹은 말을 하려 하지 않는 것 같았다. 그는 다만 나를 바라볼 뿐이었다. 그의 머리 위 벽에 걸려 있는 등불이 그의 얼굴을 비추고 있었다. 그가 미소 지었다. 그는 마치 무한한 시간 동안인 듯 내 눈을 들여다보았다. 그가 천천히 얼굴을 내 얼굴 가까이 했다. 이윽고 거의 얼굴이 닿을 정도로 가까워졌다.

"싱클레어." 그가 나지막이 속삭였다. 나는 눈으로 알아들었다는 신호를 보냈다. 그는 다시 미소를 지었다. 거의 동정에 가까운 미소였다.

그가 웃으며 말했다.

"꼬마 녀석!"

그의 입술이 거의 내 입술에 닿았다. 그가 조용히 속삭이기 시작했다.

"프란츠 크로머 기억나니?"

그가 내게 물었고 나는 그에게 눈을 씽긋하며 웃었다.

"꼬마 싱클레어, 들어봐. 나는 떠나야 할 거야. 아마 언젠가 크로머나 다른 어떤 것에 맞서기 위해 나를 필요로 하게 될 거야. 네가 나를 부르더라도 나는 말을 타거나 기차를 타고 거칠게 올 수는 없을 거야. 그럴 때면 너는 너 자신에게 귀를 기울여야 해. 그러면 내가 네 안에 있다는 걸 알게 될 거야. 이해할 수 있겠지? 그리고 또 다른 게 있어. 에바 부인이 말했어. 네가 잘못되면 그녀 대신 네게 입을 맞춰달라고. 그녀가 나를 통해 네게 키스를 해주는 거라고……. 눈을 감아, 싱클레어!"

나는 그가 시키는 대로 눈을 감았다. 내 입술에 가벼운 입맞춤이 느껴졌다. 내 입술에서는 쉬지 않고 조금씩, 하지만 결코 그치지 않은 채 피가 흘러내리고 있었다. 그런 후 나는 잠에 빠져들었다.

　다음 날 아침, 누군가 나를 깨웠다. 붕대를 감아야 했다. 마침내 완전히 잠에서 깨어났을 때 나는 재빨리 옆의 매트리스를 향해 몸을 돌렸다. 전에 한 번도 본 적이 없는 낯선 사람이 누워 있었다.

　붕대를 감을 때는 아팠다. 그때부터 일어난 모든 일이 아팠다. 하지만 이따금 내가 열쇠를 발견하고 운명의 이미지가 어두운 거울 속에 잠들어 누워 있는 나 자신의 깊은 곳으로 내려가면, 그 어두운 거울을 향해 몸을 숙이기만 해도 나는 나 자신의 이미지를 볼 수 있었다. 그 이미지는 그를, 내 형제를, 나의 인도자를 완벽하게 닮아 있었다.

『데미안』을 찾아서

헤르만 헤세(Hermann Hesse, 1877~1962)의 『데미안(*Demian*)』은 전형적인 독일의 성장소설, 혹은 교양소설(Bildungsroman)이다. 이미 그의 소설 『게르트루트』의 해설에서 썼듯이 교양소설이란 단순히 어린아이가 성장하여 교양을 갖추고 어른이 되어가는 과정을 그린 소설이 아니다. 어린아이가 정상적인 어른의 세계, 규범적인 세계로 진입하는 보편적인 과정을 그린 소설이 아니다. 교양소설이란 한 개인이 자기 자신만의 이미지를, 자기 자신만의 고유한 의미를 지닌 인간으로서 하나의 인격체를 형성해가는 과정을 그린 소설이다.

하긴 우리는 모두 자기 자신만의 고유한 삶을 살고 있다. 또한, 우리의 삶의 의미는 우리가 살아내는 그 삶 자체에 있다. 우리의 삶의 의미는 우리가 살아가면서 구체적으로 형성하는 의미 그 자체로 드러나지 결코 밖으로부터 주어지지 않는다. 그의미는 오로지 나의 구체적 경험 안에만 들어 있고 나의 경험에 의해서만 형성된다. 그렇기에 그 의미는 이 세상에 단 하나뿐인 의미가 된다. 내 삶의 의미는 결코 밖에서 오지 않고 오로지 '나'에게 달려 있다! 단 한 번뿐인, 다시는 오지 않을 나의 삶자체에 달려 있다! 따라서 모든 인간은 누구나 단 하나뿐인 귀한 존재이면서 동시에 바로 그 때문에 지독히 고독할 수밖에 없는 존재이다.

그러나 우리는 그렇게 철저히 고독한 존재이면서 동시에 이세계 안에서 남들과 함께 살고 있는 존재이다. 그렇다면 철저히 고독한 존재인 인간이 어떻게 타인들, 혹은 이 세계의 모든다른 존재들과 연대감을 느끼며, 이 세상과 유리되지 않은 채,이 세상에 의미를 주는 존재로서 살아갈 수 있을 것인가? 어떻게 그 둘이 조화를 이룬 '나만의 삶'을 살아갈 수 있을 것인가?

『데미안』은 인간이라면 누구나 품을 수밖에 없는 그 질문에대한 모색을 그리고 있는 소설이다. 그 질문은 인간이라면 누구나 품을 수밖에 없고 품어야 한다는 의미에서 아주 보편적인질문이면서, 그 질문에 대한 답이 밖에 주어져 있지 않다는 의미에서, 오로지 한 개인이 홀로 자신만의 힘으로 찾고 구축해야 한다는 의미에서 지극히 개인적인 질문이다. 또한, 결코 모범 답안이 주어질 수 없다는 뜻에서 영원히 질문으로 남을 수밖에 없는 질문이다.

그런데 그 어려운 질문을 던지고 있는 『데미안』이 나의 청춘 시절을 완전히 사로잡았었다. 아니, 나뿐만이 아니었다. 적어도 나와 뜻이 통하던 친구들에게 『데미안』은 우리가 꼭 거쳐야 할 일종의 통과제의였다. 그리고 『데미안』을 읽지 않은 친구들도 그 제목만은 거의 모두 알고 있었다. 우리는 『데미안』을 읽으면서 자신을 싱클레어와 동일시했으며 가끔 자신이 데미안이라도 된 듯 주변의 아이들을 약간은 경멸의 눈빛으로 바라보며 오만해지기도 했다. 우리는 『데미안』을 읽으면서 당시에는 아직 존재하지 않았던 들국화의 「그것만이 내 세상」, 내가 좋아하는 그 노래가 보여주고 있는, 낭만적인 기분에 젖었는지도 모른다.

세상을 너무나 모른다고
나보고 그대는 얘기하지
조금은 걱정된 눈빛으로

『데미안』을 찾아서

조금은 미안한 웃음으로

그래 아마 난 세상을 모르나봐

혼자 이렇게 먼 길을 떠났나봐

하지만 후횐 없지 울며 웃던 모든 꿈

그것만이 내 세상

하지만 후횐 없어 찾아 헤멘 모든 꿈

그것만이 내 세상

그것만이 내 세상

하지만 『데미안』에서 우리들을 매혹시켰던 것은 무엇보다 '새는 알을 깨고 나오기 위해 싸운다'라는 멋진 표현이었을 것이다. 아마 당시 번역본에는 '새는 알을 깨고 나온다'로 번역되었을 그 문장에 우리는 왜 그렇게 매혹되었을까? 자유로운 젊음의 특권으로 인해, 이 세상이 온통 나를 구속하고 있는 감옥으로 느껴졌던 것일까? 그래서 나를 가두고 있는 껍질을 깨고 비상하고 싶어서였을까? 그렇다! '새는 알을 깨고 나오기 위해 싸운다'라는 표현이 우리를 매혹시킨 것은 무엇보다 자유를 향한 꿈, 비상의 꿈을 우리 젊음이 간직하고 있었고 이 작품이 그 꿈을 자극했던 때문이었을 것이다. 하지만 그것만이 아니다. 그 표현에는 자유, 비상의 의지만이 들어 있는 것이 아니다.

우리는 세상을 살면서 세월과 함께 성장한다. 그리고 시간이 흐르면 죽는다. 겉으로 보면 그냥 일회적인 삶이다. 그런 절대 법칙에서 벗어나는 방법은 없다. 인간에게, 아니 모든 생명체에게 죽음은 불가피하다. 그건 모든 살아 있는 존재들이 반드시 맞이해야만 하는 숙명이다. 그런데 인간은 그 죽음을 의식한다. 다르게 표현하면 죽음 이후의 세계를 상상하고 꿈꾼다. 인간만이 죽음을 의식하고 죽음 이후를 상상하는 유일한 동물이다. 그리고 그 상상 속에서 죽음은 끝이 아니라 새로운 탄생을 위한 과정이 되기도 한다. 죽음은 새로운 탄생을 위하여 필연적으로 겪어야만 하는 고통스러운 과정이 되는 것이다.

죽음에 그렇게 긍정적인 의미를 부여하게 되면 어떤 일이 벌어질까? 우리의 삶의 의미가 달라진다. 우리의 삶 자체가 일회적인 삶이 아니라 여러 번 죽었다 살아나는 삶으로 바뀌게 된다. 물론 물리적으로 그런 일이 가능하다는 말이 아니다. 그때의 죽음은 물리적인 죽음이 아니라 정신적인 죽음이다. 그런 정신적인 죽음을 통해 우리는 다시 태어난다. 그리고 우리의 삶은 단순히 물리적으로 성장하는 삶이 아니라 '탈바꿈'의 삶이 된다. 세상에 태어나 성장한 뒤 하나의 정점을 찍고 하강하

는 삶을 사는 것이 아니라, 여러 번 정상을 경험하고 추락했다
가 다시 태어나는 삶이 된다. 알을 깨고 나온다는 것은 단순히
갇혀 있던 곳에서 탈출하는 것만을 의미하는 것이 아니라, 알
속에 갇혀 있던 존재에서 하늘을 나는 존재로 새롭게 탈바꿈하
는 것, 새롭게 탄생하는 것을 의미한다.

　정신적인 탈바꿈을 다른 말로 쉽게 표현하면 깨달음과 같은
것이다. 그런 깨달음을 얻은 후에는 어떻게 될까? 놀라운 마술
이 벌어진다. 세상 전체가 새롭게 변하는 것이다. 물론 물리적
으로는 별로 변한 게 없이 전과 다름없는 세상인지도 모른다.
하지만 내가 세상을 다르게 보게 되면서 그 세상은 완전히 다
른 세상이 된다. 누군가와 사랑을 하게 되면서 세상이 온통 달
라진 경험을 한 사람은 바로 공감할 수 있을 것이다. 종교적 믿
음을 얻은 후에 세상이 얼마나 달라졌는지 경험한 사람도 마찬
가지이다. 바로 그것이 깨달음의 적극적 의미이다. 단순히 성
장하는 삶이 아니라 탈바꿈하는 삶을 통해 우리는 세상을 여러
번 살게 되고, 세상 자체를 바꿀 수도 있게 된다.

　『데미안』에는 물론 그 깨달음의 의미, 깨달음의 내용이 나온
다. 본래의 내 모습을 찾는 것, 고독 속으로 침잠하는 것이 이
세상과 연대를 맺는 가장 적극적인 방법일 수 있다는 내용, 내

가 그렇게 안으로 침잠하면서 추구한 자아는 좁은 자아가 아니라 우주 전체라는 보다 큰 자아라는 내용, 나라는 한 개체 속에는 인류를 비롯해 지구상에 존재했던 모든 생명체, 저 태곳적 생명체가 고스란히 살아 있다는 내용 등, 음미할 만한 내용이 아주 많다. 하지만 그 내용을 여기서 일일이 검토할 필요는 없다. 그 내용에 공감하면서 자신의 자아의 탈바꿈을 경험하느냐 아니냐는 독자 개개인의 몫이다.

다만 여러분들이 이 소설을 읽으면서 이 소설에서 제기하고 있는 질문들, 젊은 시절 나를 그렇게 매혹시켰던 그 질문들을 다시 한번 진지하게 던져 보기를 바랄 뿐이다. 세상이 아무리 급속하게 변하고 있다 할지라도 그 질문은 그 변화에 따라 그 의미와 무게가 달라지는 질문이 아니다. 그 질문은 한때 유행할 수 있는 질문이 아니다. 그 질문은 인간이 존재하는 한 언제고 던져야 하는 질문이다. 나는 그런 질문을 계속 진지하게 던지는 젊음이 존재하는 사회가 건강한 사회라고 믿고 있다.

헤르만 헤세는 1877년 7월 2일 남독일 산골의 작은 도시 칼프에서 태어났다. 그가 평생 사랑한 그의 고향은 작은 도시였지만 헤세는 넓은 세계에서 산 셈이었다. 그의 아버지 요하네

스 헤세는 북독일계 러시아인으로서 인도에서 선교 활동을 한 선교사였으며, 어머니 마리도 역시 선교사의 딸로서 인도에서 태어났다. 또한 헤세는 칼프에서 신교에 관한 서적 출판 일을 하고 있던 외조부로부터 많은 영향을 받았다.

헤세는 열세 살에 괴핑엔에 있는 라틴어 학교를 거쳐 열네 살에 신학교에 입학했으며 열여덟 살이 되던 해에 대학 도시 튀빙겐의 어느 서점에서 견습 사원으로 일하게 된다. 그리고 괴테에 심취하여 시작(詩作)에 몰두해 1899년 첫 시집 『낭만적인 노래』를 자비 출판하고 이어서 두 번째 시집 『자정 이후의 한 시간』을 출간했지만 반응은 별로 좋지 않았다.

이후 소설 창작으로 방향을 전환한 그는 1906년 『수레바퀴 아래서』를, 1910년에는 『게르트루트』를 발표하여 소설가로서의 명성을 얻었다. 제1차 세계대전이 일어나기까지 시와 소설들을 계속 발표했으며 1919년 그에게 불후의 명성을 안겨준 『데미안』을 발표했다. 제2차 세계대전 발발 전까지 그는 『싯다르타』 『황야의 늑대』 『나르치스와 골드문트』 등 중요 작품들을 발표하며 마치 나치즘에 맞서듯 유토피아 이야기인 『유리알 유희』의 집필을 시작했다. 히틀러 정권과 거의 비슷한 시기에 시작된 그 작품은 그가 57세이던 1934년 서장을 발표한 이래

10년이 지난 1943년 제2권 발간으로 완료되었으며 헤세는 그 작품으로 세계대전 이후 첫 번째 노벨 문학상을 수상한다.

이후 그는 속세를 벗어나 조용히 풍요로운 삶을 살다가 1962년 8월 9일 85세를 일기로 세상을 떠났다. 그는, 자신의 작품들은 '본래 소설이 아니라 영혼의 전기'라는 그의 말처럼 길 잃고 헤매는 현대인의 영혼에 길잡이가 되는 작품들을 남겼다. 그의 작품이 전 세계에서 여전히 수많은 사람들의 사랑을 받고 있다는 사실은 현대인이 길을 잃고 헤매고 있다는 증거이기도 하지만 인간은 영원히 영혼의 갈증을 느낀다는 증거이기도 하다.

데미안

생각하는 힘: 진형준 교수의 세계문학컬렉션 81

펴낸날	초판 1쇄 2022년 12월 9일

지은이	헤르만 헤세
옮긴이	진형준
펴낸이	심만수
펴낸곳	(주)살림출판사
출판등록	1989년 11월 1일 제9-210호

주소	경기도 파주시 광인사길 30
전화	031-955-1350 팩스 031-624-1356
홈페이지	http://www.sallimbooks.com
이메일	book@sallimbooks.com

ISBN	978-89-522-4695-0 04800
	978-89-522-3984-6 04800 (세트)